I0580461

LA LOUVE MAUDITE

LES LOUPS SAUVAGES

MILA YOUNG

Traduction
SOPHIE SALAÜN

CONTENTS

LES LOUPS SAUVAGES

La Louve Perdue
La Louve Brisée
La Louve Damnée
La Louve Maudite

LA LOUVE MAUDITE

Autrefois, ils étaient mes ennemis… Aujourd'hui, je pourrais réduire le monde en cendres pour les sauver.

Il fut un temps où je croyais que je ne trouverais jamais l'amour. Que les femmes comme moi n'étaient bonnes qu'à une chose.

Après tout, mon compagnon prédestiné m'avait rejetée, avant d'essayer de me tuer.

Je ne suis plus cette jeune louve perdue. Je suis plus forte, et j'ai quelques secrets de mon côté.

Maintenant, mon ancien compagnon est revenu pour s'attaquer à moi, prêt à détruire le lien que j'ai noué avec mes quatre alphas vikings.

Mais il n'a aucune idée de ce que je suis prête à faire pour protéger ceux que j'aime…

* * *

CHAPITRE 1

NARAH

Quatre alphas grognent, tirent voracement sur mes vêtements, leurs envies animales me rendent dingue. Je suis tout aussi affamée, je les embrasse, les serre de toutes mes forces, j'ai besoin de tout ce qu'ils promettent.

— Compagnons. Chaleurs. À moi.

Ces mots résonnent dans ma tête pendant que mon cœur tonne dans mes oreilles et qu'une douleur brûlante s'installe entre mes cuisses, une douleur qui me terrifie. J'essaie de rationaliser en me disant que c'est dû au traumatisme d'avoir récemment découvert que ma sœur Kaira est toujours possédée par la grande prêtresse du rassemblement. Elle nous avait menti, avait infiltré notre meute et mis en danger ma jeune sœur, Jae.

Sauf que maintenant, quelque chose ne va pas. Quelque chose a été brisé en moi quand la sorcière m'a touchée avec sa magie. Je n'arrive pas à penser

1

rationnellement, et je peux à peine respirer à cause du feu qui me brûle de l'intérieur.

— Je t'en prie, imploré-je Ragnar en agrippant sa chemise.

Je ne sais pas vraiment ce qui se passe, pourtant je n'arrive pas à m'approcher suffisamment de lui ou des trois autres Alphas qui m'entourent. Ils sont très proches, mais pas assez. Je pleure, la douleur aiguë cognant dans ma poitrine d'un besoin qui va me détruire.

— Tu es en chaleur, grogne Ragnar.

Je m'agrippe désespérément aux chemises de mes hommes, la folie qui m'habite croît comme si les ténèbres m'engloutissaient.

En chaleur. Évidemment, je sais ce que cela signifie, mais quand Ragnar prononce ce mot, cela n'a pas beaucoup de sens.

Je ne suis pas en chaleur. Je ne peux pas l'être.

Mais je n'ai pas vraiment eu de chance dans la vie. Est-ce que c'est ça que m'a fait Lyra ?

Une autre puissante impulsion de feu me brûle, le fluide entre mes jambes se répand entre mes cuisses.

Déesse…

— Je t'en prie, j'ai besoin de toi. Arrête ça ! m'écrié-je alors que mon corps se crispe.

Une étrange impatience se répand dans mon ventre tandis que la peur me saisit.

Ragnar m'attrape, et je me colle contre lui en tremblant. J'agrippe ses bras si fort que mes jointures blanchissent. Je gémis d'envie de le sentir partout sur moi, qu'il se déshabille et me prenne pour apaiser la faim qui me dévore. Je n'arrive pas à détourner mon regard de ses yeux remplis de convoitise.

Tout en lui est hypnotique. Son odeur me submerge : boisée, avec un soupçon de loup, et par-dessus tout, chargée de phéromones qui me donnent envie de me mettre à genoux et de prendre son sexe dans ma bouche.

— Démarrer tes chaleurs maintenant, c'est le pire des timings. Mais nous allons prendre soin de toi, petit renard.

Ragnar passe ses doigts sous mes yeux et attrape les larmes qui s'y attardent. Mes genoux me maintiennent à peine debout. Les autres hommes me soutiennent. Ils me reniflent, leurs bouches sont sur mon cou et mes bras, leurs loups grognent. Je les sens tous, leurs parfums masculins me noient tandis que leurs membres durcis dans leurs pantalons se frottent contre moi.

Des bras forts m'enveloppent, et Ragnar me soulève. Je me colle contre sa poitrine et il me berce. J'enroule mes jambes autour de sa taille. Mon instinct me pousse à me balancer contre son érection.

— Ça fait tellement mal, murmuré-je en pleurant, avide de cet homme immense.

— Je vais m'occuper de toi. Je sais ce dont tu as besoin, m'apaise-t-il en nous emmenant plus loin dans les bois, à l'écart des maisons de la meute où nous avons été accueillis.

Là où nous avons amené mes deux sœurs pour les protéger. À présent, au lieu de chasser la sorcière à l'intérieur de ma sœur, Kaira, je mourrais d'envie d'être prise.

Je n'arrive pas à réfléchir correctement. La faim qui me tenaille me donne l'impression que je vais me retourner si je ne me connecte pas rapidement à Ragnar. Mes émotions sont à vif, et je n'arrive même pas à faire preuve de logique, je ne peux pas réfléchir à autre chose qu'au nuage de luxure dans ma tête.

— Il faut qu'on le fasse maintenant, dit Crius qui nous suit.

— Je m'en occupe, grogne Ragnar, de l'impatience dans la voix alors que ses doigts s'enfoncent dans mes hanches.

Il me plaque contre un arbre et me fait fondre avec son baiser. Au début, ma vision en tunnel ne fait apparaître que Ragnar en face de moi, et les choses qu'il déclenche dans mon corps par un simple baiser me poussent à en redemander. Puis je sens sa bouche partout qui dévore la mienne, puis mon cou, sa langue laissant des caresses qui me couvrent de chair de poule.

Il déchire mon haut fragile, le tissu se rompt facilement et expose mes seins. L'instinct primaire derrière ses grognements me rend folle.

— Tu sens délicieusement bon, j'ai du mal à le supporter. Mon membre me fait mal.

Il baisse la tête vers mes seins, aspirant un mamelon dans sa bouche. Agrippant ses épaules, je gémis quand il tire fort sur mes tétons, les taquinant avec sa langue. Il me retient, parfaitement sous contrôle, avec une force dure, comme si rien ne pouvait le faire sortir de sa transe.

Je lève les yeux sur Crius qui se tient à quelques mètres de nous, les yeux embrumés par la luxure, son sexe déjà sorti de son pantalon. Il en palpe la chair épaisse et lourde.

— Tu me tues, murmure-t-il. Ton odeur m'étrangle. C'est si doux, si parfait, putain. Je veux qu'on m'en mette partout sur le visage.

Je tends ma main tremblante vers lui au moment où Ragnar tire sur mon pantalon, me laissant complètement nue et vulnérable. Il grogne, et sans aucun répit, il se laisse tomber à genoux, plaquant sa bouche contre mon sexe. Sa langue est implacable, frottant sur mes replis humides.

— C'est la chose la plus douce que j'aie jamais goûtée, petit renard.

Puis il écarte mes jambes et enfonce deux doigts en moi.

Mon cri ressemble à un hurlement. Crius est à mes côtés, sa bouche se dirigeant vers mes seins, tandis que mon regard est rivé sur Nikos et Stone, qui se hâtent vers le village. Je n'arrive même pas à penser au danger que nous courons ou à la manière d'échapper à ces chaleurs. Mais lorsqu'ils se retournent vers moi, j'ai mal à l'idée qu'ils ne soient pas à mes côtés, même si je comprends. Ils doivent nous protéger pour le moment.

Surtout que je suis sur le point d'exploser si personne ne me prend rapidement. Je passe mes mains dans les cheveux brun foncé de Ragnar. Il entame à peine le feu qui me consume. Empoignant ses cheveux, je repousse sa tête.

— Je t'en prie, le supplié-je. J'ai besoin de vous deux en moi. C'est insupportable.

Ragnar se lève, léchant ses lèvres luisantes, les yeux rivés sur moi comme un loup prédateur. Crius et lui échangent un regard complice et se déshabillent en quelques secondes.

Deux larges verges pointent dans ma direction, j'en salive littéralement. En temps normal, j'aurais faim d'elles, mais là, c'est différent. C'est un désir brut qui se resserre autour de moi à mesure qu'ils restent loin de moi, comme si nous étions des aimants faits pour être collés ensemble. La distance me cause une douleur insupportable, comme si quelqu'un avait ouvert ma cage thoracique et retenait mon cœur loin de mon corps… et je dois le récupérer.

Ces hommes sont à moi, et j'ai tout autant besoin d'eux.

— Je ne peux pas attendre, répété-je en me jetant sur Ragnar.

Mes mains s'accrochent à ses épaules tandis que je grimpe sur lui, mes jambes s'enroulant autour de ses hanches. Ses mains agrippent mes fesses et il me soulève aisément.

— Narah…

Il s'accroche à moi, me plaque contre lui.

Je sens l'érection massive de Crius contre mes fesses, je suis prise en sandwich entre leurs poitrines brûlantes.

Ils sont comme le feu sous mes doigts alors que je suis la lave de notre volcan sur le point d'exploser.

— On s'occupe de toi, ronronne Crius dans mon oreille tandis que son membre glisse entre mes fesses, sur cette moiteur qui me trempe totalement. Tu es tellement prête pour moi, ajoute-t-il en enfonçant un doigt en moi.

Je me raidis alors que mon désir s'envole.

Ragnar se crispe en me serrant fort contre lui, son sexe se glissant dans mon intimité.

— C'est ça, je t'en prie... il m'en faut plus, le supplié-je.

Crius m'entend et remplace son doigt par son membre.

J'ai largement dépassé le point de rupture, et mon souffle se bloque dans ma gorge alors que les deux hommes m'emplissent de leurs énormes verges. C'est primitif, une faim sauvage qui doit être rassasiée.

Ma louve gémit afin d'obtenir la connexion, et je ne peux m'empêcher de penser à l'horreur que cela aurait été si mes chaleurs m'avaient envahie près de mon ex-compagnon. Penser à Martell me donne des frissons, et je me maudis d'avoir laissé son nom entrer dans ma tête pendant que deux hommes que j'adore me prennent.

Ils s'enfoncent un peu trop brutalement, ce qui me déconcentre, mais je ne vais nulle part. Je suis plaquée entre ces hommes magnifiques qui me remplissent, m'étirent, et font glisser leurs mains sur tout mon corps.

— Tu vas bien ? me demande Ragnar tandis que

Crius murmure dans mon oreille, tu es si étroite. J'aime la façon dont tu m'aspires.

— Retirez-moi cette douleur, je vous en prie.

— Oui, oui, grogne mon Alpha, le regard lourd quand il le plante dans le mien, balançant ses hanches d'avant en arrière pour me pénétrer.

Crius s'adapte à notre rythme, et la friction m'enflamme.

— Tu es tellement mouillée, ronronne-t-il.

J'ai le souffle coupé en rebondissant sur leurs deux verges, et mes seins se balancent. J'aime la manière dont ils scrutent mon corps, les bruits de claquement que nous produisons, et le fait que je sois complètement à leur merci. L'euphorie se répand en moi, mes râles frémissent à mesure qu'ils me pénètrent plus profondément. À bout de souffle, j'en redemande.

Je n'ai jamais autant plané, été sensible à tout ce que je touchais, ou aussi excitée.

— Ragnar, Crius…

Le reste de mes mots se perd dans un long gémissement. C'est si bon de les sentir enfoncer leurs sexes en moi, avec leurs bourses qui claquent contre moi.

— C'est ça, prends-le comme la bonne fille que tu es, gémit Ragnar.

Il accélère, et j'adore qu'on soit en phase l'un avec l'autre. Je me tends, sachant ce qui va arriver.

— Je suis proche.

— Je sais, confirme Ragnar, comme s'il lisait dans mes pensées.

Ses lèvres effleurent les miennes avant de réclamer

ma bouche avec une passion incroyable. C'est un homme qui aime dominer, et c'est comme ça qu'il embrasse, comme si je lui appartenais. Sa langue s'insinue entre mes lèvres et se mêle à la mienne. Nous trouvons le même rythme pendant qu'ils me prennent.

Crius plaque sa bouche sur mon cou, me suçotant, il en veut plus.

Mes sens sont en ébullition, mon corps bourdonne entre eux et se tortille sous la pression croissante.

— Ne te retiens pas, gémit Ragnar contre ma bouche. Laisse-toi aller. Libère la douleur.

Je n'ai aucun répit pendant que je vibre sous l'effet de l'orgasme qui me traverse. Ils s'occupent de moi alors que je m'effondre complètement, brisée. Ils continuent de me pilonner. Mon cœur martèle ma poitrine, et Ragnar couvre mes cris de ses baisers.

Crius est tout contre mon oreille, il plante ses doigts dans mes hanches.

— Tu es tellement incroyable. Ton corps, c'est le nirvana pour moi.

Leurs bruits bestiaux ne font que me rendre encore plus folle alors que je plane à cause de l'excitation. Mon clitoris palpite, mes nerfs s'emballent. Je ne sais pas combien de temps nous restons verrouillés ainsi, mais lorsque j'ouvre enfin les yeux et que mes hommes se retirent de moi, je respire plus facilement.

L'étau qui m'enserrait est parti, la douleur aussi, tout comme la faim qui faisait de moi un véritable désastre à la merci du désir. Mais quelque chose semble différent des autres fois où nous avons couché ensemble.

— Pourquoi vous n'avez pas joui tous les deux ? demandé-je soudain.

— Tu n'as aucune idée de ce que je serais capable de faire pour exploser dans ton doux sexe, me dit Ragnar qui caresse les côtés de mon visage. Mais nous n'avons pas la liberté de nouer en toi maintenant. Ça viendra plus tard.

Crius me serre contre sa poitrine tandis que Ragnar ramasse sa chemise sur le sol, la débarrassant de ses feuilles.

— Alors mes chaleurs sont parties pour le moment, c'est ça ? demandé-je, du désespoir dans la voix.

— C'est difficile à dire, m'explique Crius, m'entourant de ses bras possessifs. Une fois que les chaleurs d'une Omega ont démarré, elle les aura de façon aléatoire, et l'intensité augmentera à chaque épisode. N'importe quoi pourrait les déclencher. Ma belle, ta mère ne t'a jamais parlé des chaleurs ?

Mon passé est pour moi une plaie ouverte et douloureuse. J'ai grandi avec une mère qui prenait soin de nous, nous protégeait et ne nous disait rien du monde réel. Rien sur la façon de se battre pour survivre. J'aime à penser que ses décisions étaient motivées par un réel intérêt pour nous, mais après avoir découvert que, après tout ce temps, elle n'était pas morte et qu'elle avait ressuscité notre père pour le conserver comme une marionnette zombie, je ne sais plus quoi croire.

Crius me regarde, attendant ma réponse.

Je ris à moitié et produis un son étranglé en réponse à sa question.

— Ma mère m'a toujours dit que je n'aurais pas à m'inquiéter d'être en chaleur parce que je n'étais pas totalement louve. Ce que j'ai appris, c'est en entendant les autres en parler dans la meute. Et ça se limitait au fait de savoir que la femme restait enfermée avec son compagnon, parfois pendant des semaines.

Pendant longtemps, je n'ai pas compris ce qu'ils faisaient derrière ces portes fermées. J'étais jeune et naïve jusqu'à ce qu'une des femmes meure pendant ses chaleurs. J'ai découvert qu'elle n'avait pas de compagnon attitré, et que quelque chose était brisé en elle. Alors, quelques hommes se sont relayés pour lui faire subir un rut quotidien, et à la fin, elle est morte à cause de leur brutalité. Cela m'a terrifiée, et pendant longtemps j'ai remercié la déesse de la lune de ne pas avoir à endurer ça.

Et maintenant, regardez-moi... noyée dans mes chaleurs, totalement perdue.

La caresse tendre de Crius sur mon bras me remonte le moral.

— C'est bon, nous pouvons t'aider, murmure-t-il.

— Je... Je ne crois pas que ce soient de vraies chaleurs. La grande prêtresse, Lyra, m'a jeté un sort juste avant votre arrivée.

Je crache pratiquement son nom, comme si c'était de la saleté dans ma bouche. Je la déteste tellement.

— Cette garce m'a imposé des chaleurs.

La colère me submerge en voyant à quel point notre situation a dégénéré. Je résume rapidement aux deux hommes ce qui s'est passé, comment j'ai découvert ma sœur Kaira près de la rivière, et que la sorcière la possédait depuis notre départ de leur assemblée. Il y a aussi Lyssa. Elle a tué la fille de l'Alpha de la meute.

L'effroi m'envahit jusqu'à mes poumons. Je regarde plus loin dans les bois, là où le corps de Lyssa a été accroché à un arbre. Je ne la vois pas de là où nous nous trouvons, mais je sais qu'elle est là, et mes poils se dressent sur mes bras. Je fais de mon mieux pour ne pas la visualiser. Elle a été éventrée et laissée pour morte, là.

Mon cœur martèle ma poitrine tant j'ai peur que son père rejette la faute sur nous… les nouveaux venus dans le foyer de sa meute.

— Mets ça, me dit Ragnar, l'air aussi sinistre que mon humeur.

Avec leur aide, je passe sa chemise par-dessus ma tête et la tire sur mon corps. Elle m'arrive aux genoux et je nage dedans, mais je ne suis pas nue. Ragnar a déchiré mon t-shirt, et mes chaleurs ont trempé mon pantalon. En vérité, mon corps bourdonne toujours, comme si l'excitation ne voulait pas me lâcher.

Pour me distraire, je parle de ce que j'ai appris de la grande prêtresse.

— Elle en a après ma mère, même morte, pas après mes sœurs et moi.

Lyra a pris la direction de sa maison dans les montagnes. Plus je parle et me rappelle qu'elle m'a attaquée, plus je tremble de fureur.

Les hommes me regardent fixement, leurs visages blêmissent.

— Qu'est-ce qu'elle va faire avec un cadavre ?

bafouille Crius. Et sans vouloir t'insulter, Narah, la maison de ta mère me donne la chair de poule.

Je ne sais pas quoi dire puisque je n'ai pas encore visité la maison de ma défunte mère, mais ses paroles me donnent des frissons.

— Il y a plus, continué-je malgré le fait que beaucoup de mes questions restent sans réponse. Lyra a dit que mes ennemis loups arrivaient pour nous tuer. Elle parlait de Martell, parviens-je à articuler. Son nom est tel de l'acide sur ma langue, et je hais la pointe de fébrilité qu'il éveille en moi.

— L'ordure ! grogne Ragnar en passant une main dans ses cheveux.

Nous savons qu'il est en affaires avec la sorcière, donc elle a dû les informer de notre présence ici, d'une manière ou d'une autre, dit Crius, verbalisant mes pensées.

Je souffle longuement.

— Nous avons de gros problèmes, n'est-ce pas ?

J'ai la voix qui tremble, et mon regard passe d'un homme à l'autre.

Je vois la frustration dans les yeux de Ragnar qui pousse un profond soupir, confirmant mes pires craintes.

La mâchoire de Crius se crispe.

— Nous sommes en danger ici. Tu dois quitter cette meute, déclare Ragnar.

Je le regarde en clignant des yeux, le ventre noué par le malaise. Dans ma tête, je réfléchis à ce qui s'est passé avant que je ne me perde dans les chaleurs.

— Qu'est-ce que tu veux dire par là ?

Il se retire pour refermer son pantalon. Il se tient devant moi, torse nu et absolument époustouflant, m'ignorant pendant un long moment. Crius s'empresse d'enfiler ses vêtements, le front barré d'un pli inquiet.

— Qu'est-ce que tu veux dire ? répété-je un peu plus fort.

— Narah, commence Ragnar en prenant ma main dans la sienne. Tes chaleurs peuvent revenir à tout moment, et si d'autres Alphas sont près de toi, ils s'entretueront pour t'atteindre et te faire subir leur rut encore et encore. Il faut qu'on trouve un moyen d'expliquer à l'Alpha de la meute que sa fille a été massacrée, et que nous n'y sommes pour rien.

— Jae... dis-je en lui attrapant le bras, tremblant quand la panique me gagne. Je dois aller chercher Jae. Ensuite, nous partirons.

— Narah.

Ragnar me prend la main et en frotte doucement le dos avec son pouce. En temps normal, cela pourrait me ramener à un faux état de calme, mais là, je suis bien trop terrifiée.

— Je ne pars pas sans elle, insisté-je.

Il pince les lèvres, et je sais qu'il a envie de me contredire, mais il n'a pas le temps de le faire, car des bruits de pas lourds arrivent vers nous en provenance des huttes.

Nikos et Stone courent dans notre direction, l'un d'eux tenant un sac en bandoulière. Ils avancent rapidement comme s'ils étaient poursuivis et ils nous rejoignent en quelques instants.

Mon estomac se retourne.

— Il faut qu'on y aille maintenant, dit Nikos sèchement, et je vois l'inquiétude dans ses yeux. Ton odeur a atteint les maisons, et il y a des types qui titubent hors de leurs lits, impatients de trouver la source.

— M… Mais j'ai passé le cap des chaleurs pour le moment, alors je peux me faufiler là-bas et récupérer Jae.

— Ça n'a aucun sens, dit Stone en me regardant, confus. Ce n'est pas comme ça que ça marche. Je te sens encore.

— Elle ne sait pas grand-chose sur les chaleurs, explique Crius avant de reporter son attention sur moi. Même en dehors des fortes crises, les Omegas dégagent toujours une légère odeur qui attire les Alphas auprès d'elles.

— Mais je ne peux pas laisser Jae derrière moi, murmuré-je alors que ma poitrine se resserre.

— Elle sera en sécurité, dit Stone en me prenant la main, et je me laisse aller contre son torse robuste, j'entends son cœur qui bat en rythme avec le mien. Nous allons nous en assurer. Mais elle ne sera pas protégée si tu te fais tuer.

— Ragnar, lance Nikos pour l'avertir. Il n'y a pas de temps à perdre.

— Nikos et Crius, vous emmenez Narah à la maison de sa mère dans les bois, ordonne Ragnar, un grognement au fond de la gorge. Si vous voyez la sorcière, gardez vos distances jusqu'à ce que nous arrivions. Stone, toi et moi, on va essayer de régler ce problème, puis on partira avec Jae et on les retrouvera dans les montagnes.

Ce plan me fait tourner la tête, à cause de tout ce qui pourrait mal tourner.

Soudain, des bruits de voix nous parviennent depuis la direction des huttes, et je regarde fixement l'endroit où plusieurs hommes déambulent. Combien de temps faudra-t-il avant qu'ils viennent par ici et trouvent le cadavre ? Avant qu'ils n'attaquent pour m'atteindre ?

Je suis dévastée. Lyra a pris possession de ma sœur, et maintenant nous abandonnons Jae derrière nous.

Ragnar donne ses instructions à Crius et Nikos tandis que Stone me donne des vêtements propres et des bottes pour que je me change. Je m'exécute rapidement, les mains tremblantes.

— Ça va aller pour toi, tu verras. Et pour tes sœurs aussi.

Les paroles réconfortantes de Stone me donnent quelque chose à quoi m'accrocher, un peu d'espoir.

Je ne peux pas m'effondrer maintenant.

Je n'ai pas fait tout ce chemin pour laisser une grande prêtresse cinglée et un ancien compagnon obsédé détruire ma vie. J'ai retrouvé ma magie et j'ai quatre Alphas à mes côtés. Certes, je ne sais pas encore comment contrôler mon pouvoir, mais je ne me lance pas vraiment dans la bataille les mains vides.

Ragnar et Stone sont à mes côtés, ils m'embrassent avant de partir.

Tout se passe trop vite.

— Je vous en prie, dites à Jae que je l'aime, et pourquoi j'ai dû partir.

Je m'étouffe et échoue lamentablement à arrêter mes larmes. Ma poitrine me fait si mal. Je ne veux pas m'enfuir à nouveau. Je viens de récupérer mes sœurs, et maintenant tout est détruit.

Soudain, Nikos est derrière moi, passant les bras autour de ma taille.

— Il est temps.

CHAPITRE 2

RAGNAR

— C'est nouveau pour moi, aboie Stone avec humour alors que nous traversons les bois, les laissant derrière nous. D'habitude, je traîne les corps dans les bois pour les brûler, je ne les emmène pas dans des maisons.

Il ricane.

— Je suis surpris que tu arrives à trouver quelque chose de drôle en ce moment.

Je lui jette un œil. Le corps de Lyssa est affalé sur son épaule. Nous avons eu du mal à la faire descendre de l'endroit où la sorcière l'a clouée à l'arbre, sans parler du fait qu'elle est ouverte du cou à l'estomac. La grande prêtresse est une foutue psychopathe pour avoir massacré cette fille de manière aussi atroce. Nous avons fait de notre mieux pour l'envelopper dans la chemise de Stone afin d'éviter que ses entrailles ne tombent plus qu'elles ne le faisaient déjà. Stone avait également enfoncé sa lame à l'arrière de sa tête, directement dans son cerveau, et sectionné les nerfs qui s'y trouvaient. Nous n'avons pas besoin qu'elle revienne en zombie pendant le transport.

Nous vivons dans un monde où les loups se battent contre les loups pour obtenir des territoires et des femmes et où nous avons tous peur des morts-vivants. Ils infestent chaque pays avec le virus qui a détruit la civilisation voici bien longtemps. Aujourd'hui, ceux d'entre nous qui ne sont pas immunisés contre les morts-vivants sont des porteurs, ce qui signifie que quand nous mourons, nous revenons sous la forme d'un de ces enfoirés. Ainsi, brûler, couper la tête ou sectionner les nerfs reliant le cerveau à la colonne vertébrale permet de s'assurer qu'ils ne reviennent pas.

Je secoue la tête pour chasser ces créatures que je déteste et je regarde Stone, qui tient Lyssa sans se démonter. Des filets de sang dégoulinent du cadavre sur sa poitrine nue, mais cela ne le dérange pas.

Je devrais avoir des remords pour cette fille, mais à dire vrai, ce n'est pas le cas. Je ne l'aimais pas de son vivant, alors pourquoi l'apprécier après sa mort ?

Tout ce que je ressens est absorbé par Narah. Mon petit renard m'a envoûté, j'ai encore son odeur dans les narines, et mon sexe se tend de n'avoir pas été libéré en elle. Et son corps… c'est une foutue déesse. Ses cheveux, d'un roux châtain et soyeux au toucher, exigent que je les enroule autour de mon poing pendant que je la pénètre par-derrière.

Je me rappelle la peur et l'innocence dans ses yeux alors qu'elle se perdait dans ses chaleurs. Sa faim me rendait dingue. Son parfum, la douceur de sa peau, et ses cris demandant qu'on la prenne m'atteignaient en plein dans l'aine.

Tout en elle est sexy, délicieux, et vulnérable. Elle me déstabilise complètement, et la moitié du temps, elle ne s'en rend même pas compte. Aucune femme ne devrait avoir un tel pouvoir, mais dans le cas de Narah, je suis prêt à tomber à genoux et à l'adorer. Un sursaut de lucidité me parcourt l'échine quand je constate à quel point nos vies sont enchevêtrées.

Je ne sais pas pourquoi l'univers nous a attribué des compagnons de destinée différents alors qu'il est clair que nous sommes faits l'un pour l'autre. J'ai envie de revenir vers elle, de m'enfoncer en elle, de nouer en elle, et de l'inonder de ma semence. Pour lui rappeler qu'elle m'appartient. Lors de l'une de nos dernières conversations, j'avais accepté de la partager avec mes hommes, mais cela ne m'a pas empêché de lui rappeler que je mourais d'envie qu'elle se soumette à moi.

Stone rit tout bas, me tirant de mes pensées.

— Soit j'en ris, soit je fais un carnage contre cette folle, Lyra. Quelle sorcière est capable de tuer de cette façon ? demande-t-il en pointant le corps sur son épaule du bout du menton. Nous avons affaire à une créature psychotique. Même en combinant toute notre magie, je crains que ce ne soit pas suffisant contre elle.

Je lis le désespoir et l'effroi dans ses yeux, et mon

pouls s'emballe parce qu'il a raison. Je me demande si le pouvoir de Narah est assez fort pour combattre celui de Lyra. Mon petit renard n'a pas encore pleinement exploité ses capacités, et je croyais que nous aurions le temps dans ce village pour qu'elle le fasse. Mais nous avons été précipités dans le feu de l'action et nous n'avons plus le temps.

— Je ne sais pas. Mais quoi que Lyra veuille de la mère morte de Narah, cela ne peut être que pire pour nous. Donc, on termine ça rapidement et on court après notre équipe dans les montagnes.

— D'accord, acquiesce Stone. Peu importe ce qu'il faudra faire, tu sais que je suis partant.

Il est le frère que je n'ai jamais eu. Comme moi, sa relation avec son père était terrible. Frappé, déshonoré, jamais assez bon parce qu'il avait des pouvoirs magiques, une chose que les hommes ne devraient pas maîtriser, selon son vieil enfoiré de père. C'est peut-être pour ça que Stone et moi nous entendons si bien. Nous avons la même manière de penser, chassons de façon identique, et en matière de loyauté, je pourrais lui confier ma vie.

Nous approchons du grand hall où j'avais vu Mihai, Alpha de cette meute et père de Lyssa, entrer ce matin pour la dernière fois. J'ai comme un bloc de pierre sur la poitrine, à cause de la nouvelle que je vais lui annoncer et de sa réaction.

Ces derniers jours, nous avons rendu visite aux meutes voisines pour gagner leur loyauté et obtenir leur accord pour nous aider à conquérir le Secteur Sauvage. Bien sûr, chacun de ces cons exigeait quelque chose, et au moment où nous avons terminé, j'étais tenté de les éliminer tous. Aucun d'entre eux n'est digne de confiance, mais je comprends le concept de guerre et je sais que plus vous avez de partisans, plus vous avez de chances de triompher. Alors, je me suis tu la plupart du temps et j'ai résisté à l'envie de leur arracher la gorge.

Quand j'ouvre la porte du hall, mon regard se pose sur Mihai. Il est assis à une table sous une fenêtre en arc de cercle, avec un étalage de nourriture devant lui. Il discute bruyamment avec plusieurs de ses hommes qui sont assis à la table, savourant leur repas. Un jeune homme joue aussi de la musique dans le coin, mais la conversation et la mélodie s'arrêtent à notre entrée.

— Je suis désolé de vous interrompre, mais j'ai une tragique nouvelle, dis-je en observant la réaction de chacun dans la salle.

Mihai pose sa fourchette sur la table, me scrutant attentivement, mais ses yeux se posent ensuite sur Stone, qui se dirige vers la table la plus proche, près du mur. Il dépose délicatement Lyssa sur la table, sur le dos, les bras et le torse étroitement enveloppés dans sa chemise attachée par ses manches. Le sang suinte à travers le tissu, et une partie de celui-ci tache l'épaule de Stone, dégoulinant le long de sa poitrine. Il n'est pas perturbé. Nous avons livré de nombreuses batailles qui nous ont fait baigner dans le sang de nos ennemis.

Mihai pousse un cri étranglé, et il se lève, faisant

valser la table devant lui, les assiettes et la nourriture projetées en l'air. Ses hommes se bousculent pour s'écarter du chemin dans ce chaos.

— Lyssa, gémit Mihai, la voix brisée.

Depuis que je connais cet homme, je ne l'ai jamais vu exprimer d'autre émotion que la colère. À présent, il est aux côtés de sa fille, penché sur elle, le douloureux son du chagrin envahissant la pièce soudain silencieuse.

Le bruit que fait un parent quand il perd un enfant n'est jamais une épreuve facile à ignorer. Je ne suis pas un enfoiré fini au point de ne pas ressentir une douleur lancinante dans ma poitrine face à sa perte.

Mon père m'a dit un jour que les grands changements sont toujours précédés par la mort. En ce qui concerne Mihai, je ne sais pas comment cela va se terminer.

Lorsqu'il se redresse enfin et tourne les talons, la lueur de son regard croise le mien.

— Qui a tué ma fille, putain ? C'était toi ?

Il me montre du doigt, le menton tremblant, des larmes plein les yeux. Il traverse la pièce, le corps secoué de tremblements.

Je ne bouge pas, je me tiens droit devant lui. Il arrive juste devant moi. À voir son regard sauvage et paniqué, je me rends compte qu'il est imprévisible.

— Je t'ai posé une foutue question ! Elle sent la magie. Pourquoi ?

Déglutissant lentement, je réponds d'une voix calme, en soutenant son regard.

— Nous l'avons trouvée clouée à un arbre près de la rivière, éviscérée. Le temps que Stone et moi arrivions, il n'y avait plus personne autour d'elle, mais tu as raison. Elle empeste la magie. Lors de notre récent voyage, je t'ai dit que les Loups de la Tempête avaient conclu un pacte avec les sorcières contre nous.

— Qu'es-tu en train de dire? Qu'une sorcière est venue chez moi et a tué ma fille? Ça n'a aucun sens. Pourquoi elle? Pourquoi ne pas s'en prendre à toi ou à moi?

Son visage est rouge vif, il serre les poings contre ses flancs.

Je serre les dents, luttant contre l'envie de l'écarter de moi.

— On m'a dit que les Loups de la Tempête sont en route vers ta meute au moment où nous parlons. Tu ne le vois donc pas? Tu es une menace pour Martell. Il veut régner sur le Secteur Sauvage et éliminer tous ceux qui s'opposent à lui. Ta fille, c'était sa manière de t'envoyer un message pour te dire de dégager.

Je déteste mentir, car je mets un point d'honneur à m'en tenir à la vérité, ce que je fais du mieux que je peux, y compris en le prévenant que l'ennemi est à sa porte. Je n'ai pas non plus l'intention de révéler qu'une dangereuse sorcière possède la sœur de Narah, que nous avons amenée dans son foyer. Ce serait du suicide.

Il passe une main tremblante sur son visage, cligne rapidement des yeux, contemple sa fille avant de reposer les yeux sur moi, essayant d'accepter la tragédie.

J'attends en silence.

La peur survient lorsque vous avez l'impression de perdre le contrôle d'une situation ou d'une personne. C'est quand on vous prend quelque chose et que vous avez envie de tout détruire, mais que vous savez que rien de ce que vous entreprendrez ne vous ramènera ce que vous avez perdu. C'est cette expression qui apparaît sur le visage de Mihai.

Il émet un grognement qui ressemble plutôt à un gémissement blessé. Se tournant vers sa fille, il écarte tendrement les mèches de cheveux de son front.

— Elle voulait juste trouver son compagnon et s'installer. Elle était tellement excitée à l'idée que tu lui offres enfin ça, Ragnar. Mais tu ne pouvais même pas le faire, n'est-ce pas ? Il a fallu que tu te débrouilles pour que son dernier souvenir soit de t'avoir vu sauter cette louve maigrichonne que tu as amenée dans ma meute.

Sa voix est brutale et rageuse, et mon loup s'agite en moi en réponse, mais ce n'est pas notre combat.

Stone hausse les épaules quand je le regarde, puis lève le menton vers la porte derrière nous, indiquant que nous devons partir. Il vaut peut-être mieux laisser Mihai faire son deuil.

L'Alpha se retourne brusquement, et l'air crépite de cette même fureur qui danse dans ses yeux.

Stone se rapproche de moi quand il repère le changement de comportement de l'homme. Je n'ai pas peur. Ce qui m'inquiète le plus, c'est ce qu'il va faire de notre partenariat et de nos accords.

Il aboie à ses hommes d'emmener Lyssa dans sa chambre, puis ajoute :

— Préparez-la pour la crémation. Je veux toute la meute là-bas. Tout le monde ! hurle-t-il.

Ses hommes acquiescent et se dépêchent d'enlever sa fille sans échanger le moindre mot.

L'expression de Mihai s'assombrit et il se tourne vers nous.

— Je vais découvrir la vérité sur ce qui est arrivé à Lyssa. Et si tu m'as menti, je te traquerai, Ragnar, et toi et tes hommes, je vous écorcherai vifs. Ensuite, je rendrai visite à ta famille au Danemark pour leur remettre ton corps et regarder la souffrance sur le visage, comme tu l'as fait pour moi.

Cet homme est en train de s'effondrer, le chagrin le détruit, alors il a besoin de quelqu'un sur qui se défouler. En principe, je tuerais quelqu'un pour une telle menace, mais je vais lui accorder cette indulgence.

Ses épaules se contractent quand il se retourne, renversant les tables une fois de plus comme un fou.

— Je change mes conditions, lance-t-il sèchement dans ma direction. Je n'ai plus envie de me montrer généreux, et une partie de moi ne peut s'empêcher de penser que tu as profité de moi. Tu m'as apporté ma fille morte, alors que veux-tu que je pense ?

— Nous ne l'avons pas tuée, grogne Stone tout bas. Nous sommes les messagers qui l'avons trouvée dans cet état, t'épargnant ainsi de la trouver dehors clouée à l'arbre.

— Ferme ta gueule ! lâche Mihai. C'est entre Ragnar et moi. Tu peux te barrer d'ici.

Je serre les poings et me retiens de les lui balancer à

la figure pour s'être adressé de cette manière à l'un de mes hommes, mais Stone peut se débrouiller tout seul.

Il se lèche les lèvres, plisse les yeux en regardant Mihai, et il siffle à travers ses dents serrées :

— La seule raison pour laquelle tu respires encore, c'est que tu as perdu ta fille aujourd'hui.

Stone tourne les talons et sort en trombe de la salle, claquant la porte derrière lui.

— Te voir garder un Alpha aussi irrévérencieux dans ta meute me dépasse.

Je serre les dents et avance d'un pas.

— Tu as parlé d'un changement dans les termes de notre accord ?

Serait-ce une telle tragédie que cet homme perde la vie le même jour que sa fille ? Mes doigts tremblent du besoin urgent de le liquider, et mon loup agité exige qu'on en finisse avec Mihai. Je me rappelle ainsi qu'il ouvre les portes à d'autres meutes pour qu'elles rejoignent notre combat et qu'il veille à ce que celles qui ont accepté ne changent pas d'avis.

— Oui, répond-il en levant la tête, le regard froid. Je n'aime pas qu'on me prenne des choses. Nous savons tous deux à quel point ton succès dans la conquête de ce secteur dépend de moi, mais j'ai besoin de plus.

— Plus de quoi ? demandé-je, irrité. Des femmes ? Du temps ? Qu'est-ce que tu veux de plus, putain ?

Mes épaules se soulèvent, je commence à perdre le contrôle sur ma colère.

Il se penche en avant, les lèvres tordues en un rictus.

— Si tu veux toujours que je t'aide, tu amèneras

quarante Omegas pour ma meute dans sept jours, me hurle-t-il au visage, postillonnant dans tous les sens.

Je sens la morsure de sa fureur, mais en dépit de la tristesse dans ses yeux brillants, je suis trop énervé pour m'en soucier.

— Et comme j'ai perdu ma fille, tu me donneras ton premier-né.

Pour la première fois, les mots me manquent et j'ai beau essayer de rester sérieux, j'éclate de rire.

— C'est quoi ce bordel ?

D'accord, il m'a pris totalement au dépourvu.

La colère déforme les traits de cet enfoiré, son regard s'enflamme tandis qu'il tente de reprendre son souffle. S'il veut m'attaquer, qu'il le fasse, j'aurai une raison de le plaquer contre le mur.

— Pour commencer, je dois me rendre dans le sud du pays pour les femmes, et il n'y a aucune garantie qu'elles soient encore disponibles. J'ai donc besoin de plus de temps. Ensuite, tu as perdu la tête ? Ce n'est pas ça qui va ramener ta fille. D'ailleurs, je n'ai pas l'intention d'avoir des enfants de sitôt. On ne peut pas élever des enfants en prenant le contrôle d'un secteur et en déclenchant une guerre.

Quand le moment sera venu, je détruirai Mihai avant qu'il ne touche à quoi que ce soit qui m'appartient.

— Je m'en contrefous, espèce d'ordure, aboie-t-il. Soit tu acceptes le marché, soit tu dégages de chez moi et tu perds toutes les allégeances des meutes avec lesquelles nous nous sommes liés.

Ma mâchoire se contracte tandis que la rage gronde dans mon esprit, sachant que je suis acculé dans un coin, et que cet enfoiré le sait. C'est la seule raison pour laquelle je suis ici. Cette histoire à propos d'un enfant ne me préoccupe pas, parce que ça n'arrivera pas. Mais les quarante femmes risquent de poser problème.

Il grogne, et je n'ai plus qu'une envie, le frapper encore et encore. Le faire saigner et l'entendre me supplier d'arrêter.

Mon loup pousse un gémissement aigu dans ma poitrine, car il sait que c'est une erreur, mais je n'en suis pas arrivé là pour que tout soit fichu parce que ce salaud pleure sa fille.

Avant de venir en Roumanie, je me suis dit que je ferais tout pour conquérir le Secteur Sauvage. J'aurais fait n'importe quoi pour montrer à mon père que je n'étais pas le rebut d'un Alpha qu'il pense que je suis. Tout pour disposer d'un territoire qui me permettrait de rentrer chez moi et de récupérer ma sœur, Hel, auprès du tyran que mon père l'a contrainte à épouser.

Sans un signe de tête, je grogne à contrecœur :

— Marché conclu.

Je me retourne pour sortir de là avant de lui arracher sa foutue tête, quand il appelle mon nom, me faisant m'arrêter.

— Ne t'imagine pas aller quelque part ce soir. Une grande meute de l'ouest vient en visite. Ils seraient parfaits pour rejoindre notre équipe, et ils veulent te rencontrer. En plus, je suis sûr que tu ne voudrais pas manquer la crémation de Lyssa.

Ses paroles sont amères et vindicatives.

— Espèce d'ordure, marmonné-je avant de le laisser derrière moi.

À présent, mon esprit est partagé entre jouer le rôle de lèche-bottes de ce bâtard et courir après Narah.

CHAPITRE 3

NIKOS

— Quatre sur la gauche fonce ! hurlé-je à Crius.

Empoignant sa hache, il traverse le champ, se rapprochant des trois zombies qui trébuchent dans notre direction. Narah est derrière nous, en sécurité, j'espère.

Je pivote sur ma droite, un couteau dans chaque main, et je pousse un cri de guerre en me jetant sur les deux qui sont devant moi. Ils sont rapides, ne chancellent pas comme tant d'autres que j'ai vus, et au vu de leur maigreur et de leurs joues creuses, je dirais que c'est sans doute parce qu'ils sont affamés et désespérés.

J'arrive sur le premier, ma lame fend l'air en sifflant quand elle mord le cou de la créature. L'absence de sang me confirme à quel point ces morts-vivants ont faim. Je le frappe dans le ventre, faisant tomber ce tas de merde par terre. Je me retourne vers le second zombie et me déchaîne sur lui avec mes lames. Je ne veux pas que ces ordures me touchent, mais j'apprécie de me battre comme nous avons peu l'occasion de le faire au cours de nos voyages.

Trois, deux, un... il tombe à genoux, et sa tête se détache de ses épaules, rejoignant son ami.

Je hurle de joie au moment où Crius crie depuis l'autre côté du champ.

— Quatre de moins, et je reprends la tête.

Je reporte mon attention sur lui.

— Abruti, murmuré-je tout bas.

Je l'ignore et balaie les environs du regard, à la recherche d'autres ennemis.

Il n'y a personne. Il n'y a que des pins majestueux qui entourent le champ au loin. Les montagnes s'élèvent autour de nous et la rivière gargouille derrière moi.

Je me tourne vers l'endroit où nous avons laissé Narah et je découvre deux zombies étalés sur le sol à une vingtaine de mètres de là. Les morts sont tordus et de la fumée semble s'échapper de leurs corps. Je n'avais pas vu ces enfoirés s'approcher, mais il semblerait que notre amie ait employé sa magie et les ait éliminés sans problème.

Elle est assise sur notre sac de voyage, les jambes croisées devant elle, avec un sourire plutôt fier.

Mon cœur bat la chamade. Elle est absolument magnifique avec ses cheveux longs qui flottent dans la brise, son gilet en cuir par-dessus sa chemise ample épousant chaque courbe de ses seins.

— Je suis impressionnée ! s'exclame-t-elle en battant des mains. Tu as achevé ces deux-là en un temps record. Peut-être que tu mérites une récompense.

Elle m'envoie un baiser qui me serre le cœur.

— Tu sembles t'en être bien sortie de ton côté.

Je regarde rapidement les créatures avant de reporter mon attention sur elle.

La première idée qui me vient, c'est de lui arracher ses vêtements et de la faire se pencher. Je suis encore furieux que Ragnar et Crius l'aient prise quand elle était en chaleur. Mon érection n'a pas faibli depuis que j'ai senti son odeur profondément sucrée qui me fait penser aux fraises mûres. J'ai envie de la dévorer, la lécher partout, et étirer son intimité avec mon membre.

Un sourire se dessine sur ses lèvres à mon approche. Ma parfaite petite louve déclenche un feu en moi, et je doute qu'elle en ait la moindre idée.

— Je t'ai battu ! se moque Crius qui fonce vers moi à la vitesse d'un ouragan.

Il me saute sur le dos, et bon sang, il est lourd !

— Merde, mec !

Je trébuche à cause de sa vitesse alors qu'il essaie de verrouiller un bras autour de mon cou. Je me débats contre lui, en riant à moitié parce que je vais lui faire la peau, mais mes pieds se dérobent sous moi. Nous tombons en avant, et il est possible que Crius ait crié comme une fille. Je tombe dans la rivière et l'eau glacée m'engloutit aussitôt.

Repoussant Crius, je me propulse vers le haut. Quand ma tête remonte à la surface, j'aspire de l'air et je secoue l'eau de mon visage. Mon ami jaillit hors de l'eau dans un mouvement spectaculaire. Ce type cherche toujours à être le centre de l'attention, et même si ça m'énerve d'avoir été poussé dans la rivière, je ris de ses effets théâtraux.

— Vous deux, vous êtes les types les plus maladroits que j'aie jamais vus, constate Narah depuis la rive, les mains sur les hanches, un sourire aux lèvres.

C'est une déesse, et je ne peux m'empêcher de contempler sa beauté, ses yeux ambrés qui nous scrutent.

— Je ne suis pas d'accord, marmonné-je. C'est ce gros nul là-bas qui nous a poussés dans l'eau.

— Il fallait que tu te laves du sang des morts-vivants, alors qu'est-ce que ça peut faire ? répond Crius qui glisse sur son ventre vers Narah. Maintenant, à ton tour de venir, ma belle.

Ses yeux s'écarquillent, et elle fait marche arrière.

— Je ne crois pas, non. En plus, nous sommes des cibles faciles, ici, surtout avec tout le bruit que vous faites tous les deux.

— Je te propose un marché. Tu viens dans l'eau, et nous ne ferons pas de bruit.

Elle hausse un sourcil, surprise de sa suggestion. Rien ne devrait pourtant la surprendre quand il s'agit de Crius.

— Mieux encore. Vous deux, vous sortez de l'eau. Il faut qu'on se dépêche.

Elle parle sur un ton grave, et bien sûr, elle a raison. Si nous avons fait une pause, c'était seulement pour éliminer les créatures sur notre chemin.

Me traînant hors de l'eau avec mes vêtements dégoulinants et qui pèsent lourd sur mon corps, je gémis pendant que Crius replonge sous l'eau. Je me déshabille, je retire ma chemise mouillée. Je ne veux pas être ralenti si nous sommes à nouveau attaqués. Je fais passer les dreadlocks de mon mohawk par-dessus mon épaule et j'essore l'eau. Mes bottes aussi sont remplies de l'eau de la rivière, mais je peux supporter qu'elles soient mouillées. Je baisse mon pantalon et le retire, puis je lève la tête.

Narah se trouve à quelques mètres de moi, me regardant de haut en bas, la bouche légèrement entrouverte. Je vois la convoitise dans son regard, et ses mamelons se durcissent, poussant le tissu de ses vêtements.

Mon sexe tressaute, il est épais et de plus en plus dur. C'est parce que je pense au sexe toute la journée. Ma réaction face à Narah est aussi sincère que possible, et je suis fier de lui montrer l'effet qu'elle a sur moi.

— Eh bien, marmonne-t-elle alors que ses joues rougissent. Tu es si gros… Est-ce que l'eau froide n'est pas censée provoquer un… rétrécissement ? demande-t-elle en pinçant les doigts.

— Je ne peux pas parler au nom des autres hommes, mais je n'ai aucun problème de rétrécissement.

Elle déglutit bruyamment et se détourne timidement.

Mon cœur s'emballe, et le sang se précipite vers mon aine. Je ris de sa réaction, faisant de mon mieux pour faire taire mon côté excité qui meurt d'envie de se manifester. Je suis tellement excité, et être nu n'arrange pas la situation.

Crius clapote derrière moi, je suppose donc qu'il n'a pas entendu notre conversation, sinon il serait là en quelques secondes, son membre à la main, à exiger de comparer les tailles. Ce ne serait pas la première fois.

Ramassant mes vêtements sur le sol, je me dirige vers le sac de voyage, et Narah me suit. Le rouge de ses joues s'accentue, et elle se mordille le coin de la bouche. Le parfum de son intimité flotte sur la brise et envahit mes narines : délicieux, alléchant, séducteur. Mon cerveau me hurle de m'éloigner, de me rappeler où nous sommes, mais mon corps n'en fait qu'à sa tête. Quand il est question de ma magnifique louve, je suis plus qu'im-puissant. J'ai envie de l'entendre hoqueter de plaisir et haleter quand je l'amène jusqu'à l'orgasme.

Le renflement de mon membre n'arrange pas la situation.

— Je t'en prie, ne me juge pas, dit-elle doucement en s'avançant de quelques pas vers moi. Je sens encore le feu dans mon corps, et je brûle. Depuis que je vous ai vu vous battre avec Crius, j'ai du mal à penser à autre chose qu'à m'envoyer en l'air.

Ma verge s'emballe, et je tends la main vers Narah.

— Est-ce que tes chaleurs sont de retour ?

Tout ce que je sais des chaleurs des Omegas, c'est qu'une fois qu'elles ont commencé, elles ne les quittent plus jusqu'à atteindre leur apogée. Cela peut durer des jours pour certaines, des semaines pour d'autres. La soif insatiable d'être sautée arrive par vagues, les frappant sans crier gare, et en dehors de ces crises, elles aspirent constamment au sexe. La moindre petite chose peut les déclencher.

Avec la convoitise que je vois dans ses yeux, ma nudité a augmenté son excitation.

— Ce n'est pas aussi intense qu'avant, mais je n'arrive pas à penser à autre chose.

— De quoi as-tu besoin ?

Alors que je l'attire plus près, je retiens un gémissement en songeant à toutes les choses que j'ai envie de lui faire si elle m'en donne la permission.

— Je suis là pour toi.

— Je... Je veux te sucer.

Mes testicules se resserrent sous le coup d'un désir explosif, j'en ai le vertige. J'acquiesce précipitamment.

— Bien sûr... oui... s'il te plaît.

En riant, elle tombe à genoux.

— J'espérais que tu dirais ça.

Je viens peut-être d'arriver au paradis. C'étaient bien les derniers mots que je m'attendais à entendre de sa part.

Un gémissement s'échappe de sa gorge alors qu'elle enroule ses doigts fins autour de mon membre et le caresse à plusieurs reprises.

Je grogne mon approbation et plante les pieds dans le sol puisqu'il n'y a rien contre quoi m'appuyer. Elle lève vers moi des yeux vulnérables et bat des cils pour m'allumer. Puis elle presse le bout de mon sexe gonflé, surmonté d'une perle de moiteur, contre sa bouche. Lentement, elle le pousse au-delà de ses lèvres couleur rubis qu'elle enroule autour de mon érection. Puis elle lèche le dessous en m'attirant plus profondément.

Putain… Je manque de jouir rien qu'en la voyant m'avaler. Où a-t-elle appris ce truc avec sa langue ?

Je tends l'oreille quand j'entends le bruit de l'eau dans mon dos : Crius sort de la rivière. Il a sans doute compris ce qui est en train de se passer, mais je m'en fiche, surtout quand ma chérie me suce. Le bruit étouffé de ses mouvements de va-et-vient me fait grogner tandis qu'elle gémit, semblant s'amuser comme une folle.

— C'est quoi ça ? gronde Crius, sauf que lorsqu'il avance dans mon champ de vision, portant toujours ses vêtements trempés, il sourit comme le chien pervers qu'il est. Comment ai-je pu manquer ça ?

— Tu as eu ton tour… grogné-je quand le bout de ma verge heurte le fond de sa gorge, pour me faire entrer totalement dans sa bouche.

Je ne suis pas de petite taille et le fait qu'elle en ait déjà fait entrer autant est un exploit en soi.

— C'est foutrement sexy, constate Crius, bouche bée.

— Va te faire voir, grogné-je.

Il sourit, puis s'éloigne de quelques mètres et attrape le sac de voyage.

Reportant mon attention sur ma partenaire, je remue mes hanches, m'accrochant à l'arrière de sa tête alors qu'elle me travaille plus rapidement. La voir me prendre tout entier, jusqu'à en avoir les larmes aux yeux, est fascinant. C'est la chose la plus sexy que j'ai vue dans ma vie et ça me donne des frissons.

— C'est ça, suce-moi. Continue, grogné-je d'une voix rauque et irrégulière.

Elle me regarde fixement, ses yeux me brûlent. Mes bourses se resserrent à mesure que la douleur s'intensifie, puis je perds le contrôle.

Je gronde, grogne, me cabre, et respire rapidement. Je suis au fond de sa bouche quand elle m'avale, ingurgitant les rubans de liquide dont je l'inonde. Mon sexe palpite, mais ne noue pas. Il y a quelque chose dans le sexe des Omegas qui déclenche le nouage. J'aime bien trop les fellations pour ne pas en profiter.

Ses yeux s'agrandissent alors qu'elle m'accepte, sans essayer de se retirer. Mon corps est pris de spasmes, et je suis sur le point de perdre la tête pendant que je me vide en elle.

Je glisse hors de sa bouche, et elle reste à genoux devant moi, essuyant les coins de sa bouche comme si elle venait de savourer le meilleur repas de sa vie. Son sourire en dit long, et je vois qu'elle a pris du plaisir. Je tombe à genoux devant elle, je repousse ses cheveux de son visage.

— C'était magnifique, un cadeau que je n'oublierai jamais.

— J'aime ton goût, dit-elle, respirant fort et vite en se léchant les lèvres. Je ne peux pas t'expliquer pourquoi j'avais besoin de ça, mais je me sens mieux, plus détendue.

Je la prends dans mes bras, déposant des baisers

partout sur son visage. Je respire ses cheveux, savourant son parfum. Mes mains tombent sur sa petite taille, la serrant contre moi.

— Quand tu es en chaleur, la moindre petite chose peut déclencher ton excitation. J'aurais dû savoir que je ne devais pas me déshabiller devant toi.

— En fait, tu es irrésistible, même avec tes vêtements.

Son sourire en coin me fait l'adorer encore plus. Elle passe le bout de ses doigts sur les contours de mes tatouages et autour de ma poitrine et de mes biceps ; sa main est douce comme une plume.

Est-il possible de s'enticher de quelqu'un au point de ne pas savoir si l'on pourra respirer si on le perd ? À moins que je ressente quelque chose de plus pour elle ?

— Comment fais-tu pour en savoir autant au sujet des Omegas alors que je n'y connais rien ? Est-ce que tu as déjà côtoyé des Omegas en chaleur ?

Elle me fixe avec désespoir, et mes souvenirs reviennent sur la famille avec laquelle j'ai grandi, qui m'a ensuite cédé à la famille de Ragnar en échange de sa sœur. Je remue le passé pour me souvenir d'une famille qui ne m'a jamais aimé, mais qui voyait en moi un instrument pour renforcer son emprise sur son territoire.

— Quand j'étais plus jeune, la deuxième femme de mon père a eu des chaleurs, et c'était le chaos. Au début, tout le monde pouvait lui résister, mais son cycle de chaleurs s'étendait sur plusieurs semaines, et mon père avait beau la prendre, son odeur rendait toujours fous les autres Alphas de la maison. Elle était incapable de contrôler la faim qu'elle ressentait, et quand mon père l'a trouvée au lit avec deux de ses gardes, il a perdu les pédales. Je n'évoque pas le moment où la rage a pris le dessus et où il a massacré les trois sur le champ.

Narah me regarde en clignant des yeux.

— Alors je vais ressentir un désir constant, jusqu'à tant que… que quoi ?

— Normalement, quand une Omega est en chaleur, c'est parce que son corps se prépare à la reproduction.

— Merde ! s'exclame-t-elle, les yeux exorbités, avant d'émettre un halètement étranglé. Mais je ne suis pas…

— Je ne sais pas comment vont fonctionner tes chaleurs, puisqu'elles ont été induites par la magie, ou si Lyra les a entièrement provoquées. Pour l'instant, la seule chose que nous pouvons faire, c'est de la trouver et annuler le sort.

— J'espère que tu as raison.

Son regard se plante dans le mien. J'y lis de la terreur.

— Ma mère disait que les demi-louves comme moi ne pouvaient pas avoir de chaleurs parce que… je ne suis pas faite pour la reproduction. Regarde à quel point j'ai échoué à veiller sur mes deux sœurs.

Elle respire plus fort, elle semble effrayée.

L'attirant dans mes bras, j'embrasse son front en la sentant trembler contre moi.

— Nous allons arranger ça. Je te le promets. En attendant, tu restes en permanence à côté de l'un d'entre nous.

Si j'étais capable de lui retirer ses soucis, je le ferais immédiatement.

Une ombre s'abat sur nous. Crius croque dans une pomme et le bruit me tire de mes pensées.

— Je n'ai pas pu faire autrement que vous entendre. Ce que tu es en train de dire, c'est que si tu nous vois nus, tu ne pourras pas résister à notre charme? Intéressant.

Un sourire diabolique étire ses lèvres et je lève les yeux au ciel, sachant exactement à quoi il pense.

— Garde-la dans ton pantalon. Il est question des besoins de Narah, il ne s'agit pas de la déclencher, grogné-je en dévoilant mes dents pour qu'il recule.

— Dit le gars qui a pratiquement brandi son pénis devant elle.

Je lui jette un regard noir, qu'il ignore.

Il sort une autre pomme de sa poche et la tend à Narah avec un sourire.

— Pour te rafraîchir la bouche, ma belle.

Puis il me regarde avec une lueur sombre au fond des yeux. Sa posture change, il se raidit, ses épaules se redressent, et mes tripes se nouent comme si quelque chose de grave était arrivé.

— Il faut qu'on y aille, dit-il. Il y a du mouvement au bout du champ avec un plus grand groupe de zombies. On peut leur échapper si l'on s'en va maintenant.

L'exaltation que j'ai ressentie s'estompe, et en un clin d'œil, la panique m'envahit. Quelques secondes plus tard, je suis debout, soulevant Narah avec moi. Je me dépêche de me changer, d'emballer nos vêtements mouillés, et nous nous remettons en route.

Pendant tout le reste de la journée, je ne cesse de penser à Narah. Mon membre tressaute à chaque fois que je regarde sa bouche, que j'imagine enroulée autour de moi. Je ne sais pas comment je vais passer la nuit.

Les Omegas en chaleur affectent les alphas avec leurs phéromones. Elles font de nous des salauds avides et excités. Et plus nous restons avec elle au cours de cette phase, plus nous nous perdons dans nos besoins primitifs. En temps normal, ce ne serait pas un problème, mais dans notre situation actuelle, et concentrés comme nous le sommes sur Narah, nous pourrions devenir des cibles faciles pour qui veut nous tuer.

Nous avons toute une liste de candidats prêts à se lancer.

CHAPITRE 4

— Encore une nuit et nous serons avec Narah, murmure Ragnar tout bas en me regardant, bien que je me demande si c'est pour moi ou pour lui qu'il le dit.

Narah a représenté une tentation pour nous depuis le moment où nous avons accepté de l'aider avec ses sœurs. Nous la fixions tous comme des loups affamés, restant dans l'ombre où Ragnar nous avait ordonné de rester jusqu'à ce que le désir devienne trop fort.

Nous étions censés la traiter comme un sujet hors limites, seulement une entreprise commerciale, rien de plus. Il n'y a qu'à voir comme ça a bien marché. Chacun d'entre nous a fait des pieds et des mains pour la faire sienne, pour la pénétrer, y compris Ragnar.

Aujourd'hui, elle a rejoint nos forces pour prendre le contrôle du Secteur Sauvage, et nous avons tout fait pour la garder en sécurité. C'est pour ça que je suis à deux doigts de bondir pour sortir de cette ville et rattraper les autres.

Les dangers sont partout.

Au lieu de ça, nous jouons avec Mihai. Comme je l'ai dit à Ragnar, un seul mot de sa part et j'exécute l'Alpha, après quoi nous revendiquerons sa meute. J'attends toujours qu'il donne l'ordre, mon loup s'impatiente, prêt à éliminer cet enfoiré qui nous traite comme des lèche-bottes.

Le vent siffle dans mes oreilles. Devant nous se trouve un immense brasier, au milieu de la ville. Il me réchauffe même de là où nous sommes, à l'arrière de la foule. La meute est venue pour rendre hommage à Lyssa. Mihai termine son éloge funèbre, puis se met à chanter. Tout le monde autour de nous se joint à cette ballade lente et triste, qui parle de deuil.

Ma poitrine se serre en entendant la douleur dans leurs voix après la perte de l'une des leurs. Ce qui m'inquiète aussi, car c'est ce que je ferais si nous perdions Narah parce que nous étions avec la meute des Loups Aconit au lieu d'être avec elle. Je fais taire ces pensées avant de me réduire en miettes, déterminé à ne pas laisser cela se produire si j'ai mon mot à dire.

À travers la masse, je vois plusieurs hommes pousser le corps enveloppé de Lyssa dans le feu, et les flammes ne tardent pas à l'engloutir. Je remercie la déesse de la lune que le vent ne souffle pas dans notre direction.

Plus nous nous attardons ici, plus mon cœur s'emballe tant j'ai envie de courir vers Narah. Toute cette situation est foutrement agaçante. Une heure plus tard, tout le monde se dirige vers le réfectoire pour boire un verre, et Mihai est introuvable.

Je serre les dents.

— Merde, où est-il maintenant ?

— On le traque, et on en finit avec ça, grogne-t-il, et je vois les ombres s'accumuler dans ses yeux.

En parlant d'enfoirés, deux gardes s'approchent de nous, leur expression reflétant leur animosité à notre égard. Le brun s'arrête devant Ragnar.

— Je vais vous conduire à Mihai. Ses invités sont arrivés.

— Il était temps, grommelé-je avant de faire un pas pour accompagner mon Alpha. Mais l'autre abruti, un grand dadais dégingandé, tend une main qu'il manque de claquer sur mon torse.

— Pas toi, aboie-t-il. Seulement Ragnar.

La colère monte et je réagis avant de pouvoir réfléchir. Je saisis sa main et la tourne jusqu'à ce que j'entende le craquement satisfaisant de l'os. Il gémit, et je lui mets mon poing dans la figure pour qu'il la ferme. Du sang s'écoule de son nez et il recule en trébuchant sur un trou dans le sol.

Je me retourne vers son ami.

— Personne ne pose la main sur moi, et il est hors de question que je laisse Ragnar seul. Le brun m'étudie un long moment avant de hocher la tête. Un homme intelligent.

Nous repartons en laissant son ami en pleurs derrière nous.

Ragnar ne dit rien, et je sais qu'il est aussi énervé que moi ce soir.

Nous pénétrons dans une grande hutte et nous retrouvons dans un couloir qui s'étire dans deux directions. Des torches enflammées fixées à des supports métalliques aux murs projettent des ombres sur la structure en pierre.

— Par ici, dit le garde.

Nous entrons après lui dans une pièce où se trouve une table ronde avec des chaises. Des épées croisées et des tapisseries ornent les murs, et des bougies scintillent sur un énorme lustre médiéval.

Mihai est debout, tout comme les trois hommes massifs vêtus de manteaux de fourrure. Ragnar s'avance pour être présenté tandis que je me mets en retrait, mes talons heurtant le mur près de la porte. J'en ai vu assez pour connaître le principe. On s'assied et on essaie de ne pas s'endormir.

Leur conversation ressemble aux rencontres précédentes avec d'autres meutes, et ils bombardent Ragnar de questions sur le Danemark et sur la manière dont ils peuvent établir des allégeances avec la meute de sa famille également. Je dois bien reconnaître ça à Ragnar : il sait comment amener les gens à croire ce qu'il veut, tout en laissant entendre qu'il peut leur apporter ce qu'ils veulent.

Au bout d'une heure, des bières sont servies pendant qu'ils racontent les grandes batailles que leurs meutes ont gagnées. Je décide de m'éclipser pour aller me soulager et m'étirer.

Je me dirige vers les buissons à l'arrière de la hutte et procède. Bon sang, ça fait du bien. Cela faisait trop longtemps que je me retenais. Après m'être vidangé, je me rhabille. J'entends des chuchotements, me fige et me tourne pour voir qui parle. Je suis caché dans l'ombre, et je ne bouge pas pour ne pas trahir ma position. Deux silhouettes se trouvent derrière la grande maison, et je tends l'oreille pour écouter leur conversation.

— Merde, pourquoi tu ne l'as pas dit à Mihai ?

— Baisse d'un ton, grogne l'autre type. Tu as vu son humeur de chien ? Je le ferai après sa réunion.

Silence.

Je lève les yeux au ciel tant ils sont idiots.

— C'est une erreur. Il va être furieux que tu ne lui aies pas dit plus tôt. Il voudrait savoir que tu as vu la garde qui a tué Lyssa.

Merde ! Un frisson me parcourt l'échine. Quelqu'un a vu la sœur de Narah tuer Lyssa ? Ils ne voudront jamais croire que la fille était possédée quand elle a attaqué la fille de l'Alpha. La terreur m'envahit. Cela pourrait détruire tout ce pour quoi nous avons travaillé. Ils pourraient se retourner contre Narah et ses sœurs et avoir toute la meute derrière eux.

Merde. Merde. Les enfoirés.

Serrant les poings, je prends une grande inspiration et je me précipite hors des bois, droit vers ces abrutis qui vont bientôt mourir. J'attrape le premier abruti par la nuque, il glapit en sursautant devant mon apparition soudaine. Sans perdre un instant, j'arrache mon couteau de ma ceinture et lui tranche la gorge d'un seul coup.

L'autre type hurle et s'enfuit, et la panique me gagne. Je balance le premier crétin à terre et fonce sur son ami. Mon cœur s'emballe et je n'ai plus qu'une idée en tête : arrêter cet enfoiré avant que quelqu'un d'autre nous voie. L'urgence se répand dans mes veines, et je foule le sol alors qu'il approche de la porte.

— Non, c'est hors de question !

Je lance mon couteau vers lui et il tournoie dans l'air avant de s'enfoncer dans son dos, pénétrant la chair sous la force de mon lancer. Ses genoux se dérobent et il tombe la tête la première sur le sol devant la porte fermée.

Merde, c'était moins une !

Me précipitant comme un fou, j'attrape ses chevilles et le tire rapidement à l'arrière de la cabane. Un rapide coup d'œil me confirme que personne n'a rien vu, et pourtant mon pouls bat dans ma tête. Je les traîne rapidement tous les deux dans les bois, jusqu'au bord d'une petite falaise. À cause de l'obscurité, on ne voit pas ce qu'il y a en bas, mais je m'en fous. Du moment que ces abrutis sont cachés.

Celui que j'ai poignardé dans le dos gémit encore. Je sors ma lame, plaque une main sur sa bouche pour faire cesser ses cris puis m'accroupis à ses côtés.

— Voilà le truc, abruti. Je peux te sauver, mais d'abord, j'ai besoin de quelque chose de ta part. J'ai entendu dire que tu as vu quelque chose ce matin que tu n'aurais pas dû voir. À qui d'autre l'as-tu raconté ?

J'ai de plus en plus de mal à garder une voix calme. Je retire ma main de sa bouche.

— P-personne.

Il gémit comme un sanglier blessé.

— Ne me mens pas. Est-ce que tu l'as dit à ta famille ? À ta femme peut-être ?

Son visage se tord de douleur et du sang coule du coin de sa bouche. Il semblerait que j'aie perforé quelque chose d'important avec ma lame. Dommage pour lui.

— Je ne suis pas accouplé, gémit-il avant de cracher du sang. Je ne l'ai dit à personne.

Perdre mon temps m'a rendu furieux, alors je mets un terme à sa souffrance en lui tranchant la gorge. Ensuite, je coupe les nerfs à l'arrière de la tête des hommes et les pousse d'un coup de pied dans le précipice. Le bruit mat quand ils heurtent le sol est tout ce que j'ai besoin d'entendre.

J'essuie le sang de mes mains et de mon couteau sur l'herbe, avant de le ranger. Pour être sûr de ne pas être couvert de sang, je passe mon avant-bras sur mon visage, puis je sors des bois.

Surexcité, je fais le tour du bâtiment au pas de course pour voir qui est dans les parages et quelles maisons sont assez proches pour avoir vu quelque chose. Lorsque je suis convaincu d'avoir éliminé un désastre potentiel, je retourne dans le bâtiment en pierre, en priant pour que leur réunion soit terminée.

Ils sont tous en train de boire de la bière et de rire.

Serrant les dents, je reprends ma place contre le mur. Ragnar me jette un regard pour me demander si tout va bien.

Avec mon léger hochement de tête, j'espère qu'il va comprendre que nous devons nous en aller. J'ai connu cet homme presque toute ma vie, et il lit en moi comme dans un livre ouvert.

Il termine son verre et le pose avec un grand bruit pour attirer l'attention de tout le monde, puis se lève et prend congé, donnant l'excuse bidon de devoir se lever tôt. Enfin, nous partons, mais nous n'échangeons pas un mot avant d'être dehors.

— Qu'est-ce qui se passe ? demande-t-il en prenant une grande inspiration.

— Un membre de la meute a vu Kaira tuer la fille de Mihai ce matin.

— Merde ! s'exclame-t-il en s'arrêtant net, se tournant vers moi comme une vipère venimeuse.

— Je m'en suis occupé. Il discutait avec un autre. Tous les deux sont morts, et au bas d'une falaise à l'arrière de la ville.

La panique se lit dans ses yeux, et je ne peux pas lui en vouloir.

— Tu lui as demandé qui d'autre savait ?

— Il m'a dit personne, mais ça ne veut rien dire. Un homme mourant dirait n'importe quoi pour survivre. Je suggère que nous quittions cette meute ce soir.

— Merde. D'accord, rassemble nos affaires, et récupère Jae. Il faut que j'informe Mihai que je m'absenterai une semaine environ. Je ne peux pas laisser cette foutue fouine penser que je me suis enfui et trahir tout ce pour quoi j'ai travaillé. Il tourne les talons et martèle le sol en repartant à grands pas d'où il est venu.

Je jette un coup d'œil sur le terrain dégagé avec des maisons autour du périmètre et le feu qui brûle au centre. Une poignée de gardes demeurent près du feu, discutent et ne semblent pas me prêter attention.

Le frisson qui m'a déjà parcouru s'empare à nouveau de mes bras. Notre plan parfaitement élaboré pourrait totalement s'effondrer si l'enfoiré mort l'a dit à quelqu'un d'autre.

CHAPITRE 5

CRIUS

on cœur tambourine dans ma poitrine tandis que mes hanches s'élancent vers l'avant, plongeant mon sexe dans l'intimité de ma douce.

Narah est magnifique, penchée vers l'avant, dos à moi. J'adore entendre les sons qu'elle fait. C'est égoïste, mais j'aime qu'elle soit en chaleur. Je suis au paradis, saturé par son parfum, et je ne veux pas que ça s'arrête.

Après une journée entière de voyage, la nuit a apporté le froid. Lorsque nous avons atteint une petite ville rebelle offrant une chambre à louer, nous avons décidé de nous reposer. Personne n'a posé de questions, et on nous a laissés seuls. Avec les morts-vivants en liberté et les chaleurs de Narah, nous n'avions pas d'autre choix que de nous installer pour la nuit.

Elle s'accroche au côté du canapé sur lequel elle est penchée, son joli derrière en l'air, les jambes écartées. Mes testicules se contractent et vibrent lorsque je baisse les yeux, observant la façon dont mon énorme sexe écarte ses lèvres roses à mesure que je m'enfonce. Ma chérie est trempée, ce qui rend la pénétration plus facile. Avec son corps qui subit la vague, ses entrailles sont en feu, et je le sens sur mon membre à chaque fois que je lui donne un coup de reins.

Plus vite. Plus vite contre son sexe.

— Bon sang, tu es tout pour moi, m'écrié-je en plongeant en elle.

Je jette un coup d'œil à ma droite, où Nikos est assis sur une chaise et me lance un regard noir, et je souris. Ce salaud se contorsionne contre la corde épaisse dont je me suis servie pour l'attacher à la chaise : ses bras derrière lui, ses chevilles et même sa bouche. Je n'ai pas besoin d'entendre ses mots obscènes pendant que je profite de ma copine.

Il est bien plus difficile de rire quand on est profondément enfoncé dans l'intimité de sa chérie, et qu'on est comprimé jusqu'à l'état de nirvana.

— Ne me regarde pas comme ça, lui dis-je. Elle est en chaleur, et tu l'as bien mérité après avoir eu droit à une fellation et m'avoir laissé en plan. Je te fais une faveur et je t'offre une place au premier rang pour le spectacle.

Ronronnant, Narah me regarde par-dessus son épaule, ses joues rougissent, la sueur perle sur son front. La concupiscence trouble ses yeux, et je sais qu'elle a du mal à se concentrer sur autre chose que le plaisir qui la dévore.

— Je vais prendre mon temps, Narah, et te donner exactement ce dont tu as besoin.

Nikos se débat, la chaise saute, mais je n'ai pas le temps pour lui, pas quand je me tape Narah. Elle remue les fesses, elle en veut plus.

— Dis-moi que c'est ce que tu veux. Crie-le.

— N'arrête pas, gémit-elle. Plus fort !

J'enroule ma main dans ses cheveux, je les serre et je tire doucement sa tête en arrière.

— Je vais tout te donner, ma petite gourmande.

Je la prends avec force, comme ma beauté me l'a demandé. Ma vision se brouille alors que je me déchaîne. Nous nous balançons si fort que le canapé glisse d'avant en arrière à cause de nos ébats.

Elle me regarde, miaule, et son corps est légèrement secoué. Elle est toute proche. Mon sexe se contracte, et le bout enfle déjà pour nouer.

Je veux qu'elle explose avec moi, qu'on crie tous les deux. Je suis si proche, putain. Je caresse son clitoris avec mon doigt, puis je le pince. Elle tremble sous moi, se crispe soudain, et elle convulse. Ses cris sont magnifiques alors que son sexe m'étreint. Mon sexe grandit et elle se contracte : la pression est insupport-ablement délicieuse.

— Plus, grogné-je, me joignant à sa mélodie alors que j'éclate, ma semence jaillissant en elle.

J'ai une main sur ses fesses, l'autre qui empoigne ses cheveux tandis que je me vide par vagues successives.

Narah produit les sons les plus délicieux, presque

des gazouillis d'oiseaux alors qu'elle redescend en douceur.

Nouer en elle et l'inonder est intense, et je respire précipitamment. Je ne pourrais pas m'arrêter même si j'essayais. Elle est mon addiction.

Après un court moment, je me calme, et elle halète sous moi. Le lourd brouillard de ses chaleurs se dissipe, et l'air est saturé de l'odeur du sexe. Je relâche ses cheveux et passe ma main le long de sa colonne vertébrale, dont la peau est douce et sensible. Enroulant mes bras autour de sa taille, je la soulève.

— Comment te sens-tu, mon petit oiseau ? lui demandé-je alors qu'elle s'appuie contre moi.

— Je vibre encore, dit-elle en riant, l'air presque ivre, et cela me fait sourire. Je ne savais pas qu'un orgasme pouvait être encore meilleur. Tout semble cent fois plus sensible, plus aigu.

— Tu étais incroyable, roucoulé-je, perdu dans sa douceur quand elle se cambrait contre moi. Je pourrais si facilement me perdre pour toi.

Je l'embrasse, sachant qu'elle est à moi jusqu'à la fin des temps, jusqu'à mon dernier souffle.

— On va y aller doucement, lui murmuré-je, prenant mon temps, sentant déjà son corps se ramollir sous le coup de l'épuisement.

Comme je suis toujours enfoncé dans son sexe, je prends son poids, la plaçant dos à ma poitrine, ses fesses calées contre mon aine, et je me retourne.

Nikos nous regarde avec des yeux exorbités. Je l'avais oublié. C'est ma faute.

— Je suppose que tu peux t'en aller maintenant, dis-je en faisant passer Narah devant lui, dont la tête repose sur mon épaule. Je tire sur le nœud que j'ai fait à l'arrière de la chaise, celui que j'ai préparé pour le retirer facilement. Il pourra se débrouiller pour ses chevilles et son bâillon.

Le temps que je me mette au lit, Narah est blottie dans mes bras, mon sexe noué enfoncé en elle, et elle respire fort.

— Je suis tellement fatiguée, murmure-t-elle.

— Je vais te garder dans mes bras, ma belle. Tu es en sécurité.

— J'ai comme l'impression de flotter, dit-elle d'une voix douce, dérivant doucement vers le sommeil.

Nikos se lève, grogne comme un satané ours, arrache son bâillon et se tourne vers le lit dans le coin arrière de la grande pièce.

— C'était vraiment un sale coup, gronde-t-il à voix basse. Un sacré bon spectacle, mais tu n'es quand même qu'un sale con.

En faisant craquer son cou, il se dirige vers nous.

La respiration de Narah est laborieuse, son corps est affaissé contre moi, et elle s'est endormie comme une masse.

— Tu l'as épuisée, dit-il doucement, comme s'il avait peur de la réveiller.

— De quelle autre manière aurais-tu procédé ? Maintenant, tu nous rejoins, ou tu restes la langue pendante ? Quoi que tu décides, souffle les bougies.

Il faut que je sorte d'abord pour me soulager, alors je

prends mes bottes et les enfile. Je les lace et reporte mon attention sur Narah. Comme elle était belle dans mes bras ! Je ne me souviens pas de la dernière fois où j'ai laissé un tel bonheur entrer dans ma vie.

Jamais je ne me serais cru capable d'aimer, je n'envisageais même pas cette possibilité. Mon passé est un véritable désastre, avec lequel je n'ai pas pu vivre pendant longtemps, et qui m'a brisé. Je voulais ne jamais me souvenir, et il n'y avait qu'une seule issue.

En me servant de la seule aptitude que j'ai, si je le faisais au cours d'une bataille, je mourrais en guerrier dans une fin explosive, ce à quoi Ragnar s'est opposé. Je le sais depuis le début, mais je suis quand même venu en mission avec lui. Peut-être qu'une partie de moi voulait désespérément qu'il m'aide… je n'en sais rien.

Et voilà où j'en suis. Je suis épris, et totalement prêt à offrir mon cœur. Bon sang, je suis toujours cassé, mais ces bords rugueux ne semblent plus aussi tranchants. Je ne me reconnais même pas.

— Je crois que je suis en train de tomber amoureux de toi, dis-je, et mes paroles flottent jusqu'à Narah.

NARAH

Réveillée par un doux murmure, j'ouvre un œil. Je ne suis pas prête à sortir de l'étreinte de la couverture ni du lit.

Les voix s'échauffent, et cela m'intrigue, alors j'ouvre l'autre œil. Crius et Nikos sont à l'autre bout de la pièce.

Ils semblent croire qu'ils parlent à voix basse, mais avec tous ces grognements, on dirait plutôt deux chiens sur le point de se battre.

Bien entendu, je songe à la possibilité que nous soyons piégés par des zombies, que Lyra nous a trouvés, ou à une douzaine d'autres scénarios. J'ai assez d'ennemis pour que ma peur soit justifiée.

— Sommes-nous en danger? croassé-je, et les ressorts du lit grincent quand je m'assieds.

Les deux hommes se tournent vers moi, les ténèbres sur leur visage s'estompent, remplacées par des sourires. Je les regarde en clignant des yeux, je ne sais pas ce qui se passe.

— Tu es réveillée, tant mieux, me dit Nikos en traversant la pièce.

Il est vêtu d'un jean et d'un haut Henley ample, et il est toujours aussi sexy. S'asseyant à côté de moi, il repousse des mèches rebelles derrière mon oreille.

— Il n'y a pas de danger. Tu as bien dormi?

— Comme une marmotte. Je ne savais pas que j'étais fatiguée à ce point.

— Nous avons eu une grosse journée hier, et tu as vécu deux crises de chaleurs. Elles vont rapidement t'épuiser.

Mes joues s'embrasent quand il parle de mes chaleurs, même après tout ce que j'ai fait avec les gars. Je ne peux pas expliquer à quel point être en chaleur est intense, si ce n'est que mon corps me domine complètement, et qu'il ne désire que ces hommes et leur sexe, et que je suis effrayée de voir à quel point je suis affamée.

— C'est tellement nouveau pour moi. La sensation est accablante.

— Une femme aussi vulnérable et magnifique que toi ne devrait pas se trouver dans un endroit comme celui-ci alors qu'elle est en chaleur. La nuit dernière, quand tu dormais, je n'ai pas pu m'empêcher de me dire que tant de beauté et de perfection réunies qui se retrouvent dans un endroit aussi sale et sombre, c'est mal. On va arranger ça, tu verras.

Mon cœur s'emballe quand j'entends ses mots doux. Cet homme puissant, qui s'est toujours montré distant et maussade, me dévisage avec une lueur de feu dans les yeux. C'est tout le contraire du regard dur et froid qu'il m'a adressé lors de notre première rencontre. Il ne refoule plus ses émotions, et il a grandi en moi au point que je doute de pouvoir supporter de le perdre.

— Mec, tu nous regardais dormir ? C'est flippant ! s'exclame Crius qui casse l'ambiance en se joignant à nous.

— C'est Narah que je regardais, pas toi. Jamais toi ! me balance-t-il en souriant, ce qui me fait rire.

Ils sont adorables quand ils plaisantent, mais je reste curieuse de savoir de quoi ils parlaient quand je me suis réveillée. En voyant Nikos fixer ma bouche, mon cœur manque un battement. Je serre la couverture contre ma poitrine, non pas par froid, mais parce que j'ai peur que quelque chose ne déclenche une nouvelle crise de mes chaleurs. J'aime tout ce sexe, mais c'est beaucoup à encaisser en si peu de temps.

De plus, je suis très inquiète pour Kaira qui est

possédée, et pour Jae qui n'a aucune idée de ce qui se passe, mais qui est en fuite avec Stone et Ragnar. J'ai hâte de lui parler et de la rassurer, sachant qu'elle doit avoir une peur bleue.

Crius s'affale sur le lit, faisant à nouveau grincer les ressorts du lit. Ses lèvres se posent sur mon épaule, si chaudes, si engageantes, tandis que sa main se glisse autour de ma taille nue.

— Tu t'es endormie rapidement la nuit dernière, murmure-t-il en me berçant. C'était magnifique, mais nous allons devoir partir bientôt.

Je hoche la tête, observant la tension sur son visage.

— Tu es sûr que tout va bien ?

— Absolument, ajoute Crius. Mais nous devrions partir bientôt.

Je me penche en avant, je les embrasse tous les deux et je respire leurs odeurs addictives : musc, pin et loup.

— Je ne sais pas comment vous remercier de vous être si bien occupés de moi tous les deux. Mon estomac gargouille, et je fronce les sourcils, essayant de me souvenir de mon dernier repas.

— Tu plaisantes ? demande Crius qui recule en se pinçant l'arête du nez. Je combattrais une armée de zombies pour assurer ta sécurité. Je ferais n'importe quoi pour toi.

Se levant soudain, il se retourne.

— Pendant que tu te prépares, je vais nous chercher un petit-déjeuner.

Il sort de la pièce avant que nous puissions répondre.

Il me faut une seconde pour comprendre ce qui vient de se passer, puis j'éclate de rire.

— Il avait une érection, n'est-ce pas ? Il est insatiable. Vous l'êtes tous.

Nikos rit.

— Exactement comme toi.

Il m'embrasse et je me laisse aller contre lui, je veux son contact, je veux sa chaleur. Il s'éloigne prudemment de moi, et je gémis en lui donnant des petits coups pour qu'il revienne.

— Tu es si chaud, gémis-je.

— Et tu es une tentatrice, dit-il d'une voix grave et ferme.

Je m'accroche à sa main pour le garder à mes côtés.

— Qu'est-ce qui se passe ? demande-t-il comme s'il se préparait à une conversation désagréable.

— Pourquoi vous vous disputiez avec Crius tout à l'heure ?

Nikos soupire, ses épaules se courbent vers l'avant.

— Rien d'important.

Il commence à se relever, mais je serre légèrement la main, pour m'accrocher.

— J'ai le droit de savoir si cela a un impact sur moi.

— Crius est inquiet, dit-il en s'asseyant face à moi. Moi je m'inquiète de la façon dont on va s'occuper de Lyra quand on la rattrapera. Aucun de nous ne veut que tu l'affrontes, mais nous n'avons pas la moindre chance face à elle. Crius a suggéré d'utiliser son pouvoir, sauf qu'il ne peut en utiliser une grande quantité qu'une seule fois, et que ça le tuerait très probablement. Son pouvoir est si intense que la seule fois où il a essayé de l'utiliser, il a à peine survécu.

Je halète, et ma poitrine se serre.

— Alors non, il ne peut pas l'utiliser.

— C'est à ce propos qu'on se disputait. Il ferait tout pour toi, Narah, mais il doit comprendre que nous sommes une équipe maintenant, et que nous devons tous survivre à ça, ajoute-t-il en pinçant les lèvres. Il t'adore. Je ne l'ai jamais vu comme ça avec quelqu'un avant. Je lui ai dit d'imaginer un avenir avec toi, de ne pas abandonner le sien pour le tien.

Ma poitrine devient dure à l'idée qu'il puisse faire quelque chose d'aussi stupide.

— Je vais parler à Crius.

J'ai besoin qu'il ne joue pas au héros cette fois.

Nikos adopte une expression sérieuse et ne me quitte pas du regard, cherchant sans doute à deviner ce que je pense.

— Il faut juste qu'on garde un œil sur lui, dis-je en jetant mes bras autour du cou de Nikos, l'étreignant et le serrant de près. Merci.

Mon pouls s'emballe, et mon corps est comme un fil sous tension. Je ne sais pas si je dois pleurer ou supplier Nikos de me faire l'amour. Je suis tellement en vrac !

De larges mains, chaudes comme le feu, parcourent mon dos nu tandis qu'il m'enlace, me tenant fermement. Des picotements m'envahissent, et la chaleur me monte au visage. Je lève les yeux sur Nikos, sur ce Viking robuste et tatoué, et mon cœur bat plus fort. De mes doigts, je suis le contour des tatouages runiques sur son épaule.

— Je prendrai toujours soin de toi, Narah. Je serais capable de détruire le monde si cela peut te faire sourire, mais je sais que ma faiblesse, c'est toi. Si tu ne te rhabilles pas, j'ai beau être fort, je vais me briser.

Un feu bouillonne au creux de mon ventre, mon esprit se remplit de toutes les choses coquines que nous pourrions faire. Comme les sensations s'intensifient, je m'écarte rapidement de Nikos.

— Oui, tu as raison. Il va falloir que je me prépare et me lave à l'eau très froide.

Alors que je m'éloigne de Nikos, ses yeux se posent sur mes seins. Je sors du lit et me dirige vers la salle de bains. Quand je jette un coup d'œil sur lui par-dessus mon épaule, il est en train de regarder mes fesses.

— Narah, tu vas me détruire.

NARAH

Nous avons voyagé sans arrêt pendant la majeure partie de la journée.

Plus nous avançons sur le chemin de montagne, plus ma panique grimpe. Des pins majestueux enveloppent la montagne, et des arbustes parsèment le paysage, tout comme des troncs et des branches tombés au sol. Alors que le soleil descend déjà derrière la crête de la colline, la nuit s'immisce dans le paysage. Les quelques timides torches qui jalonnent le chemin de terre ne parviennent pas à percer l'obscurité qui s'installe.

Nikos me tient la main et m'entraîne sur le chemin escarpé. Crius est en tête. Ragnar, Stone et Jae devraient être derrière nous, ou peut-être nous ont-ils dépassés quand nous nous sommes arrêtés pour la nuit. Je n'en sais rien, mais je prie pour qu'ils soient en sécurité.

Un pas après l'autre, je maintiens mon effort en dépit de mes cuisses douloureuses à cause des heures que nous avons passées à grimper. Plus on avance, plus mes muscles tremblent, à cause de l'anxiété qui me noue l'estomac.

Mes pensées sont hors de contrôle. Qu'est-ce que Lyra fait avec ma sœur ? Sont-elles dans la maison de ma mère ? Qu'est-ce qu'elles lui font ? Allons-nous arriver trop tard ? Et si nous n'étions pas capables de l'arrêter ?

Je serre les dents. Il faut que je repousse ces pensées avant de flipper. Je n'ai pas besoin d'être hyper excitée. Il faut que je me concentre pour me servir de ma magie.

Nikos serre sa grande main autour de la mienne, comme s'il sentait ma tension. Il me regarde avec un sourire crispé, captant mon regard.

— Tu veux qu'on se repose ?

Je secoue la tête.

— Continuons.

Quand nous atteignons enfin le sommet de la montagne, là où le chemin part dans plusieurs directions, ma respiration s'accélère. Chaque route s'enfonce dans les bois, et de petites auréoles de lumière rebondissent au loin, indiquant que la meute de loups locale est dehors avec des lanternes ou des torches, vaquant à ses occupations.

Je ne sais plus vraiment ce que c'est que d'être normal. J'ai l'impression que depuis que je me suis échappée avec mes sœurs de la meute des Loups de la Tempête, je n'ai pas cessé de courir.

Il n'y a pas le moindre souffle de vent, les arbres sont immobiles, et on n'entend aucun chant d'oiseau. L'atmosphère ce soir est tendue, comme si la nuit savait que quelque chose ne tournait pas rond dans ces bois.

Nous sommes dans le village de la Montagne aux Loups, installé en grande partie sur le flanc d'une montagne. Il n'y a pas d'Alpha gouvernant unique dans ce territoire. C'est un lieu où chacun peut s'installer, quel que soit son statut. Ce qui pourrait très bien expliquer pourquoi personne ne s'est lancé dans une chasse folle quand les gens ont commencé à disparaître dans le village. Toutes ces pauvres victimes que ma mère a tuées et enfermées dans son sous-sol pour aspirer leur pouvoir.

J'ai la chair de poule, et je lutte contre l'envie de fuir cet endroit. Mon esprit est plein de ce qu'on m'a raconté sur ma mère et ses agissements dans sa cave. Suis-je prête à voir ça ? J'hésite, regardant Crius qui sprinte sur le chemin devant nous. Nikos me dit que nous attendons qu'il vérifie si la voie est libre.

— Que crois-tu que Lyra veuille faire du corps de ma mère ? chuchoté-je.

— Siphonner son pouvoir, je suppose. Ta mère se servait de son sang mélangé à de la magie pour réanimer ton père. Donc ça pourrait être du sang. Bien qu'avec tout le temps qui s'est écoulé, je ne sais pas s'il restera de la magie dans le corps de ta mère.

Fixant Crius qui revient vers nous, je me mordille la lèvre inférieure, convaincue que Lyra sait ce qu'elle fait et qu'elle a besoin de ma mère pour obtenir quelque chose qui la rendra plus puissante.

— La voie semble libre, annonce Crius, nous faisant signe de le suivre.

Nous laissons derrière nous l'odeur de la nourriture en train de cuire et les lumières vacillantes, mais j'échoue lamentablement à laisser derrière moi ma fébrilité.

En dépit des bois qui nous protègent, le froid vif mord ma peau. Je tire mes manches sur mes bras et reste près de Nikos qui dégage de la chaleur. Pourtant, rien ne me réchauffe.

Lorsque nous entendons enfin le gargouillis familier de la rivière qui traverse la propriété de ma mère, mes oreilles se dressent. Je ne peux pas éviter les souvenirs de ma mère qui a éliminé notre malédiction en nous noyant, avant de se nourrir de notre énergie. C'est dire à quel point j'étais importante pour elle. Elle nous a tués, mes hommes et moi, en dépit de la petite probabilité que nous ne revenions pas ou que nous le fassions sous forme de zombies.

Avec la main de Nikos dans mon dos, je me rappelle que je suis mieux là où je suis maintenant et je repousse ces émotions douloureuses. Elles ne me seront d'aucune aide.

Une chouette hulule dans la nuit, et je tressaille.

Nikos me regarde en souriant.

— Tout va bien.

— Je ne dirais pas la même chose.

Mais nous continuons d'avancer et rattrapons bientôt Crius qui s'est arrêté au-devant de nous.

— Qu'est-ce qui se passe ? demande Nikos tranquillement.

Nous débouchons sur une cour ouverte, dépourvue d'arbres, où la rivière est visible à une vingtaine de mètres. La maison de ma mère se tient dans l'ombre comme un loup démesuré, accroupi.

Je ne peux pas bouger… Je ne veux pas bouger.

Je fixe le chalet fait de rondins de bois. Les fenêtres sont obscures et il ne sort pas de fumée de la cheminée. C'est silencieux… trop silencieux. Aucun signe de Lyra ni même des voisins. La maison de ma mère est totalement isolée, et je soupçonne que c'est exactement pour cela qu'elle a choisi cet endroit.

Des frissons remontent le long de ma colonne vertébrale à l'idée de me tenir face au jardin où elle a vécu pendant si longtemps alors que mes sœurs et moi étions coincées avec les Loups de la Tempête. Elle nous a laissées seules, et en danger. Ses paroles résonnent dans mon esprit, ne m'apportant aucun réconfort.

Je ne t'en voudrais pas si tu ne me pardonnais pas la mort de ton père, de vous avoir abandonnées toi et tes sœurs. À l'époque, j'ai fait ce que je pensais être le mieux pour vous trois. Vous avez toujours été ma priorité.

Je ne peux contrôler la sensation de trahison qui me serre la poitrine. Les mains le long du corps, j'inspire profondément, je dois rester concentrée pour sauver ma sœur. Ma mère est morte. Rien ne pourra la ramener pour changer le passé. La nostalgie de ce qui aurait pu être ne me lâche pas. Alors je me tourne vers mes deux hommes, ma nouvelle famille, mon avenir.

— Qu'en pensez-vous ? Peut-être que Lyra n'a pas

trouvé l'endroit ? demandé-je.

— Ou alors elle est venue et repartie, suggère Nikos.

Mon estomac se retourne, et le froid s'installe dans mon esprit à l'idée que nous les ayons manquées.

— Je vais inspecter la maison, annonce Crius en retirant la hache de sa ceinture pour la faire tourner dans sa main.

— Peut-être qu'on devrait rester ensemble ? Et s'il y avait des pièges ou des zombies qui traînent là depuis les meurtres de ma mère ?

— Il n'y a qu'une seule façon de le savoir, ma belle. Je te promets d'être prudent. En plus, tu ne mettras pas un pied à l'intérieur tant que je ne sais pas si c'est sûr. Jusque-là, Nikos te protégera.

Mon esprit est submergé par les paroles de Nikos, qui a dit que Crius était prêt à user de sa puissante magie ; une seule utilisation, et ce sera la fin pour lui. Je déroule mon poing et tends la main vers lui.

— Je t'en prie, ne fais rien d'héroïque. Elle est puissante, et j'ai besoin de toi vivant.

Son regard se pose sur le mien, et il y a un léger temps d'arrêt avant qu'il n'acquiesce, comprenant le sens de mes paroles. Ou peut-être est-ce un désir de ma part pour faire face à la panique qui me fait trembler. Crius se penche vers moi et m'embrasse sur les lèvres. Mon ventre se retourne à l'idée que quelque chose puisse lui arriver, et un sentiment m'envahit : le désespoir et le besoin d'être honnête. J'agrippe sa chemise et l'attire plus près.

— Je crois que moi aussi je suis en train de tomber

amoureuse de toi, murmuré-je.

L'une des raisons pour lesquelles j'ai si bien dormi la nuit dernière, c'était à cause des mots doux de Crius, une confession profondément sentimentale que j'ai souhaité entendre toute ma vie.

Il est face à moi, et je vois une étincelle dans ses yeux, et un sourire s'étire sur ses lèvres. Mes joues s'enflamment.

— J'ai entendu ce que tu as dit la nuit dernière.

La sensation réconfortante qu'il m'apporte m'entoure.

— Je te promets de revenir. Tu viens d'illuminer toute ma foutue année.

Il rit, et mon cœur s'emballe. Je tends le bras pour attraper Nikos, car je ne veux pas le laisser à l'écart.

— Je sais que ce n'est pas le bon endroit, et peut-être que je dramatise et que je m'inquiète, mais Nikos, je vais simplement le dire et espérer ne pas me ridiculiser. J'ai appris à te connaître, et je t'aime aussi.

Il a le souffle coupé, et il me semble qu'il a les yeux qui brillent. Soudain, je suis dans ses bras, et il m'embrasse.

— Je t'aime jusqu'aux étoiles aller-retour. Cela fait tellement longtemps que je voulais te faire comprendre ce que représentent tous ces petits moments que tu passes avec moi.

Il m'embrasse à nouveau, et des papillons s'envolent dans mon ventre, battant des ailes. Les deux hommes sont avec moi, maintenant, et je baigne dans leur affection.

Nikos m'embrasse le nez et murmure en souriant :

— De tous les endroits où nous aurions pu avoir une conversation qui restera gravée dans ma mémoire pour l'éternité, il a fallu que ce soit ici.

Nous rions tous doucement, puis nous nous ressaisissons. La peur fait ressortir des émotions que je n'avais pas l'intention de partager, mais je ne regrette rien. Peut-être que je refoule mes émotions depuis trop longtemps.

— Mettez-vous à l'abri des regards et dans l'ombre, demande Crius, qui ne peut s'empêcher de me toucher ou de me regarder avec son sourire malicieux. Nikos est dans mon dos, il me tient serrée.

Tous les trois, nous nous écartons du sentier usé et rejoignons rapidement l'ombre d'un groupe d'arbres. Après quelques pas, un bourdonnement électrique parcourt mes jambes. Ça arrive si vite que je n'ai pas le temps de crier. Je me tourne vers Nikos et Crius. Tous deux ont les yeux exorbités et les visages blêmes, et tout comme moi, ils ne font pas un bruit.

Quelque chose remonte le long de mes jambes, mais les ténèbres me couvrent, m'effleurant au coin des yeux. La panique secoue mes entrailles. Le désespoir me serre, mais tout se passe si vite que nous n'avons pas la moindre chance de réagir. En quelques secondes, il me dévore, faisant battre mon pouls dans mes tempes. J'ai beau essayer de crier, de bouger, d'appeler ma magie, il est trop tard.

Mon monde disparaît en un battement de cœur.

— **P**asse-moi la cannelle ! crie frénétiquement Nikos.

J'entends la panique dans sa voix de l'autre côté du chalet, et je ne peux m'empêcher de rire. Je sais que lui et Crius sont dans la cuisine, en train de faire des ravages. Sans moi, l'endroit va ressembler à une zone sinistrée une fois qu'ils auront fini de préparer le petit-déjeuner.

L'arôme sucré des crêpes fait gargouiller mon estomac. Je me suis réveillée affamée, et c'est ce qui a poussé les deux hommes à agir.

En gémissant, je me lève de ma chaise et pousse un long soupir. Dernièrement, j'ai été si lente que mes deux maris refusent de me laisser faire quoi que ce soit dans la maison. Qu'est-ce que je pouvais faire ? Prendre les choses comme elles viennent.

Une brise s'engouffre dans la pièce par les portes-fenêtres ouvertes, et les rideaux en dentelle ondulent comme des vagues, inondant la pièce de la lueur dorée du soleil. Dehors, la prairie s'étend jusqu'au ruisseau, des fleurs jaunes parsèment la pelouse.

C'est parfait… comme tous les jours. C'est comme si nous vivions au paradis. Nous trois, une parfaite petite famille.

La plupart du temps, plus je regarde dehors, plus une étrange sensation me titille l'esprit. Un sentiment de vide m'envahit, celui qu'on ressent quand on oublie quelque chose, et rien de ce que je fais ne m'aide à me souvenir. Pourtant, il reste collé à mon esprit comme des toiles d'araignée, pour me rappeler que quelque chose ne va pas.

Chassant cette pensée, je me dirige vers le vestibule où les marguerites du jardin, un arc-en-ciel sauvage de crème, de rouge et de rose bonbon, remplissent un vase sur la table d'appoint, inondant mes narines du plus doux des parfums floraux. Des photos de nous trois ornent les murs : randonnées dans les montagnes, natation, pêche… tout ce que nous avons fait.

À l'entrée de la cuisine, un tiraillement tend mon ventre, et je gémis, frottant l'endroit jusqu'à ce que ça se calme. Je fais une pause pour reprendre mon souffle.

— Narah, pourquoi n'es-tu pas au lit ? s'exclame Crius qui se précipite à mes côtés.

Il est couvert d'une fine couche de farine, étalée en plus sur ses joues comme une peinture de guerre. Il glisse un bras dans mon dos, l'autre sur mon gros ventre et au moment où il me caresse, je sens le coup de pied de notre bébé.

Mes yeux s'écarquillent.

— Est-ce que tu as senti notre haricot ?

— Oh, Narah.

Se laissant tomber à genoux, Crius embrasse mon énorme ventre, et ses yeux brillent tandis qu'il murmure des mots doux à notre enfant à naître.

Nikos est là, ne portant qu'un pantalon et un tablier. Il me prend dans ses bras et m'embrasse dans le cou.

— Tu sens divinement bon, mais tu as besoin de te reposer. Il devrait arriver d'un jour à l'autre maintenant.

— Je m'ennuie, et je n'ai pas envie d'être seule.

Soudain, je me retrouve dans les bras de Nikos qui me pose sur une chaise près de la table de la cuisine. Crius apporte un petit tabouret pour surélever mes pieds. Ensuite, ils s'affairent dans la cuisine et m'apportent une assiette de pancakes au sirop d'érable, et un jus de fruits. Il y a aussi des fruits en morceaux et de la crème fraîchement fouettée, et je vois qu'ils sont encore en train de cuisiner.

— C'est incroyable, murmuré-je.

— Eh bien, attaque, insiste Nikos, s'appuyant sur le comptoir pour me regarder. Cet homme tatoué aux muscles saillants, vêtu d'un tablier blanc à froufrous, et celui qui nage dans la farine, ses longs cheveux semblant plus blancs que blonds à cause de la pagaille, sont mon univers.

Voyant qu'il attend que je mange, je coupe les pancakes et prends une bouchée, gémissant quand la nourriture moelleuse fond sur ma langue.

— C'est divin. Il m'en faut vraiment plus.

— On s'en occupe, annonce Crius en m'envoyant un baiser dans l'air.

Les deux s'y remettent, se chamaillant pour savoir qui fait les meilleurs pancakes, et je remarque qu'ils ont deux poêles à frire en marche. Ils sont en compétition.

Si le nirvana existe, je l'ai trouvé.

Quand j'avale ma bouchée, je jette un coup d'œil à la porte arrière qui donne sur le jardin. Les arbres fruitiers se balancent dans la brise légère, et le ciel brille comme s'il était fait de joyaux. J'aperçois une pomme qui tombe de sa branche, un gros fruit rouge, et je sens déjà sa douceur sur ma langue. Salivant, je me lève et me dandine lentement pour sortir dans le jardin. Mes orteils se tortillent dans l'herbe quand je me dirige vers l'arbre et ramasse la pomme tombée. Elle sent délicieusement bon, et je déguste une bouchée croustillante de sa chair.

Le jus remplit ma bouche, dégouline sur mon menton, mais avec lui, une étrange sensation me traverse à nouveau. Ce qui est sûr, c'est que j'ai oublié quelque chose, mais il y a plus que ça. Le goût de la pomme me rappelle que je n'ai pas ma place ici. Pendant quelques instants, je suis une étrangère dans un paysage magnifique. Cela n'a aucun sens. Mes vêtements ne vont pas, et je ne connais pas ce cottage. Les fleurs dégagent une odeur nauséabonde, et un loup hurle au loin dans la brise. Un désir ardent serre ma poitrine.

Quelque chose me vient à l'esprit pendant que je regarde la pomme... le souvenir d'une rivière, de moi trempée, de...

— Narah !

La voix de Nikos pénètre mes pensées. Le souvenir et la sensation ont disparu, et je me tourne vers lui.

— Est-ce que tout va bien ? me demande-t-il.

Je le regarde en clignant des yeux alors qu'il sort de notre belle maison blanche.

Son sourire appelle le mien alors que je me dirige vers lui, laissant tomber la pomme derrière moi.

— Oui, tout est parfait.

CHAPITRE 7

RAGNAR

— Tu en es sûr ? Et s'ils avaient été capturés par les morts-vivants ? Et si…

— Ça suffit ! lance Stone pour interrompre Jae.

Nous étions en train de marcher dans la montagne. Il n'y avait presque pas de lumière pour nous guider.

— Je sais que tu as peur pour tes sœurs, mais tu dois nous faire confiance.

— Oui, mais…

— Pas de « mais ». Crius et Nikos sont des guerriers, continue Stone. Il n'arrivera rien à Narah. Je te donne ma parole.

Quand je les regarde par-dessus mon épaule, elle fixe Stone.

— Souviens-toi simplement que je t'ai sauvé d'une attaque de zombies plus tôt aujourd'hui, alors j'ai mon mot à dire dans les plans. Je contribue, maintenant.

Stone ricane.

— Crier « attention », ce n'est pas me sauver.

— Oh, alors j'aurais dû le laisser te mordre le cul ?

Je ris intérieurement.

— Est-ce qu'une fille de ton âge devrait utiliser ce genre de langage ?

La persistance de Stone qui ne cède jamais à ses incessantes discussions est amusante et admirable. Il veut absolument prouver son point de vue à Jae, et cette dernière ne veut rien savoir.

— Alors je peux combattre et tuer des morts-vivants, mais je n'ai pas le droit de dire « cul » ? Cul. Cul. Cul. Qu'est-ce que tu vas faire ?

— Pour commencer, je vais te bourrer la bouche de terre. Je suis presque sûr que Narah approuverait. En fait, il me semble me rappeler qu'elle m'a dit que je pouvais faire n'importe quoi pour t'inculquer les bonnes manières, dit Stone avant d'éclater de rire.

— Aïe, gémit-il soudain. Tu pinces si fort.

Je glousse discrètement. Pendant qu'il la tient occupée, elle ne pleure pas pour ses sœurs, ce qu'elle a déjà fait deux fois au cours de ce voyage épuisant.

Nous arrivons enfin au sommet de ce sentier dans la montagne et je me tourne, laissant le duo reprendre son souffle.

— Nous ne sommes plus très loin, maintenant. Parlons le moins possible. Nous ne savons pas ce que nous allons trouver.

Jae fait passer ses deux doigts pincés sur sa bouche et fait une petite torsion au coin pour mimer une ferme-ture éclair. Cette fille est un peu difficile, mais quand je regarde dans ses yeux, je vois Narah et elle me manque terriblement.

Mon cœur s'emballe à l'idée de ce que nous allons devoir faire si nous ne trouvons pas les sœurs de Jae. Si la situation avait été différente, j'aurais laissé Jae avec la meute de Mihai, je n'aurais pas mis la jeune fille en danger. Bien sûr, il est possible que cette garce de prêtresse ait pu tuer Lyssa, rendant ma vie plus compliquée.

Il est minuit passé, et la lune est haute et brillante, ce qui ne permet pas d'éliminer les ombres environnantes. Après les deux groupes de morts-vivants que nous avons rencontrés et l'énorme que nous avons contourné sans être vus, chaque mouvement me fait trembler. Nous pourrions tout aussi bien être de retour dans le Secteur des Ombres, où ces enfoirés rampaient partout.

Je jette un coup d'œil dans l'obscurité, convaincu que si les zombies étaient proches, ils auraient déjà attaqué. Cela n'apaise pas mes nerfs agités. Ce matin, je savais que la journée serait complètement merdique, et nous n'étions pas près de la terminer, vu qu'il y a une grande prêtresse en liberté dans le corps de Kaira.

— Alors, c'est quoi le plan ? chuchote Stone.

— Je vais passer devant. Restez juste derrière jusqu'à ce que nous sachions à quoi nous avons affaire.

Stone acquiesce une fois, et nous nous mettons en mouvement. La nuit engloutit les bois. Le vent ne souffle pas, et on n'entend que le chant des grillons et le coassement des grenouilles. Je suis le chemin à travers les arbres, une compétence nécessaire pour la chasse.

Derrière moi, les pieds de Jae martèlent le sol, mais ceux de Stone sont aussi silencieux que la nuit.

L'angoisse me serre les tripes. On y va à l'aveugle, mais on va faire en sorte que ça marche. C'est toujours ce qu'on fait.

Une fois que j'atteins la maison appartenant à la mère de Narah, j'inspecte le terrain et la rivière, puis je me tourne vers le bâtiment. Il n'y a pas une seule lumière, pas un seul son, et le malaise écorche ma nuque avec sa langue. Lorsque je me tourne vers Stone et Jae, je remarque quelque chose d'étrange à l'écart du chemin et près d'un bouquet d'arbres non loin de la maison : des formes sombres se balancent des arbres comme des chauves-souris géantes suspendues aux branches. Je ne comprends pas ce que je regarde, j'ai la chair de poule.

— Restez ici, murmuré-je, et je m'avance vers l'arbre, mon pouls battant dans mes oreilles. Mon loup s'avance dans ma poitrine, il sent le danger.

Les ombres deviennent plus noires et plus prononcées à mesure que je m'approche. Qu'est-ce que je regarde, bordel ? Je prie que ce soit un truc stupide ou un jeu d'ombres, mais quelque chose en moi frémit. Rien ne peut m'étonner venant de la sorcière, surtout quand les poils de mes bras se dressent comme ils le font toujours quand il y a de la magie dans l'air.

L'obscurité se répand dans tout, et ce n'est que lorsque j'atteins le bord de l'arbre que je m'arrête et que je lève les yeux. La première chose que je vois, ce sont les pieds. De lourdes bottes de combat, éraflées et usées, sur des jambes longues et fortes. Bordel... Des corps pendent de cet arbre !

Un souffle brutal, suivi d'une inspiration rauque, et ma tête tourne encore alors que je cherche à donner un sens à tout cela. En contournant l'arbre, je remarque un éclat argenté dans la lumière de la lune : une hache accrochée à une ceinture.

La hache de Crius.

Mon cœur s'emballe quand je prends la réalité de plein fouet.

Trois corps sont suspendus à l'arbre, et la panique m'étreint.

Je n'arrive pas à respirer, mais je suis déjà en train d'escalader frénétiquement l'arbre. Mes poumons sont en feu alors que je les imagine attachés par la gorge. Mes muscles se tendent et je grimpe plus haut jusqu'à atteindre le point où les branches s'étirent et où je me retrouve face à face avec Crius, les yeux fermés, la tête affaissée en avant.

Avec désespoir, je l'attrape, mais je constate qu'il n'est pas pendu à une corde. Son torse et ses bras sont solidement enveloppés de lianes en bois.

Crius ! crié-je en le secouant.

Mais il ne bouge pas. Je plaque deux doigts sur le côté de son cou et je sens son pouls. Il est lent, mais présent.

Je me tords, j'ai du mal à bouger avec l'espace limité pour mes pieds. Sur une autre branche se trouve Nikos, et plus haut, Narah se balance, enveloppée de ténèbres. Depuis là où je suis situé, je ne vois que ses pieds.

— Stone ! crié-je en prenant mon couteau dans ma ceinture.

Sans l'attendre, je coupe la première vigne qui retient Nikos. Une branche se casse sur l'avant et me frappe au visage, manquant de me projeter en arrière. Mes bottes se dérobent sous moi, et je fais une embardée. Écartant les bras, je m'agrippe à l'arbre pour m'y tenir.

Boum.

Je tombe sur le dos, et une douleur aiguë se propage dans mes omoplates.

— Merde, gémis-je.

Je reste étendu là un moment, essayant de reprendre mon souffle. Ma tête palpite de douleur, tout comme le coup que j'ai reçu sur le front, qui me brûle toujours autant. Foutu arbre.

Soudain Stone est là à me regarder de haut avec un sourire, et il me tend la main.

— Tu as oublié comment grimper aux arbres, vieillard ?

— Cet arbre est maudit, lui expliqué-je en me relevant avec son aide, avant de m'épousseter. Bon sang, depuis combien de temps sont-ils coincés là-haut dans cet arbre ?

Avant que Stone n'ait le temps d'examiner l'arbre en question, Jae glapit, et il se précipite à ses côtés. Il lui plaque une main sur la bouche. Elle pointe le doigt vers le haut, et il pousse un grognement guttural.

— Bordel de merde !

Aussitôt après, il s'approche de l'arbre et pose les

deux mains et sa joue contre le tronc. Il écoute quelque chose.

Jae se place à côté de moi en tremblant.

— Narah est là-haut, n'est-ce pas ?

— J'en ai bien peur.

Je la tiens près de moi pendant que j'examine les environs et la maison, mon regard s'attardant sur la porte d'entrée. J'ai envie d'aller là-dedans et de m'assurer que nous sommes seuls. Je me sens vulnérable ici, une cible facile.

— Stone, quel est le verdict ? demandé-je en baissant la voix.

Lorsque Stone cesse enfin d'étreindre l'arbre et se tourne vers nous, les runes qui ornent sa clavicule et sa poitrine brillent d'un bleu vif, et sont visibles à travers ses vêtements.

— C'est un sort de piège pour capturer quiconque s'approche de la maison. Heureusement pour nous, c'est un sortilège qui ne fonctionne qu'une seule fois.

— Est-ce que tu peux le contrer ?

Il hausse un sourcil.

— À qui crois-tu parler ?

Il fait craquer ses articulations.

— Sans les blesser, intervient Jae, cette petite maligne m'ôtant les mots de la bouche.

— Ça, je ne peux pas le promettre, mais je vais essayer. Chaque magie parle différemment. Maintenant, reculez.

— Eh bien, fais de ton mieux pour ne pas les tuer,

lancé-je sèchement alors que la tension s'accumule dans mon dos.

— Je gère.

La plupart du temps, j'apprécie la réserve de Stone, mais parfois, elle fait grimper mon anxiété en flèche.

Je prends la main de Jae et nous retournons vers le chemin, gardant Stone, l'arbre et la maison en ligne de mire.

Stone se retourne vers l'arbre, et ses doux murmures flottent sur la brise. Depuis sa naissance, il a une affinité particulière avec la nature. Ce pouvoir est inscrit dans la lignée de sa mère, et les runes qu'elle lui a fait graver très jeune fonctionnent comme un cadran d'activation pour accéder à son pouvoir.

Sa magie provient de la terre, de la famille, et elle n'est pas aussi puissante ou variée que celle d'une sorcière, mais elle est sacrément impressionnante. Les choses que je l'ai vu faire me stupéfient encore. Et dire que son père l'a rejeté à cause des runes. Dans l'esprit tordu de cet Alpha, les hommes ne maîtrisent pas la magie. C'est une compétence féminine.

La première fois que Stone a accidentellement utilisé son pouvoir chez lui, son père lui a cassé deux côtes et l'a jeté hors de chez eux. Stone n'avait que huit ans. Ma famille l'a accueilli, et nous avons grandi ensemble comme des frères. Non pas que mon foyer soit un exemple de bonheur familial, mais il avait de quoi manger et un toit sur la tête.

— Est-ce que ça va aller pour Narah ? demande Jae en tirant sur ma manche. Je veux dire, pourquoi sont-ils attachés dans l'arbre ? Est-ce que quelque chose se nourrit d'eux ?

Elle cligne beaucoup, et elle a les yeux brillants.

— Si quelqu'un est en mesure de le découvrir, c'est bien Stone. Quoi qu'il arrive, nous ferons face, la rassuré-je en lui frottant le dos. Ma mère m'a dit un jour que lorsque je laisse entrer de mauvaises pensées dans ma tête, j'autorise l'univers à en faire une réalité. Au lieu de ça, pense aux choses positives que tu veux voir arriver.

— Alors, qu'est-ce que je suis censée faire ? Je n'arrive pas à penser à autre chose.

Je ris doucement.

— Ça prendra du temps, mais crois-moi, ça marche.

Soudain, la terre tremble sous mes pieds, et Jae se colle à moi. Je la tiens et nous reculons de quelques pas. Stone est toujours face à l'arbre, les mains sur le tronc, mais l'atmosphère a changé. Elle est chargée, elle fait se dresser les petits cheveux sur ma nuque.

Un instant, on est en train de regarder, l'instant d'après, le sol tremble fortement, l'arbre se balance et les branches s'agitent. Je ne peux que regarder avec horreur les trois corps des personnes qui me sont les plus proches, se balancer sauvagement. Mon cœur s'emballe au fond de ma gorge.

— Tu sais ce que tu fais ? lui crié-je.

Stone ne répond pas, mais je lui fais confiance. Bon sang, je lui fais vraiment confiance, mais la magie est terriblement imprévisible.

Soudain, il est projeté en arrière, mais Stone n'est

pas du genre à rester à terre et il se relève en quelques secondes. De la magie bleue jaillit de ses mains et s'étend vers l'extérieur, s'enroulant autour du tronc. L'arbre n'a pas cessé de se balancer.

— Oh, mon Dieu ! Je crois qu'il essaie de sortir du sol ! marmonne Jae, dont le corps se tend à côté de moi.

Elle a raison. Des racines sortent du sol tout autour de l'arbre et semblent émerger des fondations.

— Qu'est-ce que tu fais ? lui crié-je un peu plus fort. S'il te plaît, dis-moi que ce n'est pas une répétition de l'attaque de ces arbres dans les Bois Empoisonnés.

— Je m'en occupe, siffle-t-il. Le seul moyen de mettre fin à la malédiction est de tuer l'arbre, ce qui signifie couper sa force vitale.

Il est en train de sortir l'arbre du sol.

La terreur froide me tord les entrailles à l'idée que cela pourrait mettre Narah et mes hommes en plus grand danger.

— D'accord, tu l'as entendu.

J'ai beau être désespéré, je dois faire confiance à Stone.

Entraînant Jae quelques pas plus loin, nous attendons et les regardons tous les trois se balancer au bout des branches. Alors que l'arbre est à moitié sorti de terre, un fort craquement retentit.

La branche à laquelle Crius est suspendu tombe, et il heurte le sol. Je me précipite vers lui, une lame à la main. Il gémit, mais ces fichues lianes restent serrées autour de lui. Attrapant la hache à sa ceinture, j'entaille les lianes qui vont de l'arbre à lui, pour couper la connexion. La branche a peut-être cassé, mais de toute évidence, ce n'est pas suffisant.

Plus je démembre, plus Crius se débat contre les entraves. Je suis en train de taillader comme un fou quand j'entends un autre bruit d'éclats de bois, et Nikos est projeté sur le sol dur. Un dernier coup de hache et je sprinte vers lui.

Pendant tout ce temps, Stone murmure des mots et ses yeux se retournent dans leurs orbites.

Nikos est réveillé, il jure comme une bête et se débat.

— Narah ! Va chercher Narah, grogne-t-il à mon intention.

— Crius ! crié-je.

Le gars trébuche vers moi, incapable de marcher en ligne droite.

— Donne-la-moi. Je vais le faire. Va chercher Narah.

Les yeux de Nikos s'arrondissent quand Jae s'empare de la hache, mais je n'ai pas le temps de discuter.

Maintenant que la plus grande partie de l'arbre est sortie du sol, je me précipite dessous, pourchassant désespérément une Narah qui se balance. Mon cœur tambourine, l'air est lourd de magie. Un grognement s'échappe de mes lèvres avec impatience et frustration.

Quand le craquement tonitruant du bois retentit, je suis pris de panique. La branche de laquelle pend Narah se balance à gauche derrière l'arbre. Je charge dans cette direction au moment où elle se détache. Je tends les bras et m'élance vers l'endroit où elle tombe.

Ses cris terrifiés emplissent soudainement l'air.

Elle me percute violemment, me faisant tomber à

genoux, mais je l'agrippe de toutes mes forces et me penche en arrière pour supporter son poids, tout pour ne pas la faire tomber.

Mon petit renard est tout chaud contre moi, et bien plus gros : des lianes restent nouées autour d'elle.

— Bonjour, ma belle. Je m'occupe de toi.

— Ragnar ? gémit-elle avant de grimacer.

Me relevant, je me précipite hors de l'ombre vers l'extérieur. Je la dépose rapidement sur la pelouse, et Jae arrive pour me donner la hache.

Quelque chose ne va pas.

Elle pleure de douleur, et son corps est enveloppé de lianes. Mais pourquoi y en a-t-il autant autour d'elle ?

Avec frénésie, je coupe les vignes, tandis que Jae, Nikos et Crius sont à genoux et tirent sur l'énorme masse.

— On est là, dit Nikos.

Crius roucoule à propos d'un petit haricot, mais je n'y prête pas attention. Enfin, je coupe la dernière connexion, et nous arrachons rapidement la végétation.

Je me fige, surpris.

Narah est sur le dos, elle pleurniche en agrippant de ses mains un énorme ventre rond.

Je m'attendais à la trouver meurtrie et blessée d'avoir été attachée si serrée… mais personne n'aurait pu me préparer à cela. Personne.

— Oh, mon Dieu, Narah ! s'exclame Jae. Tu es enceinte !

CHAPITRE 8

RAGNAR

Bon sang, je suis toujours enceinte ! s'écrie Narah sous le choc, en regardant son ventre qu'elle frotte. Je ne vois pas mes pieds.

— C'est ça qui t'inquiète ? marmonne Jae. Comment as-tu pu devenir aussi grosse, aussi vite ? Tu as avalé un cochon entier ?

— Jae, l'avertit Stone d'une voix grave, avant de se tourner vers moi, le front soucieux. Mais sérieusement, mon ange, tu as mangé quelque chose qui ne te convenait pas ?

Je suis à ses côtés en quelques secondes, un bras autour d'elle pour la soutenir alors qu'elle se frotte le bas du dos. Sa chemise ne cesse de remonter sur son abdomen, révélant son ventre rond. Je suis confus, j'ai mal à la tête, j'essaie de me faire à cette idée.

Pourtant, mon sexe est dur comme la pierre à cause de ses courbes et de sa beauté. Je suis complètement captivé.

— Narah, dis-je, et ma voix se brise alors que je la fixe intensément. Je suis tellement bouleversé, je n'ai pas de mots. Elle se rapproche de moi. Mon cœur se gonfle à l'idée qu'elle porte un enfant, et mes genoux vacillent. Suis-je prêt pour ça ?

— Ça me fait un peu peur. Je ne suis pas vraiment prête pour ça, admet Narah.

— Je te tiens, petit renard. Nous sommes tous là, et nous allons traverser ça ensemble. Je ne comprends pas vraiment comment tu peux être enceinte à ce point, alors il faut que tu m'aides.

Ses grands yeux brûlent d'un ambre vif, ses cheveux sont en bataille avec de petites brindilles, mais sa peau est comme de la soie. Mes mains me démangent de la déshabiller et d'explorer sa beauté avec son ventre de femme enceinte. Quand elle gémit et se tient le côté, je la soulève dans mes bras.

— Tu as besoin de te reposer.

Je la porte jusqu'à un petit banc de bois près de la rivière, et loin de la maison.

— Quel que soit le sort que nous avons déclenché, il nous a envoyé tous les trois dans un état de rêve, explique-t-elle tandis que les autres suivent rapidement.

— Putain, c'était flippant, marmonne Crius. J'étais une foutue bonne qui faisait des pancakes.

— Attends ! Quoi ? demandé-je tout haut, et Jae éclate de rire.

— On était en train de préparer des pancakes pour Narah parce qu'elle était enceinte, explique Nikos.

— Et je me suis réveillée dans un lit étrange,

commence-t-elle. J'étais enceinte et je vivais dans un petit cottage. Dans ma tête, je savais que c'était ma maison, et j'étais heureuse d'y vivre avec mes deux maris. Mais quelque chose ne tournait pas rond. C'était comme si je savais que les choses clochaient, mais mon esprit était vraiment embrumé. C'est tellement confus.

— Tout ce dont je me souviens, c'est à quel point j'étais excité à l'idée que tu aies notre bébé, dit Nikos en se glissant à côté de Narah sur le banc.

Crius se place derrière elle, lui caresse les épaules et lui sourit, complètement épris.

— Je vais être honnête, te voir comme ça m'excite, ronronne-t-il.

— Beurk, c'est dégoûtant, lâche Jae. Crius se contente de hausser les épaules et embrasse Narah sur le dessus de la tête.

Dans leurs yeux, leur obsession envers Narah allume une flamme dans ma poitrine, me tailladant le cœur. Je ne suis pas jaloux, mais j'ai l'impression d'être passé à côté d'un moment important.

— Mais si c'était un rêve, pourquoi est-ce que je suis toujours enceinte ? Je veux dire, ça ne peut pas être réel, si ?

Elle n'est pas aussi grosse que certaines femmes enceintes, mais pour sa petite carrure, elle a un ventre rond parfait. Traitez-moi de fou, mais ça lui va parfaitement. Je constate que ses seins sont beaucoup plus gros, et je me régale de chaque centimètre.

— Stone, une idée de ce à quoi on a affaire ? demande Nikos.

Stone semble être aussi choqué que moi, il regarde Narah avec incrédulité. Il s'approche d'elle et tombe à genoux.

— Narah, tu es magnifique. Et quoi qu'il arrive, je prendrai soin de toi et du bébé. Je ferais n'importe quoi pour toi.

— Bon sang, tout le monde a un bébé dans la tête ou quoi? Vous agissez tous si bizarrement! constate Jae. Elle est très enceinte alors qu'elle ne l'était pas hier.

Narah pince les lèvres en essayant d'abaisser sa chemise sur son ventre.

— Alors, est-ce un sort qui doit être levé, ou est-ce que c'est vraiment en train de se produire. Ça semble réel et vraiment terrifiant.

— Eh bien, dit Stone qui se frotte la bouche avec le dos de la main. Quelque chose a pu se détraquer, car on t'avait déjà jeté un sort pour que tu entres en chaleur, puis le sort de piège t'a mise en transe ou dans le coma, il y a donc certainement eu des chevauchements de magie. Ce n'est jamais une bonne idée de croiser la magie.

— Alors quoi? Je suis enceinte et je dois bientôt accoucher en l'espace d'une nuit?

— Impossible, se moque Jae.

— Je ne peux que deviner. Je n'ai jamais vu ça avant, dit Stone qui se relève devant Narah, prenant sa main contre sa poitrine. Quoi qu'il se passe, nous le saurons quand nous trouverons Lyra.

— Je vais présumer que le bébé est probablement le

mien, déclare Crius à brûle-pourpoint, j'étais le dernier à…

Mais il ne termine pas sa phrase, car ses yeux se posent sur Jae qui lui jette un regard noir.

— Ou celui de Ragnar, ajoute Nikos. Vous avez tous les deux été avec Narah, et il n'est pas nécessaire de nouer une Omega pour la mettre enceinte. Ce n'est pas infaillible.

— Oh, c'est tellement dégoûtant! Je vais faire des cauchemars pour le restant de mes jours. S'il vous plaît, arrêtez d'en parler! s'exclame Jae qui se bouche les oreilles.

— Concentrons-nous.

Mon regard s'attarde sur les seins de Narah, alors je ramène mon attention sur son visage. Elle me sourit, et mes testicules se tendent devant une telle beauté. Je déglutis, tentant de réfléchir à ce que j'allais dire alors que mon pouls bat dans ma gorge et que son doux parfum de nectar me chatouille les narines.

— Nous devons entrer et examiner la maison pour voir si Lyra s'y trouve. Stone, tu vas diriger ça avec ta magie. Narah n'est pas…

— Je ne vais pas rester en retrait. Elle détient ma sœur, dit-elle en tendant le bras. Aidez-moi à me relever. Vous savez que vous ne pouvez pas la faire tomber seuls, et il faut que ça s'arrête ce soir. Certes, je suis aussi énorme qu'une baleine, mais je n'en suis pas moins mortelle.

— Est-ce que tu peux recourir sans danger à la magie pendant la grossesse? demande Nikos.

Narah hausse les épaules, et Stone se passe une main dans les cheveux.

— Chez moi, j'ai vu des sorcières enceintes l'utiliser sans problème.

— Moi aussi, dis-je. Je ne pense pas que cela affecterait le bébé.

Passant un bras dans son dos, je la soulève aisément, la tenant contre moi.

— Je ne veux pas que tu sois blessée, continué-je, mais peut-être as-tu raison : nous devons y aller ensemble. Crius, Stone, Nikos, vérifiez le périmètre autour de la maison, voyez si vous pouvez regarder par la fenêtre et repérer la moindre trace d'activité.

Avec un petit signe de tête, Stone prend la tête, suivi de Nikos et Crius.

Le ventre de Narah est si chaud et réconfortant contre moi… Jamais je n'ai songé à devenir père ou avoir ma propre famille. J'ai trop de choses à conquérir, et là, l'univers m'a envoyé une énorme balle courbe.

Le choc a laissé mon esprit en effervescence, mais l'excitation germe dans ma poitrine à l'idée que Narah porte notre enfant. Je ne me soucie même pas de savoir si c'est le mien ou celui de Crius. Nous sommes une unité, une famille, et il est à nous. Mes pensées s'agitent, tournoient et j'ai une envie folle de toucher son ventre.

— Il y a beaucoup trop de trucs sentimentaux, lance Jae en levant les yeux au ciel. Je vais aller près de la rivière, mais j'ai une question. Cela fera de moi une tante maintenant, non ?

— Je suppose, répond Narah en se rasseyant.

— Oui ! Techniquement, je suis une adulte.

Avant que l'un de nous puisse corriger Jae, elle se déplace au bord de la rivière, où nous pouvons la voir nettement.

— Tu es d'accord avec ça ? demande Narah. Tu me regardes bizarrement, et quand tu m'as vue la première fois, tu as pâli.

— Bien sûr, je vais bien. Je ne nie pas que je suis encore sous le choc, mais je ne te quitterai jamais. Tu es dans cette situation à cause des décisions que nous avons tous prises.

— Et si ce n'était pas un sort, et que j'avais un vrai bébé ? Déesse, comment cela peut-il m'arriver ? Je me sens mal à l'aise rien que d'en parler. Nous sommes juste en train d'apprendre à nous connaître, à faire fonctionner les choses entre nous, et maintenant ça, dit-elle en regardant son estomac, divaguant comme elle le fait quand elle est nerveuse. J'ai peur, et vous avez tous été entraînés là-dedans.

Elle inspire lourdement, puis grimace, la main au milieu du ventre.

Je pose la mienne juste à côté, et un petit coup tape dans ma paume. Le cœur battant à tout rompre, je souris, en pensant à cette petite vie au creux de Narah.

— Narah ! Je l'ai senti !

— Le haricot. C'est comme ça que nous l'avons appelé dans notre état de rêve.

— Je veux avoir cet enfant avec toi, lui dis-je en souriant, bourdonnant de partout d'une chaleur inexplicable et d'une avalanche d'émotions. Notre enfant.

Notre haricot. Jamais je n'aurais imaginé vouloir ça, mais sentir le coup de pied…

Elle s'appuie contre ma poitrine et je la tiens, bien conscient que cela doit être terrifiant pour elle. Je jette un coup d'œil à la maison, et remarque que les hommes reviennent rapidement. En sifflant, j'attire l'attention de Jae et la rappelle d'un geste de la main.

— Mon petit renard, il faut juste qu'on survive à cette nuit. Ensuite, on réfléchira aux prochaines étapes. C'est toi la priorité maintenant. Toi, et le haricot.

Alors que j'embrasse ses douces lèvres, ses seins sont une tentation parfaite. Avant de me perdre, je me lève.

— Qu'est-ce que vous avez trouvé ?

— Pas un signe de vie. À moins qu'elle ne soit en train de dormir, et nous ne le saurons pas avant d'être entrés.

— Alors, c'est ce que nous allons faire, déclare Narah en se levant avec l'aide de Jae.

— D'accord. On y va, et on garde Narah et Jae entre nous à tout moment.

Nous n'hésitons pas. Nous sommes tous prêts à faire face à cette situation.

NARAH

Un jour, je me réveillerai, et je n'aurai plus à affronter des questions de vie ou de mort. Ce doit être la journée la plus étrange de ma vie, et j'ai juste envie qu'elle se termine. Traiter avec des sorcières est dangereux, mais me retrouver enceinte fait passer cette histoire à un tout autre niveau de folie.

J'ai dix-neuf ans, et je ne m'attendais pas à avoir un bébé avant d'avoir au moins une vingtaine d'années, et ce, si je trouvais un Alpha pour nous protéger. Certes, j'en ai quatre, mais nous sommes en plein chaos, et loin d'être en mesure d'avoir un enfant. Nous n'avons même pas de maison où nous pourrions prendre soin d'un nouveau-né.

Retourner à la meute des Loups Aconit est une possibilité, mais je n'ai même pas pu discuter avec Ragnar de ce qui s'est passé quand l'Alpha a découvert que sa fille avait été massacrée.

Alors qu'est-ce qu'on fait ? Allons-nous vivre dans la maison de ma mère ? Je grimace à l'idée qu'elle a tué des gens dans cette maison, et je n'ai pas la force de rester ici.

— Tu vas bien ? demande Jae qui se place à côté de moi tandis que nous attendons que Nikos enfonce la porte d'entrée.

— Je vais bien, au vu des circonstances, lui réponds-je avec un sourire en coin. Et toi ? Je n'ai même pas eu l'occasion de te parler et tout te raconter.

— Stone m'a à peu près tout raconté.

Elle hausse les épaules et jette un coup d'œil à Stone, qui est derrière moi, souriant et écoutant notre conversation tranquille.

— Je sais, mais tu es ma petite sœur, et je devrais m'occuper de toi, lui dis-je en prenant sa main dans la mienne, la serrant légèrement. Je ne devrais pas te mettre en danger.

— Existe-t-il un endroit qui soit sans danger ? demande-t-elle, l'air bien plus mature qu'elle aurait dû.

— Je te promets, ma chérie, que nous allons bientôt trouver un endroit où vivre.

Elle me serre dans ses bras, et je l'étreins à mon tour, regrettant de ne pas pouvoir la garder en sécurité pour toujours, et cela me fait peur. Quel atroce boulot j'ai fait avec mes sœurs ! Comment pourrais-je me débrouiller avec un bébé ? Une douleur s'installe entre mes épaules, et je me dis que je vais être une mauvaise mère. De toute manière, qu'est-ce que je sais de l'éducation d'un enfant ?

— On y est, murmure Nikos par-dessus son épaule, attirant mon attention. Ouvrant lentement la porte, Ragnar et lui entrent les premiers, et nous sommes juste sur leurs talons.

Je repousse ces pensées, sachant que ce n'est pas le moment de m'inquiéter. J'ai bien assez de problèmes à régler.

L'intérieur de la maison est si sombre que je vois à peine mes mains, et encore moins autre chose. En quelques secondes, une flamme s'anime sur la bougie que Nikos tient dans sa main.

— Où as-tu trouvé ça ? chuchoté-je.

— Je me suis souvenu l'avoir vue sur une étagère dans cette pièce quand j'étais là, et j'ai toujours des allumettes.

Il tend une bougie à Ragnar, et une autre à Stone. Et je suppose que c'est tout.

Nous quittons l'entrée et entrons dans la pièce principale avec une immense cheminée sur la gauche, éclairés par Nikos. Il se déplace rapidement dans la pièce avec les deux autres, vérifiant si nous sommes seuls. Crius reste derrière nous, sa main sur ma taille. Son geste est chaleureux, cela me réconforte de savoir qu'il est là pour nous.

Plus nous fouillons les pièces, plus il apparaît évident que nous pourrions effectivement être seuls.

Mon pouls s'emballe alors que je tiens Jae près de moi. Elle ne dit pas un mot, mais elle sait que c'est ici que notre mère a vécu sans nous. C'est un endroit très délabré, il y a des trous dans les murs, une partie du plafond s'est effondrée, et la cuisine est un véritable capharnaüm avec des objets jetés partout. Cet endroit est détruit, et je ne sais pas comment c'est arrivé, mais c'est saisissant.

L'obsession de notre mère à ramener notre père à la vie, sans être un zombie, lui a coûté cher et à nous aussi. La douleur de le voir vivant, sachant que tant de vies ont péri pour lui, me déchire encore. J'ai aimé le voir, mais je savais que ce n'était pas bien.

J'ai la gorge nouée par les émotions, mais je ne peux pas m'effondrer, surtout devant Jae. Tenant sa main, je l'attire encore plus près de moi.

— Ça va ? chuchoté-je.

— Oui, tout va bien. Cet endroit est une vraie pagaille.

Nos pas s'orientent vers le long couloir quand je remarque un faible scintillement de lumière sous la porte à ma droite. La panique me tord les entrailles comme avec une paire de pinces. J'intime à Jae de rejoindre les autres au bout du couloir. Attrapant la main de Stone, je pointe la lumière sous la base de la porte.

— On entre là-dedans, murmuré-je en m'ouvrant à ma magie.

Je fais de mon mieux pour ne pas puiser de l'énergie en moi et mettre le bébé en danger.

— Laisse-moi entrer en premier, murmure Stone à son tour.

La lueur bleue de ses runes apparaît à travers son t-shirt.

Je retiens mon souffle quand il pousse la porte. Une faible lumière nous accueille, venant de quelque part dans le sous-sol. Normal que Lyra soit là.

Des frissons me remontent le long des bras, mais je repousse la peur. En suivant Stone, nous descendons lentement les escaliers. L'appel de la magie fait bourdonner mes mains alors même que je ne la sollicite pas. J'en ressens des picotements dans les doigts. Respirant profondément, je me concentre pour ne tirer de l'énergie que de mon entourage et de Lyra en particulier. Si ça l'assomme, nous pourrons l'attacher assez longtemps pour l'empêcher de nous attaquer.

Nous arrivons au pied de l'escalier, et tandis que Stone va à droite, là où la lumière brille le plus, quelque chose m'appelle sur la gauche. La sensation de piqûres d'épingle remonte le long de ma main gauche, et je me tourne dans cette direction. À peine quelques pas plus loin, je me fige sur place, le souffle court.

Devant moi, Lyra, toujours dans le corps de ma sœur, est courbée sur le corps de ma mère morte, la bouche béante, une lumière jaune incandescente s'échappant du corps de ma mère pour se déverser dans sa bouche.

La terreur me fait frémir. La seule pensée qui me vient, c'est qu'elle va tuer Kaira, et que ma sœur ne sera plus jamais la même.

Ma colère éclate en un instant, et la cruelle chaleur me consume. Avec ça, le désespoir m'envahit. Sans perdre un instant, j'ouvre toutes les vannes de ma magie.

Une lumière jaune irradie le dos de Lyra et se dirige vers moi. Elle m'inonde, emplissant chacun de mes pores. J'ai l'impression que quelqu'un me griffe le corps avec des épines. Je vole sa magie, ses ténèbres, tout ce qu'elle a.

Elle se lève brusquement et se tourne dans ma direction.

Surprise, je trébuche en arrière, et une bouffée d'air, rapide et intense, franchit mes lèvres, alors que le goût acide de la magie emplit mes narines.

— Vous êtes venus pour mourir, grogne-t-elle, ressemblant plus à un animal.

La fureur m'envahit, et j'imagine ma sœur, terrifiée et piégée.

À cette seule pensée, mon pouvoir surgit, me

protégeant de cette sensation d'électricité statique sur ma peau. Elle jaillit de mes mains au moment où Stone m'appelle par derrière. Des faisceaux lumineux bleus frappent Lyra si fort et si vite que je ne pourrais pas m'arrêter même si j'essayais.

En tremblant, je tombe à genoux.

La Grande Prêtresse mugit, et sa magie jaune jaillit de ses mains, mais contrairement à la mienne, elle s'étend dans toutes les directions, engloutissant tout ce qui est en vue.

Je suis prise de panique à l'idée qu'elle va tous nous tuer, et que nous avons commis une erreur en venant ici.

Pendant ces quelques secondes, je suis convaincue que c'est la fin.

Que c'est ici que je vais mourir.

CHAPITRE 9

NARAH

Réveillée en sursaut, je regarde un plafond blanc baigné de lumière. Pendant ces quelques secondes, je suis persuadée d'être de retour dans mon rêve comateux : un petit cottage avec mes deux maris, en train de mener une petite vie parfaite sans aucun souci. Je me sens égoïstement soulagée de savoir que je suis en sécurité dans ce foyer douillet, mais j'ai laissé derrière moi d'autres personnes que j'aime.

Avec un gémissement, je me roule sur le côté, jetant un coup d'œil par la fenêtre ouverte qui apporte une brise fraîche. Dehors, les arbres se balancent, et je ne sais toujours pas où je suis.

Soudain mon ventre se contracte, et c'est comme un coup de poignard sur le côté. C'est vrai, je suis toujours enceinte. Mes pensées se bousculent dans mon esprit : la sorcière qui possède Kaira, moi qui la trouve dans la cave avec ma mère morte, et qui l'attaque avec ma magie… Quelqu'un a dû me porter à l'étage après que je me suis évanouie.

Une bouffée de terreur m'enveloppe, et je porte mes mains à mon visage à toute vitesse. Il n'y a pas de traces de noir sur mes doigts, et j'expire bruyamment, soulagée de ne pas m'être vidée de mon énergie et de ne pas avoir fait de mal au bébé.

C'est étrange de voir à quel point je suis inquiète alors qu'il y a un jour, je n'étais pas enceinte et je n'imaginais même pas avoir d'enfants. Il y a quelque chose de très différent dans le fait de partager tout à coup son corps avec un magnifique petit ange, mais les souvenirs de mon séjour dans le cottage me donnent une fausse impression d'être à terme.

Dans un mouvement maladroit des bras et des jambes, avec la sensation d'être une tortue sur le dos, je me lève en titubant. Je baisse les yeux sur mon corps : je porte une longue chemise, et rien d'autre. Quelqu'un m'a changée après mon évanouissement.

— Qu'est-ce que tu fais debout ? s'écrie Jae derrière moi.

En me retournant, je la trouve dans l'embrasure de la porte, les mains sur les hanches avec une expression sévère, et je ris.

— Viens par ici, toi, dis-je, extatique et plus que ravie qu'elle soit en sécurité.

Vu qu'elle ne panique pas encore, je suppose que c'est une bonne nouvelle après les événements de la nuit dernière, où je me suis manifestement évanouie.

Elle traverse la pièce en courant, réduisant la

distance entre nous, et se retrouve à mes côtés, m'étreignant le ventre.

— J'avais tellement peur que tu sois blessée que j'ai à peine dormi la nuit dernière. En fait, j'étais allongée à côté de toi en espérant que tu te réveilles, mais évidemment, tu le fais quand je sors pour aller aux toilettes.

— Je vais bien, dis-je avec une assurance effrontée. Où est Kaira ? Ragnar et les autres sont-ils ici ?

Elle prend ma main et me ramène sur le lit.

— Assieds-toi.

Le malaise remonte le long de ma colonne vertébrale.

— C'est si grave que ça ?

— Je ne sais pas, répond-elle en secouant la tête. Nous attendions que tu te réveilles pour nous assurer que tu es en sécurité.

— Très bien, je suis là. Raconte-moi, demandé-je impatiemment, assise sur le bord du lit.

Je remue plusieurs fois jusqu'à trouver une position confortable. Une fois que je suis installée, Jae se laisse tomber à côté de moi, touche mon ventre et sourit.

— En passant, je suis très excitée de devenir tante, mais hier soir, je me suis rendu compte que je ne t'ai pas demandé si ça te rendait heureuse. Je veux dire, si c'était moi, je flipperais. Mais tu avais l'air heureuse d'être enceinte. Ces hommes étaient fous de toi et de ton bébé, et Nikos a parlé de construire un berceau avec des roues pour transporter le bébé. Jamais je n'aurais cru voir un guerrier viking devenir tout mielleux.

Elle rit.

Ses mots me font sourire comme une idiote à l'idée qu'ils sont tout aussi excités que moi.

— La vérité, c'est que je suis encore en train de m'y habituer. J'adore ça, mais ça m'a laissé en état de choc, et c'est le pire moment possible.

— Est-ce que c'est jamais le bon moment ?

Je souris et passe une main sur ses longs cheveux en travers de son front, en me disant que je dois les lui couper dès que les choses se seront calmées.

— Je suppose que non, mais avec tout ce qui se passe, le timing est vraiment mauvais.

— Je sais, mais quoi qu'il arrive, tu nous as nous, et ce petit bout de chou a déjà six personnes qui l'aiment.

D'un coup, ses lèvres forment un « o » parfait, tandis que ses yeux s'arrondissent.

— Et si tu as des jumeaux ?

— Ça y est, tu es en train de me donner des palpitations. Ne parlons pas de ça maintenant. J'essaie vraiment de ne pas penser à la façon dont je vais accoucher sans sage-femme, dis-je, passant un bras autour de ses épaules, la serrant contre moi. Mais tu as raison. Nous serons toujours là l'une pour l'autre. Quoi qu'il arrive, nous serons ensemble. Nous vivrons tous dans une immense maison avec une grande cuisine et un jardin à l'arrière. Toi et Kaira aurez vos propres chambres.

— Et les gars ? demande-t-elle en souriant. Je ne crois pas qu'il y ait de lit assez grand pour vous cinq plus le bébé.

— Je ne t'ai pas dit ? En tant que tante, tu dois faire du baby-sitting, et le bébé dort dans ta chambre.

Je la taquine en ébouriffant ses cheveux.

Elle plisse les yeux en me regardant.

— Je ne dis pas non, mais on verra ça.

Un silence confortable s'installe dans la pièce, et je demande finalement :

— Alors, Kaira est-elle libérée de la grande prêtresse ?

— Pas tout à fait, mais elle est en sécurité. Hier soir, après avoir utilisé ta magie sur la grande prêtresse, tu as attiré son énergie en toi, puis tu vous as assommées toutes les deux. Elle est toujours en Kaira, mais elle est attachée et coincée par un sort de protection, alors elle ne peut pas s'échapper.

— Comment peut-elle être encore coincée ?

Je soupire fort. Le frisson de la nouvelle me pèse dans la poitrine.

— J'ai fait tout ce que j'ai pu pour me débarrasser de la sorcière.

Une partie de moi avait peur que nous soyons arrivés trop tard, et que ce que Lyra a tiré de ma mère l'ait définitivement fusionnée avec ma sœur.

Un tremblement me parcourt l'échine à l'idée que nous pourrions ne jamais libérer Kaira.

— Stone a lu les livres de Mère toute la nuit pour voir s'il y a des sorts ou des informations sur la manière d'exorciser quelqu'un.

Elle se mordille le coin de la lèvre.

Je sais qu'elle a peur. Elle n'a pas besoin de le dire, mais je l'entends dans sa voix. Je n'ai pas l'intention de l'effrayer davantage.

— Nous trouverons un moyen. Rien n'est jamais permanent.

Lui arracher un sourire m'apporte une lueur d'espoir de pouvoir sauver Kaira.

Le bruit de quelque chose de lourd qui heurte le plancher résonne, et je regarde vers la porte.

— Qu'est-ce que c'est ?

— Crius et Stone essaient de réparer la table et les chaises cassées pour que nous ayons un endroit pour prendre le petit-déjeuner. Ragnar et Nikos sont allés au marché de la meute locale pour acheter de la nourriture.

Je me lève lentement, et Jae dépose une paire de sandales devant moi pour que je les enfile. Je ne demande pas à qui elles sont, et je les enfile.

— Où est Kaira ?

— Dans la chambre de Mère. Elle est toujours inconsciente, mais Stone la surveille de près. Tu sais, c'est bizarre d'être ici. Je sais que Mère a vécu ici, mais pour moi, ça ne lui ressemble pas, dit-elle avec un haussement d'épaules. Peut-être que j'étais trop jeune quand elle nous a quittés pour vraiment me souvenir d'elle.

Je sens le chagrin au creux de sa poitrine.

Comment pourrait-il en être autrement ? Quand j'ai découvert que notre mère nous avait exclues de sa vie, j'ai eu mal, et j'ai été jalouse. C'est douloureux de voir Jae repousser la douleur quand je sais qu'au fond, elle est bouleversée.

— Je t'aime, Jae.

Je l'attire dans mes bras.

— Nous sommes toute la famille dont nous avons besoin. Je serai toujours là pour toi.

Quand elle se libère enfin de mon étreinte, elle s'essuie les yeux et sourit.

— Viens voir ce qu'ils ont créé.

Je suis Jae dans un couloir, et cligne des yeux devant le spectacle qui s'offre à moi. D'énormes trous percent les murs, le plafond est à moitié détruit, une poutre pend, et je dois enjamber une fissure béante dans le plancher.

— Mmmh, je n'ai pas souvenir que l'endroit était en aussi mauvais état la nuit dernière… Mais il faisait tellement noir, je suis peut-être passé à côté.

— Ah oui, dit Jae par-dessus son épaule avant de sauter par-dessus un autre trou. Quand la sorcière t'a attaquée hier soir en représailles avec sa magie, ça a déraillé et a pratiquement détruit la maison. Je suis surprise qu'elle soit encore debout. Elle a méchamment tremblé après que tu t'es évanouie. Tu aurais dû voir le chaos que c'était avec les quatre gars qui couraient partout comme des fous pour te sauver et emprisonner la sorcière.

— Wouah, j'ai manqué la partie drôle, réponds-je d'un ton sarcastique, déclenchant le rire de Jae.

En dépit de la folie de ma vie, il règne une certaine sérénité dans l'air aujourd'hui, que j'apprécie. Je ne suis pas sûre que je pourrais supporter trop de journées stressantes.

Quand nous entrons dans la pièce principale, Stone et Crius sont en retrait, évaluant une table ronde et un ensemble éclectique de chaises, de tabourets et de caisses en bois renversées en guise de sièges. Quand ils se tournent vers nous, l'allégresse qui se répand sur leurs visages me fait pleurer.

— Mon ange ! s'exclame Stone en courant vers moi, tout comme Crius.

J'ai à peine le temps de leur dire bonjour que je me retrouve dans des bras, et soulevée du sol.

— Tu es réveillée, roucoule Crius en passant une main sur mon front, comme pour vérifier ma température. Et tu as l'air en forme. Comment te sens-tu ?

Stone me fait asseoir sur un siège à haut dossier rembourré près de la table, puis les deux hommes glissent des chaises de chaque côté de moi pour s'asseoir tandis que Jae me verse un verre d'eau et le pose devant moi.

— Détendue, et avec l'impression d'avoir dormi une éternité.

Les hommes me fixent comme s'ils ne pouvaient se lasser de moi, posant leurs mains partout sur mon corps. Je songe à la peur qu'ils ont dû ressentir toute la nuit pendant que j'étais inconsciente. C'est leur manière de gérer cette peur.

— Nous étions morts d'inquiétude. Il fallait qu'on fasse quelque chose pour s'occuper, explique Stone en regardant la table.

— C'est là que ma hache s'est avérée utile, ajoute Crius avec un sourire diabolique.

— Attends, tu as bâti cette table à partir de rien ? demandé-je.

— Tu es dingue ? Bien sûr que non, dit Crius. J'ai juste retaillé les pieds pour qu'elle cesse de bouger.

Jae éclate de rire.

— Tu aurais dû l'entendre jurer, comme si c'était la chose la plus difficile au monde.

Le grincement des lattes du plancher nous fait lever les yeux. Ragnar et Nikos entrent dans la pièce, portant une grande boîte. Cela représente beaucoup de nourriture pour le petit-déjeuner, mais il y a six bouches à nourrir… En pensant à Kaira, j'ai mal à la poitrine.

— Narah ! s'exclame Nikos en se précipitant pour poser la boîte sur la table.

Jae est déjà en train de triturer la nourriture.

Ragnar est à mes côtés en un instant, poussant Crius pour se pencher et voler un baiser. Puis il en parsème mon visage, et je suis au paradis. Depuis quand ai-je la chance d'avoir ces hommes dans ma vie ? Nikos vole à son tour un baiser, puis, évidemment, Stone et Crius font de même. Je suis en feu. En dépit de ma grossesse, je reste dans un état permanent d'excitation, mais moins intense qu'avant.

Après m'avoir fait un résumé de ce qui s'est passé après que je me suis évanouie, reprenant l'explication de Jae, nous nous asseyons tous autour de la table. Les hommes sont larges d'épaules, et rien n'est jamais assez grand lorsqu'il s'agit des quatre, donc c'est un peu serré.

— Qu'y a-t-il à manger ? Je suis affamée.

Crius nous distribue des assiettes qu'il a dû trouver dans la cuisine, qui ressemble à une scène de crime.

— Le choix d'aliments au marché était restreint.

Avec l'aide de Jae, il pose sur la table un grand sac de pêches et de raisins, suivi de ce qui ressemble à une montagne de pain frit.

— C'est roumain, c'est rempli de toutes sortes d'ingrédients. Certaines sont à la pomme de terre, d'autres à la viande ou au fromage. Ça s'appelle plăcintă ou quelque chose du genre, et ça sent délicieusement bon.

Chacun prend l'un de ces pains ronds qui doivent être plus grands que ma tête.

Stone me sert, et je découvre que le mien est rempli de viande et d'oignons verts. Quand le mets entre en contact avec ma langue, j'ai l'impression d'être morte et entrée au paradis. Encore chaud, le goût est savoureux et incroyable. Reprenant une bouchée, je remarque que je ne suis pas la seule à me taire et à dévorer la nourriture, et je souris. C'est fantastique d'avoir enfin de la nourriture dans le ventre.

— Dis-moi qu'il y en a encore dans la boîte, marmonne Crius, la bouche pleine, en tendant la main pour en reprendre.

— J'ai ce qu'il te faut, répond Nikos. On en a commandé cinquante, on a dû faire la journée du Beta au marché. Voilà pourquoi ça nous a pris si longtemps. Il a fallu qu'on attende qu'ils les cuisent tous. Je me suis dit qu'on pourrait manger ceux à la viande, et garder ceux aux fruits pour le voyage.

— On s'en va ? demandé-je, manquant m'étouffer sur mon pain.

Ragnar me regarde, les lèvres pincées.

— Nous devons parler de nos prochaines étapes.

Nous ne sommes pas en sécurité ici. Martell sait que c'est la maison de ta mère, alors il ne lui faudra pas longtemps pour venir nous chercher quand il ne nous trouvera pas avec les Loups Aconit.

Je cligne des yeux, la nourriture pèse lourd dans mon estomac. Tout ce que je demande, c'est un jour de normalité, un jour où je ne crains pas pour ma vie.

— On ne peut pas risquer que tu sois blessée maintenant, ajoute Nikos.

— Alors, où pourrions-nous être en sécurité ? demandé-je en reposant mon pain, essuyant mes doigts huileux sur le torchon de cuisine que nous partageons tous.

Ragnar avale la nourriture qu'il a dans la bouche, et tous les yeux sont rivés sur lui. Je ne saurais dire si le reste du groupe est au courant de cette décision, mais moi, en tout cas, je reste dans l'ignorance.

— Notre priorité, c'est ta grossesse, Narah, et ça signifie qu'il faut te mettre en sécurité. Ce qui pourrait signifier que nous devons voyager vers le sud, dans le Secteur des Ombres.

Je hoquette assez fort pour attirer l'attention sur moi.

— Je suis vraiment confuse. Tu ne voulais pas prendre le contrôle du Secteur Sauvage ? Pourquoi on ne se cache pas ailleurs pour le moment ? demandé-je, baissant le regard sur mon ventre, couvert de miettes. Je ne crois pas avoir la force de voyager aussi loin. Ensuite, il y a Kaira. Quel est le plan ? La traîner avec nous alors qu'une grande prêtresse psychopathe la possède encore ?

J'ai la tête qui tourne. Je n'ai pas envie de causer de difficultés, mais ma patience n'est pas vraiment au rendez-vous.

— J'y ai réfléchi. Écoute-moi, dit Ragnar en prenant une profonde inspiration. Je connais l'Alpha du Secteur des Ombres, et c'est un homme qui possède un fort sens moral. D'après ce que j'ai vu, il n'est pas corruptible. Nous ferons profil bas jusqu'à ce que tu accouches. Ta sécurité est ce qui compte le plus à mes yeux, et je m'occuperai de Mihai d'une manière ou d'une autre.

Il fait une pause, me laissant la possibilité de répondre, mais je ne suis toujours pas sûre de ce que je ressens.

— L'Omega de cet Alpha, Meira, est une fille incroyable et je l'adore. Elle m'a sauvée quand j'étais coincée là-bas. Je sais qu'elle nous aidera, dit Jae en s'agitant sur son siège.

— Alors, comment est-ce qu'on va aller là-bas ? demandé-je.

— Avec un véhicule. Il y a des routes, et des gens prêts à prendre des passagers si on les paie. On trouve quelqu'un, et avec un peu de chance, tu n'auras presque pas à marcher de tout le trajet.

— Et pour Kaira ? insisté-je.

Ragnar passe une main sur sa bouche, et je vois dans son regard que c'est un sujet qui le préoccupe.

— J'ai une idée, mais qui ne va pas forcément vous plaire, répond-il doucement.

Il pose son regard sur moi, puis sur Nikos.

— Va chercher de l'eau à la rivière et emmène Jae avec toi.

— Quoi ? Non ! proteste ma sœur. Je veux entendre ça !

Nikos se lève et écarte brusquement sa chaise de la table, avec elle dessus.

— Tu entendras parler de tout ça plus tard, crois-moi.

Jae soupire bruyamment et lève les yeux au ciel.

— Je rate toujours la partie amusante.

Elle traîne des pieds en suivant Nikos à l'extérieur.

Clairement, quoi qu'il ait prévu, il ne veut pas que Jae le sache, ce qui m'inquiète.

— Je crains que ce que Lyra a pris à ta mère ne la rende plus puissante, et nous ne pourrions rien faire pour la contraindre à sortir du corps de ta sœur. Plus nous les laissons enfermées ensemble, plus les dégâts seront élevés pour Kaira, explique Ragnar d'un ton sérieux.

— Alors, qu'as-tu en tête ? demandé-je en triturant le torchon sur mes genoux.

— Tu te souviens de la manière dont ta mère nous a purifiés de la malédiction ? Elle nous a complètement réinitialisés.

— Est-ce que tu es dingue ? rugis-je. Tu veux tuer Kaira ?

Je me lève et me mets à arpenter la pièce. Je me repasse le chaos dans lequel ma mère nous a plongés. Elle nous a noyés dans la rivière derrière sa maison, a puisé notre énergie, puis nous a fait revivre par la magie. Oui, nous avons été réinitialisés, mais le risque était énorme que nous y restions, ou que nous revenions en zombies !

Ragnar pince les lèvres.

— Je ne sais pas si ça va marcher. Que va-t-il arriver à Lyra ?

Je fais une pause au bout de la table. Crius et Stone n'ont pas dit un mot, mais je vois l'effroi dans leur expression.

— Je suppose qu'elle sera expulsée du corps de Kaira, et que, n'ayant nulle part où aller, elle mourra, répond Ragnar.

— Cela fait beaucoup de suppositions. Et si je l'attirais accidentellement vers moi ?

Tremblante, je m'assieds sur un tabouret, plaçant une main sur mon ventre.

— Nous allons utiliser un objet pour concentrer l'énergie, de sorte que ça n'arrive pas, répond Stone. J'ai vu des sorcières le faire pour éradiquer les mauvais esprits.

— Ce n'est pas ce que je veux, dit Ragnar en venant s'asseoir à côté de moi pour me prendre la main. Mais nous n'avons pas d'autre solution. Il faut qu'elle laisse ta sœur tranquille avant qu'il ne soit trop tard, et qu'elle ne nous attaque.

Ma poitrine se soulève et s'abaisse rapidement au rythme de mes respirations courtes, tandis que mon pouls bat la chamade. Mes pensées s'embrouillent dans mon esprit, et je ne vois rien qui puisse me permettre de faire disparaître la sorcière.

— Je suis terrifiée pour ma sœur… et pour nous.

— Je t'aiderai, me dit Stone en venant près de moi. Je ne suis pas capable d'utiliser ton genre de magie, mais je ferai ce que je peux pour nous protéger tous.

— Le plus tôt sera le mieux, me rappelle Ragnar.

La pression s'intensifie dans mon crâne.

Je regarde Crius, qui est resté trop silencieux.

— Et toi ? Qu'est-ce que tu en penses ?

Il se lèche les lèvres et se lève.

— J'ai détesté l'idée quand Ragnar m'en a parlé la première fois. Ce que nous avons vécu était horrible, et je ne le souhaite à personne, mais je ne vois pas d'autre moyen de sortir de cette situation merdique. Cette garce a planté ses griffes sur Kaira, et recourir au retrait de la malédiction et à la rivière pourrait être le seul moyen de la déloger.

Je voudrais bien admettre que la solution pourrait fonctionner, mais je suis terrifiée. Ragnar passe son bras autour de mon dos, mais au lieu de me sentir réconfortée, je m'effondre et je pleure. Mes émotions me submergent, et je n'arrive pas à réfléchir. Il me serre contre lui, je sens son souffle chaud sur ma joue tandis que sa main me frotte le dos.

— Ça va aller, me dit-il alors que les deux autres se joignent à lui pour m'enlacer. Je ne suggérerais rien qui pourrait nuire à ta sœur.

— Je sais. Seulement, c'est effrayant, et je suis carrément à fleur de peau. Quand je me lève enfin, ces trois fous, dont je suis tombée amoureuse, sont là pour m'accueillir avec des sourires chaleureux.

— Que dirais-tu d'un massage des pieds? me propose Crius. Pendant que tu y réfléchis?

Je ris tandis que mes larmes redoublent.

— Je pense que mes canaux lacrymaux sont cassés.

Avec un sourire, Ragnar me prend dans ses bras, sans avoir l'air de vouloir me lâcher, et embrasse mes joues humides.

— Pleure autant que tu veux. Nous serons là pour recueillir chaque larme, dit Stone en repoussant mes cheveux.

— D'accord, c'est pire parce que tu es trop gentil. Je ris quand Jae et Nikos reviennent.

— Alors, qu'est-ce que j'ai manqué? demande Jae. Quelqu'un va-t-il me mettre au courant?

Je prends une grande inspiration que je relâche doucement. Elle ne va pas aimer ça, mais nous sommes à court de temps et d'options.

CHAPITRE 10

NARAH

— Tu ne peux pas, répète Jae pour la dixième fois, les yeux remplis de larmes. Vous allez tuer Kaira. Je n'arrive même pas à me faire à l'idée de lui faire ça.

En tenant sa main tremblante, je lutte pour ne pas m'effondrer. J'ai le cœur brisé de voir Jae si désemparée.

— Ce n'est que temporaire. Ensuite, je la ramènerai, tenté-je de lui expliquer.

Je ne crois pas que j'aurais la force si je devais expliquer ça à Kaira aussi. Je prie pour qu'elle soit bientôt de retour parmi nous, et que tout ça soit derrière nous.

En ce moment, Jae me regarde, les larmes aux yeux, et ça me déchire de voir sa souffrance. J'aurais préféré qu'elle ne soit pas impliquée dans tout ça. Elle a déjà été témoin de tant de laideur dans ce monde, mais la voir assister à la cruelle décision que nous devons prendre, au risque que nous prenons avec Kaira, me détruit.

— Viens avec moi.

Je lui prends la main et l'entraîne dans le couloir jusqu'à la chambre de notre mère. Mon pouls s'accélère en voyant Kaira attachée à une chaise, qui est elle-même enchaînée au lit. Une corde est enroulée autour de sa taille et de ses chevilles, ses bras derrière son dos et sa tête est affaissée en avant. Elle est entourée d'un épais cercle de sel, d'herbes écrasées et d'un sort de protection que Stone a trouvé dans un des livres de ma mère.

Kaira est dans cet état depuis hier soir, et je tremble de la voir ainsi. La culpabilité me brûle de partout, mais que pouvions-nous faire d'autre ? Lyra était dangereuse. Il suffirait d'une simple erreur pour la laisser échapper et qu'elle tue l'un d'entre nous.

— Je déteste tellement ça ! sanglote doucement Jae. Je veux juste que Kaira revienne. Elle ne mérite pas d'être attachée comme une prisonnière.

— Je sais, mais nous n'avons pas d'autre moyen de faire sortir la sorcière de son corps. Ma magie n'a pas marché, donc on doit essayer la méthode de Mère. Ça me fait mal de voir Kaira comme ça, mais que se passera-t-il si on ne supprime pas la sorcière qui la possède ? Qui va-t-elle tuer ensuite ?

Je m'étrangle et lutte contre l'envie de pleurer, j'essaie d'être forte pour Jae.

Elle sanglote dans ses mains. Je la prends dans mes bras, je lui caresse les cheveux et je lui dis :

— Tout va bien se passer. Tu verras. Je parie que si Kaira pouvait avoir son mot à dire, elle nous demanderait pourquoi nous n'avons pas déjà jeté le sort pour la libérer.

Jae hoquette et lève les yeux vers moi.

— Elle ferait ça, et ensuite elle nous culpabiliserait. Elle est toujours si impatiente. J'ai juste peur pour elle. Je ne veux pas risquer sa vie, mais je ne supporte pas de la voir dans cet état.

Chaque mot me serre le cœur, et ma gorge se contracte. Je m'éclaircis la voix, puis je murmure :

— Imagine sa tête choquée quand tout sera fini et qu'elle me verra dans cet état ! Tu te souviens de la fois où elle nous a dit qu'elle voulait avoir dix enfants ?

Jae éclate de rire en s'essuyant les yeux.

— Et ce seraient seulement des filles, parce qu'elle voulait une meute composée uniquement de guerrières.

Un moment de silence passe entre nous. Je songe au côté farouche de Kaira, et je sais qu'elle se bat et ne cédera jamais à Lyra.

Les lèvres de Jae se pincent sur le côté, et je tends la main pour sécher ses joues pleines de larmes.

— Je crois que nous devrions le faire. C'est ce qu'elle voudrait.

— Si tu te sens à l'aise, ma chérie.

Je dois être forte pour mes deux sœurs, mais je me sens tellement coupable et effrayée que j'ai peur de m'effondrer à l'intérieur et à l'extérieur. Je n'ai pas le choix. Je dois le faire pour Kaira et pour notre bien à tous.

Jae se ronge le coin de l'ongle, et je prends tendrement sa main pour l'entraîner hors de la pièce.

— Ramenons notre sœur.

— D'accord. Je t'en prie, ne la laisse pas devenir un zombie.

— Évidemment, dis-je d'un ton assuré, même si à l'intérieur, je frémis. Je n'ai aucune idée de ce que je fais, mais s'il y a une chose que je me suis prouvée, c'est que je suis incroyablement douée pour improviser.

Nikos

— Comment se fait-il qu'on se retrouve avec tous les boulots foireux ? gémit Crius alors que lui et moi déplaçons la mère de Narah hors du sous-sol, où nous l'avions installée la dernière fois que nous étions dans la maison.

Son corps est froid et raide, et commence déjà à se décomposer. Ses ongles et ses dents sont tombés, et elle empeste. La puanteur de la chair en décomposition me donne envie de vomir à chaque fois que je respire.

— Dépêche-toi, bon sang ! Je supporte tout le poids. Mes bras se fatiguent en bas des escaliers, avec Crius en tête.

En la soulevant à chaque pas, il gémit. Ses jointures blanchissent tant il serre le drap dans lequel nous l'avons roulée.

Lorsque nous arrivons dans le couloir, elle échappe à ma prise et ses pieds cognent sur le parquet.

— Je ne sais pas pourquoi tu te plains. Je porte le plus

gros du poids de la tête et du torse, et ça pue. Je pense qu'elle pourrait finir par se liquéfier.

Crius fixe les taches humides sur le drap.

Je ne veux même pas y penser, ou je vais lui vomir dessus.

— Sérieux, reprends-la, et on la sort. Ensuite, je vais me décaper le corps avec une brosse métallique.

Je me penche et tire sur le tissu une nouvelle fois, et nous nous dépêchons de traverser la maison vers la porte arrière.

Stone et Narah ont découvert le sortilège de sa mère et l'ont associé à un autre pour chasser les esprits des personnes possédées. Pour cela, il faut un corps dans lequel expulser l'esprit et un talisman qui, de toute évidence, attire comme un aimant tous les esprits proches. Apparemment, l'esprit de Lyra doit être happé par le corps du mort, puis vaincu presque instantanément.

Assembler ces sorts me terrifie, mais nous ne disposons pas vraiment de beaucoup d'options pour sauver Kaira.

Une fois dans la cour, le ciel de l'après-midi gronde de sombres nuages d'orage, promettant de la pluie. Avec Crius, nous nous hâtons en trébuchant jusqu'à la rive où nous jetons le corps. Je gémis en m'étirant le dos tandis que lui s'accroupit au bord de l'eau, se lavant frénétiquement les mains. Ma peau me démange tout autant.

Quand je me retourne, je vois Stone et Ragnar en pleine discussion avec Narah. Jae est assise sur la pelouse près de la maison, arrachant l'herbe et s'essuyant les yeux.

— Est-ce que ça va si on la pose là ? demandé-je à haute voix à Narah, pointant sa mère du doigt.

— C'est parfait, répond Stone. Est-ce que tu peux dérouler en partie le drap ?

Je grimace, et Crius arrive aussitôt à mes côtés, me tapotant le dos.

— Merci de faire ça pour l'équipe.

— Abruti.

Hâtivement, je tire sur le tissu, touchant le moins possible son corps. La vue me révulse. Une fois fait, je me retire précipitamment vers les autres et je vois que Crius a rejoint Jae.

— Très bien. Quelle est la prochaine étape ? demandé-je, car je veux en finir avec ça.

Narah lève les yeux sur moi, le visage rougi, les lèvres pincées, plus que stressée.

— Je crois que nous y sommes presque. Il faut juste que nous fassions sortir Kaira. Une fois que nous aurons commencé, Crius et toi la détacherez et la mettrez dans l'eau.

— D'accord, acquiescé-je, tandis que la peur me parcourt l'échine. C'est en supposant qu'elle ne se réveille pas et qu'elle ne se déchaîne pas sur nous en nous jetant des sorts, n'est-ce pas ? Est-ce qu'il y a quelque chose que l'on peut faire pour qu'elle ne se réveille pas ?

Narah blêmit.

— C'est pour ça qu'il faut qu'on fasse ça rapidement,

explique Stone. Au moment où elle touchera l'eau, Narah lancera le sort. Cela devrait aller vite à partir de là.

— À t'écouter, ça semble facile, dis-je d'un ton sarcastique.

— Avec un peu de chance, ça le sera, répond Ragnar, l'air renfrogné.

Déesse, c'est pire que ce que je pensais. Ils sont pétrifiés à l'idée que ça ne fonctionne pas.

— Je suis prête, déclare courageusement Narah. Je ne peux pas continuer à ressasser. Ça me stresse.

Elle a du mal à respirer et je crains qu'elle ne s'énerve trop et que le fait de jeter un tel sort n'ait un impact sur sa grossesse.

Dans notre rêve, nous avions l'impression que le terme était tout proche, mais est-ce le cas dans la vraie vie ? Elle se dandine en marchant, et souffle quand elle bouge trop. Dans n'importe quelle autre situation, je la ferais s'allonger dans mes bras et se reposer, mais en tant que seule sorcière parmi nous, elle est notre sauveuse, et il n'y a pas moyen de la raisonner quand il s'agit de protéger ses sœurs.

Narah se frotte le ventre, et mes tripes se tordent. La seule réponse, c'est de lancer ce foutu sort en priant pour qu'il fonctionne. Quand je regarde Jae, elle pleure. J'aurais bien aimé l'emmener loin d'ici, mais cette fille têtue a déjà fait savoir qu'elle ne partirait pas. Donc, nous devons tous être très vigilants au cas où la sorcière à l'intérieur de Kaira attaquerait. À contrecœur, je tourne les talons et me dirige vers la maison.

— C'est l'heure du spectacle, mon pote ! lancé-je à Crius. Il faut qu'on fasse sortir Kaira.

Crius se lève d'un bond, fait craquer son cou, et s'avance derrière moi.

— Je suis prêt.

Dans la chambre, nous fixons Kaira, toujours affalée sur son siège.

— C'est quoi la meilleure façon de procéder ? demande Crius, en tenant sa hache à la main.

— On la laisse sur sa chaise. Je prends l'arrière, et tu prends les deux pieds avant.

— Bon… dit-il avec un regard impassible. Donc, je suis dans la ligne de mire si la sorcière psychopathe revient.

— Ce n'est que justice que nous nous relayions. J'ai porté les jambes la dernière fois. C'est à ton tour de faire ça pour l'équipe.

— Va te faire voir. On tire à pile ou face.

— Pas question, dis-je, mais il a déjà sorti une pièce de sa poche.

— Tu choisis ?

Il lève le regard au moment où il fait tourner la pièce en l'air.

— On ne tire pas à pile ou face, répété-je plus fort.

— Très bien, je dis face.

Je lève les yeux au ciel quand il attrape la pièce et la claque sur le dos de sa main. C'est plus fort que moi, je me penche vers lui. Je ne lui fais pas confiance pour ne pas tricher. Dès que je vois la pièce, je souris.

— Pile. Les pieds avant sont à toi. Maintenant, arrête de faire traîner en longueur.

— Merde ! me dit Crius avec un petit sourire. Au prochain boulot de merde, je choisis le côté que je porte.

— Ça marche pour moi. Maintenant, au travail. Je veux que ce soit fait. Narah doit se reposer. Elle a l'air d'être prête à s'effondrer.

— Je me disais la même chose. Jae est dans un sale état. Elle est tellement stressée, je m'inquiète pour sa santé mentale si ça ne fonctionne pas.

— Ça va marcher… il le faut.

Mentalement, je cherche un moyen de faire taire la terreur engendrée par la question de savoir ce que nous ferons si les choses tournent mal, comment protéger tout le monde si Lyra se réveille et attaque.

— Bon, tu es prêt ? me demande Crius après s'être servi de sa hache pour couper la corde qui attachait la chaise au lit.

L'ambiance devient sombre.

Je hoche la tête, et nous nous saisissons de Kaira et sa chaise. Priant en silence, nous sortons rapidement et partons en course folle vers la rivière. Mon cœur palpite, et le temps d'atteindre la rivière, je ne respire plus que par à-coups.

Ragnar est à mes côtés en quelques secondes, le couteau à la main.

Narah et Stone se tiennent à quelques pas derrière nous, et la magie se fait déjà sentir dans l'air. Je la sens sur ma nuque.

Ragnar ne perd pas une seconde. Il coupe rapidement les cordes autour de Kaira. Crius et moi la rattrapons alors qu'elle s'effondre vers l'avant, tombant de la chaise.

Tous les poils de mon corps se dressent.

— Vite, jetez-la dans l'eau ! ordonne Ragnar.

Il n'a pas besoin de nous le dire deux fois. Nous la tirons dans l'eau, la tenant chacun par un bras, Crius et moi. À trois, nous la poussons. Ma poitrine se contracte douloureusement, car c'est la sœur de Narah et Jae, mais je veux que la sorcière qui est en elle meure.

Le corps de Kaira plonge dans l'eau, coulant d'abord, puis remonte et flotte la face en bas.

Derrière moi, Jae panique, hurlant qu'elle se noie.

C'est bien le but.

Ragnar m'attrape par le bras et m'entraîne loin de la rivière, mais mes veines se glacent lorsque je fixe la fille que nous sommes en train de noyer. Me frottant la bouche d'une main nerveuse, je fais de mon mieux pour ne pas crier que c'est vraiment mal. Je sais que ça ne l'est pas, mais mon instinct me dit que rien de tout ça n'est juste. Le chagrin de Jae est comme une lame enfoncée dans ma poitrine, qui se retourne dans mon cœur. Ces trois sœurs ont pris tellement d'importance pour moi, elles font partie de ma vie maintenant.

Je serre les dents et mon instinct me hurle de me précipiter dans l'eau pour sauver Kaira, mais je fais la chose la plus difficile qui soit. Les pieds pesants et le cœur encore plus lourd, je m'en vais.

C'est peut-être Kaira qui est dans l'eau, mais je me noie intérieurement.

Je m'arrête à un endroit d'où je peux voir tout le monde, prêt à une éventuelle attaque.

Narah pousse un gémissement sonore, dressant les mains devant elle. L'air entre elle et la rivière ondule. Il y a des étincelles, et une décharge me parcourt les bras à cause de l'électricité statique.

Mon cœur se déchaîne dans ma poitrine et je reporte mon attention sur Kaira. Tous les regards sont braqués sur elle quand soudain son corps est aspiré sous la surface.

Jae hoquette bruyamment et se précipite vers la rivière, sans doute pour la sauver.

Je me retourne pour m'élancer vers elle, mais Crius est déjà sur le coup, la prenant dans ses bras. En sanglotant, elle martèle sa poitrine de ses poings alors qu'il la ramène dans la maison.

Ma poitrine est sur le point d'éclater. Je déglutis en dépit de ma gorge sèche et remarque que des larmes coulent sur le visage de Narah pendant qu'elle jette le sort.

Je ne bouge pas. Aucun d'entre nous, en fait, au vu de cette situation infernale.

Il ne faut pas plus de quelques secondes pour que Kaira surgisse brusquement, sa tête et ses épaules fendant la surface de la rivière, un cri perçant sortant de sa bouche, ses bras éclaboussant violemment.

Je sursaute, le cœur au bord des lèvres.

Jae hurle derrière nous, et Crius l'agrippe avant de se précipiter avec elle dans la maison.

Je m'approche de la rivière, mais Ragnar lève la main pour m'arrêter.

Concentrée, Narah ne bouge pas, et les runes bleues brillent sur le torse de Stone. Lorsque je sens le tremblement de la terre et que je vois les racines qui s'élèvent du sol et de la rivière, créant une barrière à pointes autour de Kaira, je comprends qu'il la garde prisonnière au cas où la sorcière s'échapperait.

Je ne suis pas sûr que ça la retiendra, mais la magie de Stone contrôle les éléments au-delà du mouvement, pour attaquer et retenir quelqu'un si nécessaire. Nous comptons sur elle.

Kaira est aspirée sous l'eau qui s'agite, des vagues sauvages éclaboussent les berges à cause du tumulte qu'une personne de sa taille ne peut pas faire.

Ça me dit que nous avons affaire à la grande prêtresse, et mes poils se hérissent. Pourtant, alors que nous la voyons combattre la magie qui la noie, une partie de moi ne peut s'empêcher d'avoir pitié d'elle.

Je me souviens que la mère de Narah nous a fait la même chose. Je n'ai jamais eu aussi peur de ma vie.

Le regard de Ragnar s'assombrit quand il jette un coup d'œil dans ma direction. Il est inquiet. Merde, nous le sommes tous !

Soudain, les éclaboussures cessent.

C'est silencieux… trop silencieux.

Personne ne bouge, mais mon pouls s'emballe, et je suis tendu comme pas possible. Je me creuse la tête pour savoir combien de temps nous étions restés sous l'eau, mais je ne me souviens pas. À l'époque, cela m'a semblé une éternité.

En un éclair, un nuage de lumière jaune sort de l'eau et se dirige vers Narah, Stone et le cadavre.

Stone se lance pour protéger Narah, mais dans le même temps, un grondement de tonnerre jaillit de la rivière. Je me jette sur Narah en tournant la tête vers la rivière.

— Courez ! s'écrie Ragnar.

Un mur d'eau s'élève de la rivière, nous surplombant, et il descend rapidement.

La panique me fait détaler, mais elle s'abat sur nous si violemment, si rapidement, que j'ai l'impression d'avoir été écrasé par une foutue montagne. Mes cris sont étouffés et mes jambes se dérobent sous moi. Je me laisse emporter par le courant qui me ballotte et me bouscule. Déployant mes bras et mes jambes, j'essaie de trouver un moyen de remonter à la surface. Retenant mon souffle, je perds le contrôle et la notion du haut et du bas.

Elle se fout de nous. La sorcière nous distrait !

L'instant d'après, je suis éjecté et recraché, je touche le sol et je roule jusqu'à ce que je percute un arbre. Je gémis à cause de la douleur qui descend en zigzag le long de ma jambe depuis l'endroit où ma hanche a heurté l'arbre. Je suis complètement trempé, et j'aspire l'air dans mes poumons. Les yeux ouverts, il me faut quelques secondes pour comprendre ce qui se passe.

Stone a mis Narah dans un arbre, tous les deux sont perchés sur une branche et presque secs, tandis que

Ragnar et moi sommes laissés à l'abandon comme des poissons hors de l'eau.

Narah est en sécurité, et c'est tout ce qui compte.

— C'est quoi ce bordel ! grogne Ragnar en se levant. L'eau a détrempé les bois environnants, et s'écoule du toit de la maison.

Je sprinte vers la rivière et mes pas éclaboussent le sol trempé. Kaira est allongée sur le dos au fond du lit de la rivière, toussant de l'eau.

L'adrénaline fait grimper mes battements cardiaques en flèche.

Sans attendre, je me jette à ses côtés et tombe à genoux. En hâte, je la tourne sur le côté, en lui frottant le haut du dos pour qu'elle puisse vomir l'eau qu'elle a avalée. L'eau ruisselle sur mes jambes pliées et sur Kaira depuis le sommet de la montagne, alors je la soulève rapidement et prie pour qu'elle ne soit pas possédée.

J'étudie son visage pour voir s'il y a des signes qu'elle est atteinte, mais elle est trop occupée à tousser. Il y a une étrange innocence dans son expression que je n'ai pas vue sur son visage. Depuis ma rencontre avec Kaira, elle est sous l'influence de Lyra, mais quelque chose semble différent maintenant. Je ne peux pas l'expliquer, mais je ne ressens pas de magie autour d'elle.

Ragnar est au bord de la rivière. Il se penche, m'attrape le bras et m'aide à remonter sur le talus. Mon autre main est autour de Kaira.

— Elle semble normale, dis-je à Ragnar qui fronce les sourcils, scrutant le visage de la fille.

Je ne peux pas lui en vouloir, parce que nous avons déjà été trompés par la grande prêtresse.

Kaira s'apaise enfin et hoquette en gémissant le nom de Narah.

Celle-ci est descendue de l'arbre maintenant, et Stone est à ses côtés. Les deux contemplent le corps de sa mère.

Quelque chose de ténébreux s'échappe du talisman magique attaché à la poitrine de la mère de Narah, un filet de fumée emporté par la brise. Tout le monde le regarde se disperser comme des cendres… là un instant, puis plus rien.

— Je vous en prie, dites-moi que Lyra est morte maintenant, marmonne Ragnar.

Il est trempé, ses cheveux sont collés à sa tête, mais il s'en moque.

Narah tourne vers moi son visage paniqué, les yeux rivés sur Kaira à côté de moi. Avec des larmes et un sourire, elle couine en se précipitant maladroitement vers sa sœur. Elle est à mes côtés en quelques secondes, serrant Kaira dans ses bras, et je recule pour leur laisser de l'espace.

— Narah, quand est-ce que c'est arrivé ? demande Kaira en touchant le ventre de sa sœur enceinte.

Narah éclate de rire et l'étreint, en lui disant qu'elle lui expliquera tout plus tard.

Je suppose que Lyra a été éradiquée. Je ne sens plus la pesanteur de la magie sur ma peau ou dans l'air, ce que je considère comme la meilleure nouvelle du monde. Ma poitrine se serre sous l'effet des émotions qui envahissent mon cœur.

Kaira est de retour. Je ne peux m'empêcher de sourire, sachant que cela apporte à Narah un bonheur sans limites.

— Stone, appelé-je, et avec Ragnar, nous nous rassemblons tous les trois.

— Elle est partie, confirme ce dernier. Pour autant que je sache, le filet de fumée que nous avons vu était la méchante sorcière vaincue.

— Et la rivière qui sort de son lit tout autour de nous ? demande Ragnar en essorant l'eau de sa chemise.

— Sa dernière tentative, répond Stone. Mais vous pouvez sentir la différence. L'air est plus léger. Elle est définitivement partie.

— Bon sang, oui ! dis-je en hochant la tête. On le voit aussi sur le visage de Kaira.

Un silence s'installe, nous respirons tous les trois aisément pour une fois. Ce silence a tout à voir avec le fait que nous ne parvenons pas à croire que nous avons réellement détruit cette garce.

— Après ça, commence Stone, j'ai besoin de me saouler à mort ce soir. Je n'ai jamais été aussi terrifié à l'idée que quelque chose puisse nous exploser à la figure.

— Kaira ! s'exclame soudain Jae depuis l'autre côté du jardin en courant vers ses sœurs.

Ses joues sont trempées.

Il se peut que je me sois étranglé en les voyant toutes les trois ensemble.

Crius s'avance vers nous, passe une main dans ses cheveux et regarde la cour qui a été complètement détruite par la rivière. Ses pas glissent dans l'eau, et il fronce les sourcils.

— Est-ce que j'ai envie de savoir pourquoi la rivière est partout sur la pelouse ?

Quand il regarde les trois sœurs, puis leur mère, il sait que nous avons réussi. Il se réjouit en donnant des coups de poing en l'air.

Avec une profonde inspiration, je m'étire le dos et suggère à la meute :

— Nous devrions organiser une cérémonie d'enterrement pour leur mère, pour mettre fin à tout ça.

Pendant un moment, nous nous regardons tous les quatre, encore étonnés que quelque chose se soit passé comme nous le voulions, pour une fois. Depuis notre arrivée en Roumanie, nous n'avons cessé de nous battre, de revenir en arrière. C'est un grand succès, et je vais profiter de cette foutue victoire au vu de tout ce que nous avons enduré jusqu'à présent.

Crius nous raconte une histoire sur la fois où il a été pris dans une inondation et comment il a sauvé tout un village. Je ris de ses histoires dramatiques, mais quand je jette un coup d'œil aux filles, Narah me regarde avec un sourire qui me fait fondre le cœur.

Pour ce soir, au moins, nous aurons la paix dans nos âmes.

CHAPITRE 11

NARAH

Aujourd'hui, nous quittons les montagnes au Loup, et c'est une sensation douce-amère.

Nous avons enterré ma mère dans le jardin hier soir. Je suis restée dans ma chambre ce matin, ressentant une étrange attirance pour cette maison. Dans mon âme, je sens qu'une fois que nous serons partis, je ne reviendrai pas. Ma louve s'agite à l'intérieur, impatiente que nous partions. Elle déteste cet endroit, elle déteste l'odeur de la mort, mais les émotions sont profondes.

Je dois laisser tant de douleur, de souffrance et de souvenirs derrière moi. Il faut que j'aide mes sœurs à surmonter les traumatismes qu'elles ont subis, et cet endroit n'est bon pour aucun d'entre nous.

J'ai pris ma décision, mais je n'ai toujours pas quitté ma chambre.

Notre véhicule est réservé, et nous sommes prêts. Mes sœurs, qui sont inséparables depuis que nous avons sauvé Kaira hier, sont avec les hommes au marché local, achetant des provisions pour notre voyage. Ragnar prévoit un petit détour avec Nikos pour rendre visite à l'Alpha des Loups Aconit, Mihai. Il a parlé de gagner du temps pour une course qu'il a promis de faire pour lui. Les deux nous rattraperont à cheval sur le chemin du Secteur des Ombres.

C'est à cause de ma grossesse, et du fait que nous n'avons aucune idée de quand je vais accoucher. Comme tout le monde, je prie pour que ce soit après avoir atteint le Secteur des Ombres et j'espère qu'ils ont des sage-femmes pour m'aider. Je panique à l'idée d'accoucher.

Est-ce étrange que je sois à la fois terrifiée et excitée de rencontrer mon petit haricot ? Pendant très longtemps, je n'ai ressenti de l'amour que pour mes sœurs, puis pour ces quatre guerriers nordiques qui ont fait irruption dans ma vie et m'ont fait tomber raide dingue d'eux. Et juste au moment où je pensais comprendre mes émotions et la profondeur de mes sentiments pour ma nouvelle famille, un petit événement est venu me faire prendre conscience que j'ai encore énormément d'amour à donner.

Je regarde la forêt par la fenêtre, mes mains sur mon ventre. Le bébé a bougé toute la nuit, ce qui me met mal à l'aise. En souriant, je baisse les yeux et murmure :

— Je ne sais pas encore qui tu seras, mais je sais que tu seras mon univers.

Les lattes du plancher grincent derrière moi, et

quand je me retourne, je trouve Stone debout dans l'embrasure de la porte, frottant ses doigts sur sa courte barbe. Ses cheveux dorés, aussi lumineux que le soleil, sont ébouriffés autour de son visage et sur ses épaules, comme s'il y avait passé les doigts. Des yeux bleus aussi profonds que l'océan me sourient.

— Est-ce qu'ils sont déjà revenus ? lui demandé-je.

— Pas encore, me répond-il en souriant, secouant la tête. Au vu de la longue liste de courses que tu leur as donnée, ils en ont pour un moment.

— J'ai peut-être dépassé les bornes, surtout pour les produits alimentaires.

Je ris en me rappelant que je l'ai écrite alors que j'avais faim.

— Je leur souhaite bonne chance pour tout trouver, dit-il en entrant dans la pièce, se dirigeant vers moi. C'est peut-être le dernier moment de paix que nous aurons tous les deux avant un moment.

D'un coup de pied, il referme la porte derrière lui. Il regarde le lit avec une expression des plus délicieuses.

J'affiche un large sourire. J'aime que mes hommes soient excités et qu'ils soient aussi insatiables que moi.

— Je vois. Qu'as-tu en tête ? le taquiné-je.

— Je veux que tu me supplies, dit-il en retirant lentement son haut qu'il fait glisser sur son torse au ralenti.

Il est tout en angles et en courbes, avec des muscles partout. L'homme est solide, et mon corps se tend d'excitation. Stone est un Adonis, et il est tout à moi.

— Je veux tes mains partout sur moi, tenté-je de dire

de manière séduisante, mais je finis par glousser, me sentant stupide. Je ne peux pas faire ça. Regarde-moi. Je suis un éléphant, et tu ressembles à un dieu, dis-je en haussant les épaules. Je me sens juste un peu mal à l'aise, je suppose. J'en ai tellement marre de porter des chemises d'homme, mais ce sont les seules choses qui me vont en ce moment.

Je rougis, j'ai l'impression d'avoir gâché l'ambiance.

Baissant les yeux sur mes mains, qui semblent tout aussi enflées que mes chevilles, je me retourne vers la fenêtre, luttant contre les émotions qui se bousculent en moi : l'exaltation au sujet de mon enfant et la perte de confiance en moi quant à mon apparence.

— Tu es absolument magnifique, Narah.

Stone est dans mon dos, son corps pressé contre le mien, et il est brûlant. Il embrasse mon épaule.

— Tu n'as pas idée à quel point j'aime te voir enceinte, à quel point tu es attirante.

Il plaque son érection contre mes fesses, et j'adore me rendre compte que je l'excite encore.

— Absolument, tout chez toi m'hypnotise, et, bébé, tous les quatre, on bave de voir à quel point tes seins ont grossi. Je me réveille chaque matin avec une érection en pensant à eux. Ne me refuse pas ça. J'ai besoin de toi.

Je me retourne, et il me caresse le menton, son baiser est magique. Le feu et la faim me brûlent. Stone m'embrasse comme s'il me chérissait. Il n'y a pas de précipitation, pas de hargne, mais quelque chose qu'il imprime dans son esprit. C'est addictif d'être adoré de cette façon. Sa langue glisse sur ma bouche, il grogne et quand il se détache, je respire difficilement.

— Ne va pas trop loin. Tu me manques, ronronné-je en faisant courir ma main sur sa poitrine dure.

Il y a du feu dans son regard et ses mains tirent sur ma chemise pour la faire passer par-dessus ma tête, avant de la jeter sur le côté. Il découvre que je suis complètement nue en dessous.

Sa manière de m'étudier de haut en bas en se léchant les lèvres me fait totalement fondre. Cela fait naître une délicieuse douleur entre mes cuisses, une douleur puissante et lascive. Ma louve se lève pour l'occasion, ronronnant sous ma peau, ce qui induit un ronronnement provenant de ma gorge. La chaleur m'envahit et mon corps frémit.

— Tu es magnifique. Tu as le corps d'une déesse. Je ne sais pas combien de temps encore je peux attendre pour me glisser en toi.

Concentrant son regard sur mes seins, il les serre. Ils sont énormes et sensibles, mais ses caresses apaisent la douleur. Incapable de s'en empêcher, il se penche et prend un téton dur dans sa bouche.

Sa langue est follement diabolique, elle me titille, et je tremble. Il prodigue les mêmes attentions affectueuses à l'autre. Je suis déjà trempée, et les gémissements dans ma gorge s'intensifient.

Il me libère de sa bouche, mais ses mains ne lâchent pas mes seins. Il les serre et pince les tétons entre deux doigts tout en me fixant.

— J'aime te voir si excitée. Les sons que tu fais me

rendent dur comme la pierre. Tout en toi me rend sauvage.

Ma réponse se traduit par des gémissements tandis que la chaleur pulse entre mes jambes. Des pensées coquines tourbillonnent dans ma tête ; je songe à toutes ces choses que je veux que Stone me fasse. Jamais je n'aurais imaginé être aussi excitée pendant ma grossesse ou que Stone pourrait l'être autant lui aussi.

— Je trouve injuste d'être la seule à être nue, me plains-je en triturant son pantalon.

Il me soulève dans ses bras et je ris de la facilité avec laquelle il me porte, avant de me poser sur le lit, sur le dos.

— Je veux que tu te mettes à quatre pattes, ça devrait soulager ton dos, explique-t-il en faisant sauter les boutons de son jean.

Stone est absurdement beau, robuste, sexy, et addictif.

Je suis trop distraite pour bouger. Je veux tout voir de lui, et au bon moment, son sexe surgit. Il est épais, enflé et énorme, dressé vers son ventre, le bout déjà enrobé d'un liquide clair et collant. À en juger par son apparence, ce beau gosse est excité depuis un moment.

Mon ventre se contracte par anticipation, je sais ce qui va se passer. Au ralenti, je me retourne et me mets à quatre pattes. Stone se tient à mes côtés, déposant ses doux baisers sur mon dos, tandis que ses doigts descendent le long de ma colonne vertébrale et se glissent entre mes cuisses.

Je bascule ma tête en arrière, gémissant alors que ses doigts glissent sur mon sexe, me rendant folle.

— Je meurs d'envie de te prendre.

Je gémis de la sensation incroyable que me procurent ses doigts en passant sur mon orifice glissant et en se dirigeant vers mon clitoris. Chacun de mes muscles répond à ses caresses.

Il grimpe sur le lit avec moi, et le matelas rebondit sous ses mouvements. Se déplaçant sans effort, il s'agenouille derrière moi et écarte doucement mes jambes.

— Plus large, bébé.

J'obéis, inspirant déjà longuement, complètement enivrée par son odeur, par sa seule présence. Il enfonce un doigt en moi, et je ronronne.

— Oui, je t'en prie, encore.

La pulsation entre mes jambes me fait haleter.

— J'aime comment tu aspires mes doigts, avec avidité.

— J'ai envie de toi, murmuré-je, chevauchant son doigt jusqu'à ce qu'il se retire, et je grogne en signe de protestation.

— C'est vrai ? demande-t-il en pressant le bout de son membre contre mon intimité.

Je me prépare pendant qu'il me caresse avec son énorme appendice, faisant entrer et sortir l'extrémité pour m'allumer.

— C'est comme ça que tu veux jouer avec moi ? demandé-je par-dessus mon épaule, en remuant mes fesses. Moi aussi je peux facilement t'allumer.

Son regard est si sexy que j'en ai la chair de poule.

— Tu as envie de moi à ce point ?

S'agrippant à mes hanches, il s'enfonce lentement en moi, se faisant une place.

Mon pouls bat plus fort, mon corps picote. Évidemment, il a raison, mais je ne vais pas le lui dire. Pas alors que j'en ai besoin plus que je ne l'aurais cru.

— Narah, grogne-t-il en s'enfonçant en moi. Je prendrai toujours soin de toi.

Je halète de plaisir, la chaleur m'envahit. Puis il fait une pause.

Le regardant par-dessus mon épaule, je lui demande :

— Qu'est-ce qui ne va pas ?

— Jusqu'où puis-je aller ? Je ne veux pas te faire de mal, ni au bébé.

Je souffle en essayant de me rappeler toutes les choses que j'ai apprises sur la grossesse, ce qui ne représente pas grand-chose. La plupart des femmes de la meute des Loups de la Tempête parlaient surtout de sexe et comparaient les hommes.

— J'ai entendu dire qu'on pouvait faire l'amour pendant la grossesse, et que du moment que je n'ai pas mal, tout va bien.

Il me regarde, incertain.

— Juste pour être sûr, je ne ferai rien de brutal et je n'irai pas trop loin, d'accord ?

Une partie de moi a envie de protester, surtout qu'il est enfoncé à moitié en moi. Mais j'adore le voir aussi attentionné.

— S'il te plaît, ne t'arrête pas. Continue, le supplié-je, nous donnant à tous les deux ce que nous voulons.

Son sourire sournois me coupe le souffle. Il entre et sort de moi, je me noie dans le désir brut et je crie à cause de sa taille. L'étirement est exaltant, ma respiration tremblante et rapide.

Il accélère, son souffle fait de même, et mon corps aspire à l'extase qui monte en moi. Les sons obscènes et étouffants que nous produisons tous les deux alors qu'il s'enfonce en moi sont magnifiques, et s'accélèrent.

Je gémis et je halète.

— Tu es si serrée, si humide.

Soudain, ses doigts se posent sur mon clitoris qu'il tapote, et la sensation me fait délirer.

Je gémis, me tordant doucement contre lui quand il se retire de moi.

— Pourquoi tu t'es arrêté ?

Il se jette sur le côté près de moi.

— Je veux que tu t'allonges devant moi, dos à moi. Quand je vais nouer en toi, je veux que tu sois dans une position confortable.

Oscillant sur le bord du désir, mes yeux se remplissent de larmes, et je mets tout cela sur le compte de mon état émotionnel.

— Tant que tu promets d'arrêter de faire des pauses. J'étais si proche !

Je fronce les sourcils de manière comique, et il me récompense d'une légère claque sur les fesses.

— Viens ici, ronronne-t-il.

Blottie dans ses bras, son corps enveloppant le mien,

son membre glisse contre moi. Je gémis tant c'est bon, surtout quand il pousse son sexe énorme entre mes lèvres, puis en moi.

— Viens ici, ronronne-t-il, un bras sous mon cou, me soutenant et s'enroulant autour de ma poitrine, l'autre sur ma hanche. Il faut que je me glisse à nouveau en toi, et je veux que tu jouisses sur moi.

Oh, bon sang.

— Si tu continues à parler comme ça, je vais jouir immédiatement.

Il rit, puis ses lèvres effleurent mon épaule alors qu'il s'enfonce plus loin en moi. J'enroule ma jambe autour de la sienne, lui donnant un accès plus facile. Il me pénètre plus fort. Il est proche. Je le sens se crisper en moi et son souffle se fait haletant sur ma nuque.

Il caresse mes seins, les pressant d'une main, jouant avec mes tétons, tandis que je perds lentement la tête. Je me balance contre lui, je brûle.

Stone grogne dans mon oreille, et s'arrête soudain. Il pousse en moi, et je sens qu'il s'épaissit, qu'il grandit, que son membre enfle avec son nœud. Ses doigts glissent vers mon clitoris qu'il caresse en cercles tandis que son liquide chaud se déverse en moi.

— Jouis pour moi, grogne-t-il d'une voix possessive.

Ses caresses et ses paroles me déclenchent. Mon excitation grandit, explose. Je crie et mon corps frémit sous l'effet de l'orgasme qui m'inonde.

Nous sommes verrouillés dans une étreinte amoureuse, la respiration difficile, pris par le plaisir.

Il continue à pomper, apparemment fier de la quantité qu'il produit au vu des sons jouissifs qu'il émet. Cet homme est magnifique, et il me veut. Je n'arrive toujours pas à l'accepter, même après tout ce que nous avons traversé.

— Je sens ton doux sexe qui avale mon membre, qui me boit, dit-il, son souffle sur mon cou, puis il embrasse la peau tendre sous mon oreille.

Même si son sexe noué est verrouillé en moi, son bassin tourne encore contre moi tandis qu'il se déverse.

Je halète, me balançant avec lui, conquise par la façon dont il me tient possessivement. Chaque toucher, chaque frottement de nos peaux déclenche un feu sauvage entre nous. Ma louve gémit dans ma poitrine, se réveillant grâce à la connexion que Stone et moi avons. Elle appelle son loup, toujours lié à lui par la morsure qu'il a faite lorsque mes quatre hommes m'ont marquée pour ramener ma magie.

Elle se lève, a envie de lui alors qu'elle se languit normalement de Martell. Ce changement est énorme, mais il est difficile de lui donner un sens quand mes orteils se recroquevillent et que mon corps frémit sous le coup d'un orgasme incroyable.

— Narah, murmure Stone en déposant des baisers dans mon cou, respirant avec difficulté. Sa main sur ma hanche se resserre avec un désir affamé. Te faire jouir est la plus belle chose que j'ai jamais vue. Est-ce que tu entends nos loups qui se reconnaissent ? Depuis notre premier baiser, je savais que tu me ruinerais pour n'importe qui d'autre. Mais ça... notre marque de l'autre nuit quand nous t'avons tous revendiquée et mordue, qui a supprimé la connexion de Martell…

Je suis exaltée d'entendre ses mots. C'est ce dont je rêve depuis que j'ai fui mon compagnon prédestiné, et Stone me dit que ça a finalement marché ? J'ai envie de hurler de bonheur, mais je finis par gémir quand il serre ma poitrine.

— Tu seras toujours à moi, grogne l'Alpha. Quoi qu'il arrive, tu seras à moi pour toujours. Je t'aime, Narah, dit-il dans le creux de mon oreille, d'une voix lourde et affamée.

Je tourne la tête par-dessus mon épaule, mon cœur explosant de ces mots qui le font battre à tout rompre. Je me retiens de verser des larmes de joie, et je m'étrangle en disant :

— Oh, Stone, j'adore entendre ça. Je t'aime tellement.

Il me donne tout, et je sais que si nous parvenons à surmonter les dangers, tous mes rêves deviendront réalité, et j'aurai tout ce que j'ai toujours voulu.

Nous nous embrassons dans un parfait moment de bonheur, et mon cœur chante en sachant que je vais vieillir avec ces hommes incroyables. C'est une chose simple, mais pour moi, ça représente le monde.

Je sens le bébé donner un coup de pied, et je saisis rapidement la main de Stone, la plaçant à l'endroit où le bébé a tapé. Un nouveau petit coup de pied, et quand je le regarde, ses yeux s'illuminent. Son sourire me fait l'imaginer poursuivant notre enfant dans la cour, construisant une cabane dans l'arbre, et toutes les petites choses que je n'ai jamais eues en grandissant et tout l'amour que je veux pour notre bébé.

— Je suis tellement heureux de rencontrer notre petit haricot, ronronne-t-il.

Pendant ces quelques instants, je découvre mon coin de paradis et je sais que, quel que soit le combat qui nous attend, nous le surmonterons. Nous avons trop à perdre maintenant si nous ne le faisons pas.

CHAPITRE 12

STONE

La pluie froide me trempe, et mes vêtements adhèrent à moi comme de la colle. Je passe une main sur mon visage barbu pour en chasser les gouttelettes qui s'y trouvent, mais ça ne sert à rien.

Crius fonce devant la calèche à deux chevaux dirigée par un homme âgé que nous avons largement payé en pièces d'or que Ragnar avait prises à son père avant de quitter le Danemark. Le cocher est assis sur un banc à l'avant du véhicule, dirigeant les chevaux le long du chemin usé. Le véhicule à quatre roues cliquette et grince. L'attelage est usé et a connu des jours meilleurs, mais les trois sœurs qui s'y trouvent sont protégées des éléments, et c'est ce qui compte.

Je surprends Narah qui me regarde de l'intérieur, sa main sur la vitre, les yeux brillants, arborant un sourire. Jae passe la tête derrière elle, me tire la langue, et je ris.

Cette fille est une source de difficultés et me rappelle

beaucoup la sœur de Ragnar quand il était enfant. Hel mettait son nez dans toutes nos affaires. J'aurais aimé pouvoir faire plus pour aider Ragnar à protéger sa sœur de son mariage forcé au sein de la famille de Nikos. Alors, je considère les sœurs de Narah comme ma propre famille et je les protégerai de ma vie.

Envoyant un baiser à Narah, je plante mes talons dans le cheval et me dépêche d'avancer jusqu'à ce que je sois à la hauteur du cocher. Il a beau porter un chapeau en forme de bol tiré bas sur sa tête épaisse, des mèches de cheveux blancs s'échappent de dessous. Son manteau noir est boutonné jusqu'à la gorge et il tourne la tête dans ma direction en levant un sourcil.

— La pluie est restée légère, me dit-il d'une voix rauque qui indique qu'il a fumé des cigarettes presque toute sa vie. Tant qu'elle ne s'intensifie pas, les roues ne devraient pas s'enliser dans la boue.

— Combien de temps encore avant d'arriver à notre premier arrêt ?

Avec le soleil qui glisse derrière les montagnes environnantes, la nuit nous enveloppera dans une heure au plus tard. Nous deviendrons des cibles faciles pour les morts-vivants puisqu'on ne les verra pas venir de loin. Les petits groupes que nous croisons sont trop loin pour faire attention ou nous rattraper.

Jon, le conducteur, inspire en sifflant.

— Nous devrions atteindre la taverne d'ici une heure ou deux.

Je hoche la tête, les muscles crispés.

— Il faut qu'on y soit dans une heure, pas plus.

Il me lance un regard noir.

— Je ne peux pas contrôler le temps, fils.

— Si tu nous amènes à la taverne en moins d'une heure, je double ta paie.

Le cocher redresse les épaules ; l'argent l'intéresse beaucoup.

— Marché conclu. Il fait claquer les rênes, siffle ses chevaux, et soudain, nous progressons vite.

Enfoiré.

Des Alphas dévoyés parcourent les bois, prêts à chasser n'importe quelle Omega pour se reproduire. C'est dans notre ADN d'avoir besoin de femmes, et nous avons trois Omegas avec nous, et ne sommes que Crius et moi pour les protéger. Je ne peux pas risquer qu'on se fasse prendre. Je n'ai pas de problème à me battre, et je me servirai de mon pouvoir s'il le faut, mais si nous sommes attaqués, comment pourrais-je m'assurer que Narah et le bébé ne craignent rien ?

Ragnar et Nikos ont fait un détour chez les Loups Aconit pour s'occuper de Mihai, et pour ce qu'on en sait, ça pourrait vite dégénérer. Comme nous, ils devront trouver un moyen de rester en vie et finir par nous rattraper.

D'autant plus que nous atteindrons très probablement le Secteur des Ombres avant eux. Et bien que l'Alpha de ce secteur, Dušan, se soit montré amical envers nous quand nous l'avons aidé, Ragnar lui a laissé un avertissement avant que nous nous séparions.

Je vais te faire une promesse : celle de revenir sur ton territoire avec mes guerriers. Si tu n'es pas aux commandes quand j'arrive, et que ce désordre n'est pas réglé, avec ton frère qui se bat pour le pouvoir, alors j'éliminerai tous les hommes de ce territoire, revendiquerai les femmes, et prendrai possession du secteur.

Maintenant, nous sommes sur le point de faire irruption chez lui avec une Oméga enceinte... sans Ragnar.

Putain, c'est génial.

Crius

J'ai l'impression que ma frustration a creusé un trou en moi.

La nuit s'étend autour de nous, ses griffes se déployant sur le paysage.

Quoi que Stone ait dit au cocher, nous avançons à la vitesse de l'éclair. Il était temps. Les deux lampes attachées aux rênes des chevaux éclaireront le chemin devant nous, mais elles seront presque inutiles une fois l'obscurité venue.

Jon n'a pas voulu dire où il avait trouvé les piles. Tout ce qui provient de l'ancienne civilisation est presque perdu, mais il existe dans ce monde d'autres meutes et des surnaturels qui exploitent une technologie inimaginable. Ils la protègent également et tuent toute personne qui s'en approche.

Je l'ai vu de mes propres yeux au Danemark, lorsque le père de Ragnar vendait des Omegas en échange d'armes, des munitions et tout ce dont il avait besoin pour avoir le dessus sur la famille de Nikos.

Ragnar et moi avons souvent discuté de la technologie, ainsi que du fait de choisir plus intelligemment les personnes avec lesquelles nous travaillons. Les petites meutes dans le Secteur Sauvage sont un poids mort, mais je comprends ce que fait Ragnar. Une fois les sorcières éliminées, il a besoin que les meutes soient combinées en une force puissante pour éliminer cette ordure de Martell ou tout autre con qui déciderait d'accéder au pouvoir.

Quoi qu'il en soit, je ne voudrais pas être à la place de Ragnar et Nikos en ce moment, face à un Alpha dont la fille vient d'être assassinée.

— On devrait arriver à la taverne dans une heure, dit Stone en arrivant à ma hauteur.

— J'ai terriblement mal aux fesses, et la nuit va bientôt tomber. Nous sommes des cibles faciles en restant en ligne comme ça.

— Tu veux voyager sous ta forme de loup ? demande-t-il en haussant ses épais sourcils.

— Eh bien, réfléchis. On attache ces chevaux à l'attelage qui ira plus vite, et toi et moi pourrons couvrir plus de terrain pour scruter les dangers. Nous sommes dans les bois, Stone, et les filles ne sont pas en sécurité.

— J'ai pensé à la même chose. Je me sens mal. Quelque chose ne va pas ici.

— Nous sommes épiés, confirmé-je. Je le sens dans mes os. Il faut que je descende de ce foutu cheval et que je prenne ma forme de loup pour trouver qui c'est.

L'expression de Stone reste stoïque, mais à la dureté de ses yeux et sa manière de fixer les bois sombres qui nous entourent, il sait qu'il est préférable d'attaquer en premier.

J'inspire brusquement et lèche mes lèvres sèches.

D'un simple signe de tête, il s'aligne sur moi, et nous chevauchons côte à côte.

J'ai hâte de sortir, de me débarrasser du sentiment que nous ne sommes pas seuls. Je siffle et l'attelage s'arrête, et je les rejoins.

Stone est en pleine conversation avec Jon, et je suis trop nerveux pour m'occuper du loup métamorphe Beta. Je descends de mon cheval et je donne les rênes à Stone.

— Je pars en avant.

Il fronce les sourcils.

— Je ne serai pas loin derrière.

À pas rapides, je gagne la porte latérale du véhicule et je suis accueilli par les trois visages inquiets. En ouvrant la porte, je passe la tête à l'intérieur.

— Il n'y a pas de quoi s'inquiéter, leur expliqué-je pour ne pas qu'elles paniquent. Stone et moi allons dans les bois sous forme de loup à partir d'ici. Si le véhicule se sert de quatre chevaux, il ira plus vite. Nous sommes à moins d'une heure de la taverne.

Je parle vite, j'ai déjà passé ma chemise sur ma tête, puis je l'ai jetée sur la place vide du siège rembourré.

— Tu es sûr que tout va bien ? demande Narah, qui parcourt du regard les bois environnants. Je peux essayer d'aider.

Je secoue la tête, en regardant son expression inquiète, celle de Jae et celle de Kaira. Elles me font penser à des lapins, tout petits, blottis les uns contre les autres et vulnérables.

Je prends la main de Narah dans la mienne et j'embrasse le bout de ses doigts.

— Il vaut mieux que vous soyez dans le véhicule pour qu'on puisse aller plus vite. Accrochez-vous, et nous savourerons un repas chaud en un rien de temps. Mon sourire me semble étrange. Certes, c'est un mensonge, mais je préfère me dire que je déforme la vérité. Je me penche en avant et pose une main sur son ventre, son corps dégageant une chaleur extrême.

— Comment vous sentez-vous, toi et le bébé ?

— Il donne des coups de pied comme un dingue, dit Jae. Je n'ai pas l'impression qu'il aime le trajet cahoteux.

— Moi, je crois qu'il s'amuse, ajoute Kaira avec un petit sourire.

Comme Jae, elle porte en elle une certaine innocence. En vérité, je n'avais jamais rencontré la vraie Kaira jusqu'à maintenant.

— Tu tiens peut-être un truc, lui réponds-je. Quand ma mère était enceinte de moi, elle a parcouru le pays en calèche et a fini par me donner naissance dans l'une d'elles.

Narah manque de s'étrangler.

— La pauvre !

— Tout ira bien, lui dis-je avant de lui embrasser les jointures, le sourire aux lèvres. Je le promets. S'il le faut, j'accoucherai le bébé moi-même. Une fois, j'ai vu ma mère aider une de nos servantes pendant son accouchement.

Elle grimace, ne semblant pas convaincue par ma proposition.

— Si nous avions le temps, je grimperais là-dedans avec vous, mais laisse-moi une heure, et nous en aurons l'occasion. D'accord, ma belle ?

Elle acquiesce, et je m'éloigne à contrecœur du seuil de la porte. Je retire mes bottes et mon pantalon, jette les vêtements dans le véhicule et referme la porte.

J'appelle mon loup, il répond instantanément, s'arrachant de moi, la peau se fend, ses os s'étirent, la fourrure se répand sur mon corps changeant. En l'espace de quelques secondes, je suis un loup qui fonce dans les bois.

Derrière moi, j'aperçois Stone qui aide le cocher à attacher les deux chevaux à son attelage. Il ne sera pas long, mais pendant qu'ils sont assis à l'air libre, je dois trouver ce qui provoque le déclenchement de mes instincts.

Mes pattes martelant le sol, je m'enfonce dans les bois, en reniflant l'air. Rien, et pourtant ma peau me démange toujours. Je reviens donc sur mes pas et décide de faire un balayage rapide des bois de l'autre côté du chemin.

Émergeant des bois, je fais sursauter le cocher, qui pousse un glapissement à mon apparition soudaine. Sans hésiter, je franchis en courant le passage devant eux et plonge dans l'autre bois, mais pas avant d'avoir constaté que les chevaux sont tous attachés, et qu'ils sont prêts à se mettre en route.

C'est fantastique.

Respirant difficilement, je m'élance vers l'avant, les narines dilatées, captant une odeur qui m'arrête net. Un fort musc, de la fourrure, et un soupçon de quelque chose d'électrique qui me parcourt le bras : la sensation que j'ai avec les autres Alphas.

Je pensais que nous avions affaire à des morts-vivants, mais en vérité, c'étaient d'autres loups qui nous suivaient. Des vauriens qui n'appartiennent à aucune meute errent dans les bois, attaquant tout ce qui bouge, et s'ils sentent l'odeur de nos Omegas, ils nous suivront jusqu'en enfer.

C'est une autre raison pour laquelle nous avons gardé les filles enfermées dans la voiture, afin d'éviter que leurs odeurs d'Omega ne flottent dans la brise, surtout celle de Narah, qui est toujours en chaleur.

C'est pour cela que nous sommes avec elles : pour détruire les ordures qui pensent que nous sommes des proies faciles.

Me précipitant dans la direction d'où vient l'odeur, je fonce, excité à l'idée de me battre. J'ai besoin d'éliminer l'anxiété que j'ai gardée. Toutes ces emmerdes pour lever la malédiction de Kaira et de la Grande Prêtresse ont fait des ravages. Je suis un sacré combattant. Je fais face aux choses en les mettant en pièces, et je me sentais complètement inutile, assis à ne rien faire pendant que la magie résolvait le problème.

La puanteur des autres Alphas se renforce, et mon pouls s'emballe au même rythme que mes pattes. Quand j'entends le craquement de brindilles dans mon dos, un frisson glacé s'empare de ma nuque. Quelqu'un s'est faufilé derrière moi ?

Merde. Merde. Merde.

Je pivote brusquement juste au moment où un loup noir me fonce dessus. Une nouvelle odeur m'envahit, et je réalise qu'il y a plus d'une fête. Excité de m'en prendre à quelqu'un, je baisse ma garde.

Nous heurtons le sol, et je me bats brutalement, à coups de dents et de violence. Quand nous roulons, je déchire l'épaule de cette ordure au moment où il s'accroche à mon bras. Je grogne dans son oreille, puis je m'attaque à son cou.

La fureur m'envahit, me comprimant la poitrine, et je ne vois plus que du rouge. D'une morsure cruelle, je lui arrache le côté du cou, déchirant les tendons et les muscles, le sang est chaud et épais. Je ne m'arrête pas là. À califourchon sur son torse, je passe à la vitesse supérieure sur cet enfoiré, mon cœur battant frénétiquement dans ma poitrine.

Il y a quelque chose de gratifiant à prendre la vie de quelqu'un qui le mérite.

Un craquement de feuillage dans mon dos me fait dresser les oreilles, et un grognement perçant me fait frissonner. Je ne perds pas de temps, je m'amuse trop.

Je me retourne et me jette sur l'abruti qui pense qu'il peut me surprendre. Les yeux du loup gris s'écarquillent, les lèvres s'ouvrent sur des canines acérées. J'utilise son choc à mon avantage. Je n'ai besoin que d'une seconde pour prendre le dessus. C'est ainsi que l'on gagne des batailles. Un léger hoquet de la part des ennemis, qu'ils trébuchent, il suffit d'un rien pour les distraire. À la guerre, tout est bon pour gagner.

Je frappe cette ordure et le pousse si fort contre un

arbre que tout l'air s'échappe de ses poumons. Je plante les dents dans sa jugulaire avant qu'il puisse réagir, et quelques secondes plus tard, il s'effondre à mes pieds. Bon sang, c'était trop facile.

Un autre craquement et je me retourne, je grogne, chaque centimètre de mon corps est en alerte. Mais au lieu d'un autre crétin, c'est un énorme loup blanc, à peu près de ma taille, qui s'arrête à quelques mètres du premier Alpha mort.

Stone pousse un gémissement, protestant parce que je ne lui ai laissé personne pour s'amuser. Je pousse un petit jappement et trotte vers lui, en cognant délibéré-ment mon épaule contre la sienne.

Plusieurs grognements gutturaux se font entendre derrière moi, et les poils de ma nuque se dressent.

En me retournant, je compte six loups répartis dans les bois, les yeux rivés sur nous. La colère coule dans mes veines à l'idée que tant d'abrutis nous ont pour-suivis. Chacun de ces Alphas presque morts avait les yeux sur mon Omega, ma Narah, et pour ça, ils vont mourir, tout comme leurs copains.

Je regarde Stone qui a la tête basse, les oreilles plaquées contre la tête. Ça marche pour moi. En détruire trois chacun semble être une bonne idée.

En un instant, nous chargeons les loups, la furie se déchaînant dans mon esprit : ils paieront pour avoir imaginé qu'ils pourraient toucher mon ange.

RAGNAR

Mon père disait que lorsqu'il s'agit de se battre, il faut éviter les forts et viser les faibles. Il a également dit de vaincre vos ennemis sur le terrain avant qu'ils n'atteignent votre maison et de vous lever pour la bataille avant le soleil pour chercher la victoire.

Je détestais cet homme, mais parfois, il offrait des pépites d'or de sagesse qui me surprenaient. Même s'il a échoué lamentablement en tant que père et mari, il a excellé dans la guerre.

Ses paroles me sont revenues à l'instant où j'ai posé le pied sur le territoire de la meute des Loups Aconit. Quand j'entre dans la maison de Mihai, la lourde puanteur de la mort m'assaille les narines.

Des cadavres.

Du sang sur les murs.

Des membres brisés.

L'écho des cris semble s'attarder sur le vent sifflant à

l'extérieur.

Mihai est allongé sur le dos sur le lit, une jambe pendue au bord du matelas comme s'il était en train de se battre quand quelqu'un est entré et l'a assassiné, lui enfonçant une lame dans le cœur. La poignée noire d'une dague standard dépasse de sa poitrine, entourée d'une large tache de sang séché. Ce pauvre enfoiré a été tué froidement. Sa compagne gît près de la porte, face contre terre dans une mare de sang.

Depuis notre arrivée, nous avons trouvé des corps éparpillés partout. Surtout des Alphas.

Mon cœur se serre devant toutes ces morts inutiles.

En inspirant fortement, l'odeur cuivrée révèle une autre odeur, celle d'une fourrure humide imprégnée d'une forte transpiration, que je reconnais instantanément. Je serre les poings le long de mon corps et je grogne, un son profond qui me fend la poitrine.

Ces pauvres hommes sont morts de la main d'un foutu enfoiré qui est venu ici pour chercher Narah. La fureur me brûle.

Un Alpha a également construit son armée, et il vient de déclarer une guerre totale.

Martell.

La culpabilité me tenaille quand je vois la destruction qu'il a imposée à cette meute. Il les a mis en pièces, a éliminé leur leader Mihai, et éliminé leurs guerriers Alphas. Avec la guerre viennent les pertes, mais putain ! Mihai était un enfoiré, mais je ne lui aurais pas souhaité une mort aussi imméritée.

Serrant les dents, je reste là, me sentant inutile,

sachant que c'est ma tentative de prendre le contrôle du Secteur Sauvage qui a conduit à ce massacre. Mais cela se serait-il passé autrement, avec ou sans mon intervention, si Martell avait l'intention de prendre le contrôle du territoire ?

Personne ne le sait, mais ça ne diminue pas ma colère.

Je m'approche de Mihai et ferme doucement ses paupières, en murmurant :

— Peut-être que les dieux auront pitié de ton âme et te trouveront une place au Valhalla.

Nikos s'avance vers moi à travers le grand espace ouvert, le visage amer, les sourcils froncés.

— Seule une poignée a survécu, grogne-t-il. Les survivants ont dit que c'était Martell. Cette ordure doit mourir, Ragnar. Il a tué tellement d'hommes dans cette meute. Le seul point positif est que la plupart des Omegas et des enfants se sont échappés avec des Alphas qui les ont mis en sécurité. Ils se cachent dans les grottes des montagnes voisines.

Il se rapproche, passant rapidement sa main dans ses cheveux.

— Pour être honnête, je sais que nous devons aider la meute, mais je suis encore plus pétrifié pour Narah qui est dehors avec les hommes de Martell en liberté.

— Tu crois que je ne ressens pas la même chose ? dis-je alors qu'une main invisible enserre mon cœur. Comme elle porte notre enfant, elle est notre priorité... Elle passe avant la revendication du Secteur Sauvage.

Je suis un peu surpris d'entendre mes propres mots, mais Nikos acquiesce.

Pendant des années, je n'ai eu qu'un seul objectif : prendre le contrôle du Secteur Sauvage, montrer enfin à mon père que je n'étais pas le déchet qu'il croyait, et offrir un refuge sûr à ma sœur après l'avoir arrachée à son mariage forcé.

— On revendique toujours le Secteur Sauvage, confirmé-je. Mais ça passe au second plan après Narah. Ensuite, nous traquerons ce salaud et nous les ferons payer, lui et tous ses partisans, même si je dois le faire à mains nues.

— D'accord, grogne Nikos, retroussant sa lèvre supérieure sur ses canines acérées. Je serai à tes côtés pour massacrer ces enfoirés. Martell va souffrir pour tout ce qu'il a fait à Narah.

Avec une inspiration rauque, je me tourne vers les terres qui nous entourent, les morts, les quelques survivants qui sortent des maisons, l'air dévasté.

— Quel est le plan, me demande Nikos.

— Cette meute a été détruite. Ceux qui resteront seront des proies faciles, sans Alpha pour les gouverner.

Je lèche mes lèvres sèches. L'air matinal est glacial sur ma peau.

— Je vais revendiquer la meute des Loups Aconit comme étant la mienne, et nous ramènerons tout le monde chez lui. Ensuite, nous rendrons visite à la meute la plus proche et nous leur demanderons d'envoyer des guerriers pour les garder jusqu'à mon retour.

— Ils vont demander un prix élevé, répond Nikos.

— Et ils auront toute ma loyauté quand je prendrai le contrôle du Secteur Sauvage, en leur offrant le premier choix d'une nouvelle terre sur le territoire. Leur Alpha avait parlé du besoin de plus d'espace pour sa meute grandissante, alors je prie pour que mon offre fonctionne.

— Bien, mais on fait ça vite. Ça me tue d'être loin de Narah. Je ne veux pas rater la naissance de notre bébé, dit Nikos d'une voix sombre, et j'entends sa frustration.

Mes tripes se contractent à l'idée que je retarde le moment de rejoindre Narah et de la protéger, mais je ne peux pas laisser cette meute se faire éliminer par d'autres clans de loups, des voleurs ou des morts-vivants.

Je ne cesse de me répéter, « un peu plus longtemps », mais je suis tellement tendu que j'ai envie de tout envoyer balader et d'aller voir Narah. Je suis prêt à exploser.

Nikos me regarde, attendant des instructions, et l'air sacrément ennuyé. Il a le visage crispé, les mains serrées. Il meurt d'envie de retourner voir Narah autant que moi.

— Ce soir, nous partons pour le Secteur des Ombres, grogné-je. Je n'ai aucune idée de la façon dont Dušan va réagir en voyant deux de mes hommes et trois Omegas débarquer sur le seuil de sa meute sans que je sois là.

— Alors occupons-nous de cette fichue meute ! lance Nikos avant de pincer les lèvres. Plus vite je serai auprès de Narah, mieux je me sentirai.

CHAPITRE 14

NARAH

Le véhicule rebondit sous nos pieds, et je fais de mon mieux pour m'asseoir confortablement, ce qui semble impossible avec un énorme ventre. Nous nous précipitons à travers les bois qui s'assombrissent, des gouttes de pluie ruisselant sur les vitres alors que les derniers rayons de soleil effleurent la cime des arbres, comme des traces de sang laissées par une grande bataille.

Crius et Stone se sont transformés en loups, disparaissant dans les bois, et sont partis depuis trop longtemps. Mon cœur tambourine plus fort dans mes oreilles, et la panique se loge sous mon sternum comme une bombe à retardement. Qu'est-ce qui peut bien leur prendre autant de temps ? Je regarde par la fenêtre du véhicule alors que le paysage défile.

— Ça va aller, me rappelle Jae pour la dixième fois. Ces gars-là sont des bêtes. Il ne leur arrivera rien.

Je me retourne, je m'appuie sur mon siège rembourré, posant les mains sur le haut de mon ventre.

— J'espère vraiment que tu as raison.

Jae acquiesce, souriant avec une assurance que j'aimerais posséder en ce moment. Kaira est assise, les jambes repliées sous elle, elle nous regarde et semble effrayée.

— Tu aurais dû les voir quand nous sommes revenus du Secteur des Ombres, dit Jae, bondissant sur son siège quand nous heurtons un nid-de-poule. C'étaient des machines, et ils travaillaient bien en équipe, éliminant tout ce qui se trouvait sur notre chemin sans hésitation. L'ultra-compétitif Crius a fait du massacre des morts-vivants et des loups rebelles un jeu. Pour être honnête, ils étaient sérieusement effrayants à regarder, mais je savais qu'ils étaient de mon côté. Alors j'ai confiance : ils vont s'en sortir. Tu verras, sœurette.

Je souris doucement, sachant qu'elle a raison. Je les ai moi-même vus se battre, et c'est impressionnant.

— J'imagine que je m'inquiète simplement pour eux, pour nous, pour mon petit haricot.

Je baisse les yeux puis les relève vers mes sœurs qui sourient et me regardent pendant que je me frotte le ventre.

— J'ai l'impression d'avoir dormi pendant une éternité et d'avoir complètement manqué une grande partie de vos vies, constate Kaira. En vous écoutant, j'ai l'impression d'avoir été laissée de côté. Je ne sais même pas ce que vous avez traversé toutes les deux.

— Oh, Kaira ! s'exclame Jae en jetant ses bras

autour des épaules de notre sœur, l'attirant contre elle. Je te raconterai tout, mais tu n'as jamais été laissée de côté.

Kaira est assise avec Jae sur le siège en face de moi, et je lui prends la main.

— Nous t'aimons, et tu as tout le reste de ta vie pour faire partie de ce que nous faisons. Crois-moi, je ferais tout pour oublier la folie de ces derniers mois.

Le sourire de travers de Kaira me fait rire. Elle est toujours tellement adorable et a grandi en bataillant pour attirer l'attention de nos parents ou de moi au détriment de Jae. Si Jae et moi étions en désaccord sur quelque chose, Kaira se faisait la gardienne de la paix. Maintenant, quand je la regarde, elle semble timide et effrayée. Je dois l'aider à se retrouver, mais il lui faudra du temps.

Lorsque je pense à l'époque où nous vivions avec les Loups de la Tempête, quand nous n'avions aucune idée de ce qui vivait en dehors de la meute, nous pensions que nous y serions toujours en sécurité. Ces jours naïfs étaient plus simples, mais l'ignorance peut aussi causer votre mort prématurée.

— Je ne me souviens pas de ce qui s'est passé une fois que Lyra m'a possédée, mais dans son assemblée, elle a révélé pourquoi elle nous haïssait tant, avoue soudain Kaira, attirant toute mon attention.

— Et ? Qu'est-ce qu'elle a dit ? demandé-je avec impatience.

— Tu nous as caché des choses pendant tout ce temps, dit Jae en lui donnant un petit coup sur le bras.

Le sourire de Kaira me réchauffe le cœur, et j'aime la voir s'ouvrir davantage.

— Apparemment, avant que nos parents se mettent en ménage, Père et Lyra étaient ensemble.

J'en reste bouche bée.

Attends ! Quoi ?

Je suis sûre d'avoir mal entendu.

— Impossible. Il ne serait pas sorti avec une psychopathe. Non, nous l'aurions su, argumente Jae, le visage pâle.

— Vraiment ? dis-je.

Nous avons récemment découvert le peu que je sais de nos parents.

— Ils nous ont caché tellement de choses… cela ne m'étonnerait pas.

Jae secoue la tête, incrédule.

— Et ? insiste-t-elle en poussant à nouveau le bras de Kaira. Continue.

— Notre mère est tombée amoureuse de lui. Vous voyez, il sortait avec les deux en même temps, et quand elles l'ont découvert, cela a déclenché une guerre totale pour savoir qui le réclamerait. Mère lui a jeté un sort pour qu'il s'éprenne d'elle, puis ils ont disparu, et Lyra a eu le cœur brisé. Oh, et Mère a aussi ensorcelé Lyra en siphonnant une énorme partie de sa magie, la rendant plus puissante et Lyra plus faible.

— Tu te moques de moi ?

Je ne sais plus quoi dire.

Jae secoue la tête, cligne des yeux vers Kaira, incrédule.

— Je sais, dit Kaira les yeux ronds, puis elle hausse les épaules. Elle a eu assez de temps pour faire face à la nouvelle et accepter que notre mère puisse être une personne bien plus horrible que je ne l'ai jamais soupçonné.

Alors que ma tête tourne à plein régime en apprenant ces nouvelles informations, j'essaie de rassembler des éléments qui n'ont jamais eu de sens pour moi : pourquoi Lyra nous haïssait et pourquoi elle voulait désespérément atteindre notre mère, même morte.

Est-ce qu'elle voulait récupérer sa magie ?

Je pense à la façon dont Lyra s'est glissée dans l'esprit de Père quand nous étions à l'assemblée pour sauver Kaira. Elle a dit qu'elle avait obtenu facilement des informations sur l'endroit où se trouvait Mère à partir de ses souvenirs : ils avaient une connexion. Pendant le peu de temps qui a précédé sa mort, elle a pu facilement restaurer ses souvenirs pour créer des liens et découvrir tout ce que notre mère avait fait.

Je suis abasourdie. Puis une horrible pensée me frappe : maintenant, je comprends pourquoi notre mère n'est jamais revenue pour nous chez les Loups de la Tempête.

Elle ne voulait pas vraiment de nous, n'est-ce pas ? Après la mort de mon père après son départ, elle a travaillé toutes ces années pour le ramener à elle, sans se soucier de ce qui arrivait à mes sœurs et à moi.

J'ai encore tellement de questions, mais je doute que Kaira ait les réponses. Après avoir perdu notre père, je me suis dit que j'allais passer à autre chose et ne pas laisser les actions de notre mère m'apporter plus d'anxiété. J'ai mal à l'estomac et je respire difficilement, ma poitrine se serre en songeant que Lyra a été poussée à la folie. Se faire voler quelqu'un que l'on aime… Déesse ! Ça me rendrait folle, moi aussi.

Comment notre mère a-t-elle pu faire ça ?

— Est-ce que cela signifie que nos parents ne nous aimaient pas vraiment ?

La voix de Jae se brise.

Mes yeux s'emplissent de larmes, à cause de son chagrin et de mes émotions mélangées.

— Bien sûr qu'ils nous ont aimées, répond Kaira qui me sourit, comme si elle me disait que c'était à son tour d'expliquer. Pourquoi auraient-ils eu trois enfants s'ils ne nous aimaient pas et ne nous adoraient pas ?

— Mais si papa était ensorcelé…

— Jae, commencé-je d'une voix douce, tandis qu'intérieurement, je me brise. Le sort devait le faire tomber profondément amoureux de Mère et très probablement oublier Lyra, mais cela n'avait rien à voir avec l'amour qu'il avait pour nous. C'était réel. Ma gorge se serre parce que je ne sais pas qui j'essaie de convaincre le plus, elle ou moi. J'ai envie de pleurer, mais je ne le ferai pas devant mes sœurs. Je dois rester forte pour elles.

Kaira serre Jae dans ses bras tandis que je lui tiens la main.

— Tout ce qui compte, c'est que nous soyons ensemble. Vous deux, les tatas, allez devoir montrer tout votre amour et votre attention au nouveau membre de notre famille. Je jette un coup d'œil à mon ventre, puis remonte vers elles avec un sourire sincère. Mon sourire n'est pas forcé même si je viens d'apprendre la terrible vérité sur les choses que notre mère a faites. Je ne laisserai pas ses décisions nous abattre.

— La famille ne se limite pas aux liens de sang, dis-je en prenant la main de Kaira, m'accrochant à mes deux sœurs. Ce sont ceux qui nous aiment plus que notre propre famille ne l'a jamais fait. Ceux qui nous font passer en premier, qui ne cessent de se battre pour nous. Nous sommes ensemble, ainsi qu'avec mes quatre Alphas. Ils se sont battus très fort à mes côtés pour vous sauver toutes les deux. Bientôt, avec le petit haricot qui va nous rejoindre, nous serons huit dans notre nouvelle famille. Nous trouverons une maison, un endroit où nous serons en sécurité. Je vous donne ma parole… les choses ne seront pas aussi chaotiques qu'elles le sont maintenant.

Je tente de ne pas imaginer que le bébé pourrait être autre chose qu'un loup métamorphe en bonne santé, mais à ce moment-là, le doute s'installe dans mes pensées.

Je suis tombée enceinte sous l'effet d'un sort, alors que j'étais enroulée dans des lianes et que je faisais un rêve étrange. Cela signifie-t-il que je donnerai naissance à un bébé métis, en partie arbre ou à une sorte de monstruosité ?

Mon cœur bat plus vite, et je transpire soudain, obnubilée par cette pensée. Je peux encore sentir le bébé remuer, mais tout s'est passé si vite. Je ne peux pas me laisser aller à la panique, ou je vais perdre la tête.

— Tu vas bien ? demande Kaira.

Levant les yeux, j'acquiesce alors qu'elles s'avancent toutes les deux, et nous nous serrons dans les bras tandis que le véhicule nous secoue. J'ai besoin de calmer mon esprit.

Le bébé ira bien… Le haricot doit bien aller. Il n'y a pas d'autre option.

Elle est mon bébé.

STONE

Après avoir détruit ces foutus voyous d'Alphas dans les bois, nous avons rattrapé le fiacre et couru à ses côtés jusqu'à la taverne. Nous passons tous les cinq la nuit dans une chambre aussi grande qu'un placard à balais, ce qui ne me dérangerait pas s'il n'y avait que Crius, moi et Narah. Comme Jae et Kaira sont avec nous, Crius et moi avons dormi sur le sol pour que les filles puissent prendre le lit. Nous partons à l'aube. Le chemin dans les bois est long, mais nous arrivons enfin dans le Secteur des Ombres.

Je remarque rapidement deux choses.

Tout d'abord, il y a peu de morts-vivants dans ces bois, contrairement aux nombreux groupes que nous avons rencontrés dans le Secteur Sauvage. Ensuite, nous n'avons croisé aucun Alpha ni aucun Beta dans la forêt.

Dušan, l'Alpha du Secteur des Ombres, a préservé

son jardin des morts-vivants et des loups métamorphes sauvages. Je n'ai pas non plus vu de gardes nous surveiller. Donc, soit j'ai été distrait et je ne les ai pas vus, soit l'Alpha est sûr de sa sécurité. Et puis, alors que nous nous rapprochons de son territoire, l'attelage s'arrête à la fin du chemin de terre, et nous levons tous les yeux vers le mur élevé qui entoure l'enceinte de sa meute au loin.

La forêt s'ouvre sur un terrain que je reconnais de la dernière fois que nous sommes venus ici. Nous étions venus dans le Secteur des Ombres missionnés par Narah pour retrouver sa sœur, Jae. Les trois sœurs avaient été séparées après avoir échappé aux Loups de la Tempête, et notre tâche avait été facile : nous devions retrouver Jae et, en échange, Narah userait de sa magie pour nous aider à débusquer les sorcières au milieu des Bois empoisonnés.

Je rirais presque aux éclats en pensant à la manière dont cette tâche s'est transformée en chaos et a changé nos vies pour toujours. Regardez-nous maintenant !

Nous sommes sur le point d'avoir un bébé.

L'enceinte devant nous ressemble plutôt à un château médiéval. De hauts murs de pierre avec des créneaux au sommet s'étendent vers l'extérieur, entourant l'énorme forteresse. Je suis impressionné par la façon dont l'Alpha a sécurisé le foyer de sa meute. Une forteresse inébranlable se trouve à l'intérieur, ainsi que des huttes pour les membres de la meute. Je me suis renseigné sur l'endroit, et autrefois, on l'appelait la forteresse Râșnov, où des chevaliers vivaient pour protéger les habitants contre les envahisseurs des pays voisins.

Maintenant, les Loups Cendrés considèrent cet endroit comme leur maison.

Des tours de guet ponctuent les murs, et je perçois du mouvement dans celle qui est devant nous. Deux hommes sortent sur une petite terrasse de la tour, des armes à feu pointées dans notre direction.

— Merde, marmonne Crius. Tu veux que je m'occupe de ça ?

— Non, réponds-je, car je suis bien conscient que sa tentative pourrait bien nous mener à faire la guerre à cette meute dont nous avons besoin. Dis aux autres de rester dans la voiture. Je m'en occupe, marmonné-je à mi-voix, puis je m'avance en levant les mains.

Je m'appelle Stone, et nous sommes des amis de Dušan, c'est lui qui nous envoie, crié-je très fort. Mon Alpha, Ragnar, et plusieurs d'entre nous sont venus ici il y a quelques mois lorsque vous aviez des problèmes de prise de contrôle.

Le frère de Dušan essayait de le renverser pour le poste d'Alpha principal et de prendre le contrôle de sa meute.

Dans ce monde, on ne peut même pas faire confiance à sa famille, et c'est pour ça que j'ai oublié la mienne. Ma nouvelle famille avec Ragnar et ses hommes a remplacé ce que j'ai perdu. Aujourd'hui, Narah et ses sœurs nous rejoignent. Pour eux tous, je dois faire en sorte que ça fonctionne.

Lorsque les deux gardes chuchotent entre eux, se

tenant trop loin pour que je puisse entendre leurs paroles, la frustration monte.

— Je suis certain que si je pouvais parler avec Dušan, il accepterait notre visite. Et si vous alliez le chercher ?

L'homme aux cheveux noirs lève la tête dans ma direction.

— Vous n'êtes pas les bienvenus. Partez. Il n'y aura pas d'autre avertissement.

Grinçant des dents, je calcule combien de secondes il me faudrait pour me précipiter vers le mur, l'escalader et tordre le cou à cet abruti. Au lieu de cela, je souris et je fais un pas de plus.

— Dušan a arrangé cette rencontre, donc nous sommes ici à la demande de votre Alpha.

Je déforme la vérité et je la plie dans tous les sens. Qu'ils aillent se faire voir.

Le crétin lève la tête vers quelqu'un derrière moi au moment où le doux bruit des pas sur l'herbe me fait me retourner. Narah et ses sœurs me rejoignent, avec Crius derrière elles qui hausse les épaules, ce qui signifie qu'il n'a pas réussi à les contrôler. Je grogne, mais c'est trop tard.

Les yeux des gardes se promènent sur les filles, leur attention est stimulée, puis ils reniflent l'air à la recherche de leur odeur. Grâce à la déesse de la lune, la grossesse de Narah a aidé à bloquer ses chaleurs, sinon ces hommes seraient déjà en train de nous combattre pour l'atteindre.

— Vous êtes ici pour échanger des Omegas ? aboie le garde.

Je me souviens que Jae m'avait dit que, lorsqu'elle avait passé du temps dans la meute du Secteur des Ombres, elle avait découvert que les Loups Cendrés échangeaient des femmes avec d'autres meutes contre des marchandises telles que des armes et des fournitures. Elle avait insisté sur le fait que la meute n'envoyait les Omegas qu'aux Alphas approuvés par Dušan.

Soyons honnêtes… c'est un monde de merde, et chacun ne pense qu'à soi. Mais si des Alphas soi-disant approuvés aident Dušan à dormir la nuit, c'est à lui de faire face à ses démons.

— Oui, dis-je finalement, me disant qu'une fois devant Dušan, je pourrai expliquer la situation et ne pas avoir affaire à ces foutus singes. Maintenant, appelez votre Alpha, ou mieux encore, amenez-nous à lui.

Ils discutent à nouveau entre eux, et je jette un coup d'œil à Narah.

— Tu aurais dû rester dans le véhicule. Je ne veux pas que tu sois blessée.

— J'ai mal au dos, et je ne supporte plus de rester assise. En plus, je suis presque sûre qu'on vient de t'aider.

Son doux sourire me fait l'adorer, ce qui est déplacé quand je suis agacé qu'elle ne m'écoute pas, même pour assurer sa sécurité.

Crius scrute le terrain pour voir si quelqu'un s'approche furtivement de nous.

— Revenez dans deux jours, déclare le garde. Dušan sera alors disponible.

— Hors de question, dis-je sèchement, un grognement dans la gorge. Que voulez-vous que nous fassions ? Qu'on se gare à l'extérieur de vos murs pendant que des morts-vivants rôdent ?

— Vous ne pouvez pas rester ici. Vous allez attirer l'attention des morts-vivants. Allez vous faire voir, et revenez dans deux jours ! crie-t-il en levant son fusil.

Je le jure, je vais lui casser la figure dès que j'en aurai l'occasion.

— Meira ! s'écrie soudain Jae. Je suis Jae, la sœur de Meira. Je suis certain que Dušan te bottera le cul si tu refuses l'entrée de la sœur de sa compagne dans l'enceinte.

Je regarde Jae, le menton haut, les épaules droites. On dirait que je ne suis pas le seul à être doué pour les mensonges. Cette petite fille est une véritable tornade, et clairement, j'ai fait une erreur en ne mettant pas à profit ses connaissances du temps passé avec cette meute.

— Dépêchez-vous, leur rappelle Jae, sinon vous allez vous retrouver avec une Omega sur le point d'accoucher. Et tous les morts-vivants l'entendront crier. Conduisez-nous à Meira.

— Jae, tu ferais une guerrière d'enfer, murmure Crius.

Derrière nous, j'aperçois le conducteur de notre véhicule, qui ne bouge pas de son siège et regarde tout cela. Il va devoir attendre que nous soyons prêts à repartir. Après avoir entendu le garde évoquer les morts-vivants attirés par l'agitation, je constate qu'il scrute frénétiquement les bois derrière lui.

— Restez là, nous hurle le garde, avant de se tourner, descendre une échelle de l'autre côté du mur avant de disparaître.

Je me tourne vers l'équipe, et nous nous rapprochons. Kaira enlace Jae tandis que Crius soutient Narah par-derrière, la soulageant d'une partie de son poids.

— Tu réfléchis vite, Jae, dis-je, en tendant la main pour ébouriffer ses cheveux châtain clair, qui flottent sur ses épaules.

Elle repousse ma main.

— Hé, ne me fais pas passer pour une faible.

Je ris doucement pour ne pas être entendu, puis je me penche et embrasse la joue de Narah.

— Comment te sens-tu ?

— J'ai un peu mal partout, mais je vais bien. C'est juste que je déteste le fait que nous soyons à découvert.

— Et si je te portais jusqu'au fiacre pour te soulager ? demande Crius, mais elle secoue la tête.

Alors que Jae et Kaira discutent tranquillement, je ne sais pas combien de temps passe, mais j'ai l'impression que ce sont des heures.

Enfin, le crissement de l'herbe se fait entendre derrière nous, et je me retourne juste au moment où une demi-douzaine de gardes apparaissent à l'angle du mur de l'enceinte, avec une jeune femme à leur tête. Ses cheveux châtain foncé flottent sur ses épaules lorsqu'elle s'approche. Elle porte un jean noir, des bottes et une chemise blanche fantaisie avec des broderies rouges autour de l'encolure en V. Cette femme est belle, avec une peau sans défaut, mais rien de comparable à ma Narah. Mon cœur s'emballe rien qu'en pensant à elle.

Avec son 1m60, elle est minuscule, et encore plus à côté des gardes costauds qui l'entourent. Je reconnais les deux Alphas à ses côtés. Lucien nous regarde fixement comme s'il était en train de visualiser dans son esprit tout ce qu'il va nous faire si on touche à sa chérie. Il porte une chemise à carreaux, un jean poussiéreux et des bottes de cow-boy. Ses cheveux bruns sont ébouriffés autour de son visage, comme s'il venait de courir. Le deuxième balourd ressemble à une montagne, et je me souviens bien de lui : Bardhyl.

Comme nous, cet Alpha vient du Danemark et a un héritage viking. Ses longs cheveux blonds sont ramenés derrière ses oreilles, il a les épaules larges et ses yeux verts brillants scrutent les intrus dans sa maison. Sa chemise est mal ajustée autour de son cou, et je remarque qu'il est pieds nus, ce qui me fait dire qu'il s'est précipité pour nous voir.

Kaira pousse un petit couinement, ses yeux sont exorbités en voyant Bardhyl. Mais je ne saurais dire si c'est parce qu'elle est intimidée ou parce qu'elle aime ce qu'elle voit. Dommage, car si je me souviens bien, ces Alphas, dont Dušan, sont les compagnons prédestinés de Meira.

— Meira ! s'écrie Jae qui se met soudain à courir vers elle.

Meira s'éloigne de ses hommes et file vers Jae, et elles s'étreignent fort. Elles rient, puis se séparent en se tenant les mains, le sourire aux lèvres. Jae montre ses sœurs du doigt, informant Meira de ce qui se passe, et de qui est qui.

Je vois sur leurs visages les émotions sincères qui les unissent. Quoi que ces deux-là aient traversé, ça a changé leur vie.

Crius enlace Narah, et nous nous approchons tous de l'équipe, où Lucien et Bardhyl se mettent sur notre chemin. Ils nous regardent, et au vu de leurs expressions crispées, ils nous reconnaissent.

— Où est votre Alpha, Ragnar ? nous demande la voix rocailleuse de Bardhyl.

— Nous avons une journée de voyage derrière nous. Nous nous sommes retrouvés confrontés à des circonstances difficiles et avons dû partir plus tôt.

Comme s'il comprenait, il détourne son attention de moi et pose les yeux sur une Narah très enceinte.

— Salut, dit-elle timidement, en faisant signe aux gars.

La chaleur m'envahit quand je vois à quel point elle est magnifique. J'ouvre la bouche pour la présenter, mais Jae m'interrompt.

— Narah, voici Meira, dont je t'ai parlé. Elle m'a sauvée un nombre incalculable de fois, et m'a accueillie ici. C'est un ange. Jae traîne Meira par la main jusqu'à Narah pour être présentée, me volant mon moment. Kaira est avec elles, et je reste à l'extérieur du groupe avec Crius, Lucien, et Bardhyl qui se tiennent maladroitement. Les gardes restent à distance.

Je me tourne vers les Alphas, j'ai l'impression que nous avons tous été mis de côté.

— Alors, Dušan est dans le coin ?

Lucien secoue la tête.

— Il est parti pour la journée. Il reviendra ce soir.

Silence. Je suis furieux que ces enfoirés de gardes aient essayé de nous repousser de deux nuits.

— Vous avez fait tout le trajet en fiacre ? demande Bardhyl, cherchant à engager la conversation pendant que les filles discutent à bâtons rompus. Comment c'est ? Dans le Secteur Sauvage ?

— C'est plein de foutus morts-vivants. On dirait qu'ils migrent vers le nord. Merci de les avoir envoyés vers nous, ajoute Crius d'un air moqueur.

— Vous feriez mieux de vous y préparer et de construire de grands murs autour de la maison de votre meute, ajoute Lucien, en scrutant le mur de pierre qui semble avoir été fraîchement érigé autour de leur foyer.

Me retenant de plaisanter sur le fait que nous n'avons pas encore revendiqué le Secteur Sauvage, j'acquiesce avec un sourire crispé. J'inspire fortement, sachant que si Ragnar et Dušan étaient là, nous serions déjà dans l'enceinte, probablement en train de manger. Je pourrais dévorer un sanglier entier à cet instant. Mon ventre gémit à l'idée de viande grillée et croustillante.

Meira se retourne soudain vers nous avec un sourire radieux pour ses deux Alphas. Ils la fixent comme si elle était leur soleil, captivés par son attention.

— Narah va accoucher d'un jour à l'autre, dit-elle d'un ton sévère. Il faut qu'on l'emmène à l'intérieur.

Elle me regarde avec gentillesse, et je comprends

pourquoi elle et Jae se sont liées si facilement. Elles se ressemblent, avec un cœur énorme.

— Les amis de Jae sont nos amis. Entrez avant que la nuit ne tombe. Je suis sûre que vous avez beaucoup de choses à nous dire.

— C'est le cas, réponds-je. Elle a besoin de se reposer, et elle est affamée en ce moment.

Narah me regarde attentivement, et je fais un clin d'œil à ma belle.

Meira presse ses hommes d'agir, et nous sommes rapidement dirigés vers l'enceinte.

Narah glisse sa main dans la mienne, et elle lève les yeux vers moi avec insolence, en chuchotant :

— Bien joué. Tu te sers de moi comme excuse pour qu'on te nourrisse, dit-elle, et je glousse en me penchant pour déposer un rapide baiser sur son front.

— Tu n'as pas idée à quel point je suis affamé.

Elle lève les yeux au ciel alors que nous nous dirigeons vers les portes d'entrée.

Les gardes guident le conducteur à l'intérieur de la protection de leurs clôtures de trois mètres, avec le fiacre.

On dirait bien qu'il n'y a pas de retour en arrière possible maintenant. Je me creuse la tête pour trouver une explication, sachant bien que je n'ai pas l'intention de mentionner que Ragnar demande quarante femmes une fois qu'il sera arrivé dans le Secteur des Ombres. Mais rien ne m'empêche de poser quelques questions sur la manière dont ils recueillent et échangent les Omegas avant le retour de Dušan.

Il faut que je pose la question sans que les femmes entendent. Pas la peine de remuer le cocotier si je n'ai pas à le faire. Narah me tuera si elle apprend ce que Ragnar a promis, et cela pourrait mettre ses sœurs en danger de découvrir la raison de notre voyage.

CHAPITRE 15

RAGNAR

ous sommes enfin arrivés.

Je reprends mon souffle en descendant de cheval et en serrant les rênes dans mon poing. L'enceinte du Secteur des Ombres se dresse telle une montagne devant Nikos et moi.

L'obscurité engloutit le paysage tandis que la brise murmure à mes oreilles et que mon cœur bat la chamade. Nous nous sommes précipités ici à cheval, nous arrêtant uniquement pour changer de chevaux dans les villes voisines afin d'éviter de les conduire à la mort. Pendant tout le voyage, je n'ai cessé de scruter les bois, craignant de trouver le fiacre accidenté ou attaqué et mon petit renard en danger.

Je suis complètement en vrac dans ma tête, je m'attends toujours au pire. En grandissant, je me suis dit que toujours s'attendre au pire permettait de ne jamais être déçu. Je vois maintenant à quel point c'était toxique et à quel point mon père a influencé ma vie.

Donc, je m'accroche à la pensée que Narah va s'en sortir. Pourtant, debout devant les portes de la maison des Loups Cendrés, ma poitrine se contracte à l'idée de ne pas la trouver ici.

Nikos tape du poing sur le haut de la porte d'entrée. Il semble aussi meurtri et ensanglanté que moi, même si nos blessures sont bénignes : côtes meurtries, coupures, des choses qui guérissent rapidement pour nous. La plus grosse partie du sang appartient aux nombreux Alphas et Betas sauvages qui nous ont attaqués. Étonnamment, ce ne sont pas les morts-vivants qui nous ont causé des problèmes, mais ces foutus loups métamorphes affamés qui vivent comme des bêtes sauvages dans les bois, fonçant sur les gens pour tout leur voler. Ces salauds nous ont porté quelques bons coups, mais nous n'avons laissé que des cadavres dans notre sillage.

Un remue-ménage au-dessus de nos têtes nous fait lever les yeux sur le garde qui se tient sur la tour de guet, arme à la main et claquant des lèvres, nous regardant de haut.

Levant le menton, je déclare :

— Je suis Ragnar, Alpha du Secteur Sauvage, ici pour parler avec Dušan.

Nous sommes au beau milieu de la nuit, et j'ai la chair de poule en sachant que nous sommes à découvert, des cibles faciles.

Le garde claque à nouveau des lèvres, puis s'éclaircit la gorge et prend son temps pour répondre.

— Il vous attendait.

En entendant ces mots, je pousse un énorme soupir

de soulagement. Ma magnifique chérie est arrivée. Peu importe l'état dans lequel ils ont été acceptés par l'Alpha, je vais m'en occuper maintenant que nous sommes ici. Impatients d'entrer, nous observons le garde qui prend son temps pour descendre et ouvrir les portes.

— Ce serait mal vu si je frappais un peu cet enfoiré à la tête ? chuchote Nikos tout bas.

Lui décochant un sourire, je secoue la tête et lui passe les rênes de mon cheval au moment où les portes s'ouvrent dans un hurlement strident. L'homme nous fait signe d'entrer, et nous pénétrons dans une ouverture plongée dans l'ombre. Nikos amène les deux chevaux, et un autre garde s'avance pour l'aider.

Quelques instants plus tard, nous suivons un chemin usé qui grimpe une colline vers l'enceinte. Un champ couvert d'herbe, d'arbustes et d'arbres borde notre promenade. Il est rafraîchissant de voir qu'à l'intérieur des murs, les loups peuvent courir librement et se sentir à l'abri des morts-vivants.

Pendant longtemps, le Secteur des Ombres a été submergé par une armée de morts-vivants, et pour beaucoup, l'endroit était considéré comme une terre maudite. Je suis toujours étonné de voir que les loups métamorphes ont survécu et fait leur vie dans cette partie de la Roumanie.

Le silence imprègne la nuit, ponctué d'un hurlement de loup occasionnel. Nous passons devant une cour ouverte entourée de huttes et nous nous dirigeons vers la forteresse de pierre qui s'élève dans l'obscurité.

Les hommes emmènent nos chevaux aux écuries,

nous laissant seuls pour nous approcher du bâtiment. Nikos avance à mes côtés, observant les alentours autant que moi.

— Cet endroit fait remonter des souvenirs de chez moi, murmure-t-il.

En vérité, c'est complètement différent de là où j'ai grandi dans un village ouvert, où le périmètre était protégé par la magie contre nos ennemis et les morts-vivants. Mais je soupçonne qu'il fait référence à son lieu de naissance, avant que son père ne le vende à ma famille en échange de ma sœur.

L'enceinte me donne des idées de ce que je vais devoir construire une fois que j'aurais enfin fait du Secteur Sauvage ma maison définitive avec Narah et ma meute. Si les morts-vivants restent au nord, peut-être que de simples clôtures ne suffiront pas. Ce que Dušan a créé ici est génial.

En parlant de lui… il franchit l'une des portes d'entrée de son château, plantant sur moi son regard d'acier. Il porte un jean et une chemise froissée, montrant qu'il s'est habillé à la hâte. Nous avons dû le tirer du sommeil.

L'Alpha m'a toujours paru être un homme raisonnable, donc même s'il a l'air irrité, ce n'est pas une ordure comme tant d'autres. En outre, qu'il nous rencontre de son propre chef, montre qu'il a confiance et qu'il sait où Narah et mes hommes sont pour le moment.

— Dušan, j'aimerais pouvoir dire que nous nous rencontrons dans de meilleures circonstances.

Ses yeux bleus glacés nous transpercent Nikos et moi, en particulier les éclaboussures de sang sur mes vêtements. Quand il fait un pas en avant, je réduis la distance entre nous. C'est sa maison, ce qui signifie qu'il domine, surtout si je veux son aide.

— Ragnar, je suis ravi de voir que tu es arrivé. La brise balaie ses cheveux noirs d'encre, ébouriffés autour de son visage et sur ses épaules. Il est devenu plus sauvage depuis la dernière fois que je l'ai vu.

— Je tiens toujours ma parole. Toute meute en difficulté est la bienvenue chez moi, déclare-t-il à voix haute, m'attirant dans une forte étreinte en me tapant dans le dos. Cependant, la visite de ta meute est inattendue. Apparemment, depuis notre dernière visite, tu t'es trouvé une Omega et tu l'as mise enceinte.

Je ris. Si seulement il connaissait la vérité sur le chaos que j'ai enduré depuis notre dernière rencontre, il y a des mois.

— J'ai beaucoup de choses à te raconter. Ce n'était pas ainsi que je prévoyais de te rendre visite, mais parfois, le destin nous joue de sales tours.

— Tu n'as pas tort.

Avec une autre claque dans le dos, il me pousse à l'intérieur de sa maison.

La lumière des torches enflammées fixées aux murs par des supports en laiton vacille sur le bâtiment en pierre. Nos pas résonnent autour de nous et je le suis dans un couloir. Nous empruntons une série de marches en pierre incurvées et débouchons dans un vestibule faiblement éclairé où des tapisseries représentant des loups sauvages au combat sont accrochées aux murs.

— Nous avons nourri ta meute avant de les envoyer se reposer dans nos chambres d'invités, déclare-t-il en marchant à côté de moi.

Nikos reste derrière nous, et un garde le suit.

— Tu es trop généreux, constaté-je. Lors de notre dernière rencontre, les choses n'étaient pas vraiment faciles entre nous.

C'était un temps où nous étions venus récupérer Jae, qui s'était perdue et était parvenue à se rendre jusqu'au Secteur des Ombres. C'était le chaos quand nous sommes arrivés ici : les morts-vivants se déchaînaient, Dušan était entravé et donné en pâture aux zombies par quelqu'un de sa meute. Évidemment, nous l'avons sauvé, ce qui, avec le recul, était la meilleure foutue décision que j'aie jamais prise.

— Lors de votre dernière visite, tu aurais pu profiter de ma situation et m'éliminer pour revendiquer ma meute, mais tu n'en as rien fait, me dit-il avec un regard compréhensif. Pour cela, je te serai à jamais reconnaissant. En plus, Meira me tuerait si je n'accordais pas mon hospitalité à ses amis.

Il sourit et se passe une main dans les cheveux, repoussant les mèches de son visage.

— Je suis tout à fait pour ne pas créer le chaos dans ma vie en étant en désaccord avec mon Omega.

J'éclate de rire.

— On se comprend. Bref, je vais te montrer où sont les tiens avant que nous allions nous asseoir et discuter.

Je suppose que tu veux t'assurer que tout le monde va bien.

Je hoche la tête.

— Absolument, répond Nikos derrière nous, ce qui lui vaut un sourire approbateur de la part de Dušan.

Nous atteignons la première porte, et dès que Dušan l'ouvre, des ronflements tonitruants s'échappent. Je comprends aussitôt que Crius et Stone sont là-dedans, grognant comme des dragons. La lumière qui se trouve derrière nous pénètre dans la pièce, révélant deux grands lits avec des silhouettes volumineuses sous les couvertures. Stone est allongé sur le ventre, sa jambe dépassant du matelas. Crius, lui, est sur le dos, la hache près du lit comme s'il s'était endormi en la tenant. Cela lui ressemble. Au vu de l'odeur de transpiration et de vin doux qui flotte dans l'air, je dirais qu'ils ont passé une bonne soirée.

Nikos ricane.

— Dis-moi que je ne vais pas me retrouver coincé là-dedans avec ces deux-là.

Dušan ferme la porte et rit.

— Ne t'inquiète pas. Tu as ta propre chambre. Alors qu'il indique à Nikos la prochaine pièce du couloir, il nous suggère de faire d'abord une visite à leurs douches.

— Nous avons l'eau chaude courante.

Les yeux de Nikos s'écarquillent.

— Tu ferais mieux de ne pas te foutre de moi. Les douches froides que j'ai prises dernièrement m'ont littéralement congelé les testicules.

Je suis ébahi par la grande salle de bains commune.

Une baignoire démesurée, qui pourrait facilement accueillir vingt personnes, occupe une grande partie de la pièce. Ou quatre Alphas et une Omega… cette pensée me fait vibrer jusqu'à l'aine. Mon petit renard me manque cruellement.

— Eh bien, si c'est d'accord, je vais m'arrêter ici, annonce Nikos qui me regarde en haussant un sourcil. Je pue comme un cadavre, et même moi je ne peux pas lutter contre la promesse d'avoir de l'eau chaude.

— Tout va bien, lui dis-je en lui tapotant l'épaule. Vas-y.

Le laissant derrière moi, je demande à Dušan :

— Où est Narah ?

Nous passons devant d'autres gardes : c'est bien de voir qu'il y a une protection.

— Juste là. Je vous ai donné une chambre plus grande.

Quand il ouvre la porte, mon cœur s'emballe à l'idée de revoir ma magnifique chérie, et de m'assurer qu'elle va bien. Je passe la tête et je la trouve au milieu d'un énorme lit king size, avec les draps emmêlés autour d'elle. Elle dort toujours comme ça, en monopolisant tout le lit et les couvertures. Elle respire profondément, et aussi impatient que je sois de la rejoindre, je recule et ferme la porte.

— Très bien, allons discuter avant que je m'endorme debout.

— D'accord, approuve Dušan.

Nous repartons par où nous sommes venus, passons le balcon et entrons dans une grande pièce, qui donne l'impression d'être dans une autre époque. Cet endroit aurait pu exister avant que le virus ne ravage notre monde. Des ampoules scintillent sur des luminaires en laiton, et en les regardant, il me faut un moment pour réaliser qu'il ne s'agit pas de bougies, mais d'ampoules électriques. Cela fait trop longtemps que je n'ai pas vu un tel luxe. Au Danemark, nous avions l'électricité et l'eau courante, quelque chose que mon père avait arrangé avec l'aide de la magie des sorcières locales, quand il ne les tuait pas. Tout le monde était jetable à ses yeux.

La haine se répand dans ma poitrine, mais je me force à évacuer ces pensées. Cela ne me fera aucun bien de penser à lui.

Dušan rit, me distrayant et attirant mon attention sur lui qui fixe le luminaire.

— Je fais beaucoup d'échanges avec les autres meutes, notamment avec le X Clan. Ils sont extrêmement bien lotis et disposent d'une technologie abondante, alors je tire le meilleur parti de ma relation avec eux.

— Bonne idée.

Je suis envieux, mais cela ne fait que renforcer ma détermination à sécuriser le Secteur Sauvage et à créer un foyer pour ma famille. Encore une raison pour entretenir une relation forte avec Dušan.

Nous nous approchons de la cheminée, où deux canapés bruns se font face. Les murs sont bordés d'étagères remplies de vieux livres, et le clair de lune passe par la fenêtre.

— Tu as faim ? demande-t-il.

Je secoue la tête.

— Ce dont j'ai envie plus que tout, c'est d'un bain chaud et de mon Omega plaquée contre moi.

— Je comprends. Il est minuit passé, je ne vais pas te retenir longtemps.

L'Alpha s'installe au milieu du canapé, les bras le long du corps, les jambes écartées. Il me regarde fixement, attendant que je lui explique comment j'ai bien pu me retrouver sur le pas de sa porte avec ma meute proche et mon Omega enceinte.

Alors, je lui raconte tout ce que j'ai enduré en prenant le contrôle du Secteur Sauvage, nos démêlés avec les sorcières, les forces montantes de Martell, et même le fait que Narah possède de la magie. Je n'avais pas l'intention de pénétrer sur les terres de cet Alpha et de ne pas lui révéler les choses qui comptaient pour lui. J'ai confiance en son équité et je me dis qu'il est le genre d'homme qui ne prend pas à la légère le fait d'être trompé.

J'ai trop à perdre pour ne pas révéler la vérité, et ce dont j'ai besoin, c'est d'un allié.

J'omets quelques éléments, comme l'épreuve avec les parents de Narah et la façon dont la magie l'a mise enceinte, car je ne les considère pas comme critiques et ce sont des détails inutiles pour lui. De plus, j'omets de lui parler des quarante femmes. Comme Mihai est mort et que la meute est désormais sous ma coupe, ses exigences ne posent désormais plus de problème.

— Tu as encaissé pas mal de choses.

Avec un signe de tête rassurant, il se penche en avant. Les coudes posés sur les cuisses, il me fixe.

— On dirait que j'étais votre plan de sauvetage en dernier recours. Quelles sont tes intentions pour le Secteur des Ombres ?

Son regard se pose sur moi, et un silence s'installe dans la pièce avec cette question sous-jacente de savoir si je suis là pour revendiquer sa meute.

— Tu as raison, admets-je en me penchant en arrière, sans montrer d'agressivité. Je me suis retrouvé dans une situation délicate. Martell nous traque, et après qu'il a tué les leaders des Loups Aconit, je ne pouvais pas risquer la vie de Narah et de notre enfant à naître. Je n'ai pas honte de fuir quand les circonstances l'exigent. Je suis ici dans le but d'assurer ma sécurité pour un court moment, rien de plus.

Dušan se lève et va vers l'une des étagères, où il prend une carafe en verre et verse un liquide mielleux dans deux verres. Il m'en donne un, puis prend un siège.

— On dirait que tu as besoin d'un verre.

— Bon sang, oui !

— Donc, tu as besoin d'un refuge pour que ton Omega puisse accoucher en toute sécurité. Ensuite, que vas-tu faire ?

Je porte le verre à ma bouche, je respire la riche douceur du miel et le bois brûlé du whisky avant de presser le bord de mon verre sur mes lèvres et de le boire d'un trait. Je ne ressens aucune chaleur dans la gorge, rien qu'un arrière-goût de caramel et d'épices.

C'est délicieux. Je pose le verre sur la table entre nous et croise le regard de Dušan.

— Je te serai redevable pour l'aide que tu m'apportes avec Narah. Tout ce que je demande, c'est qu'elle et ses sœurs restent ici un peu plus longtemps quand nous repartirons pour achever Martell. En échange de quoi tu auras ma loyauté inébranlable. Nous serons des meutes voisines, et jamais je n'engagerai de guerre contre toi. Ta meute sera la bienvenue sur mes terres à tout moment.

Il fait tourner le whisky dans sa main, puis prend une gorgée.

— Seulement si tu parviens à destituer Martell, c'est ça ?

Je souris et avance dans mon siège.

— Tout ce que j'entreprends, c'est avec l'intention de le réussir.

J'inspire brusquement, plus préoccupée par la réaction de Narah à l'idée que je la laisse derrière moi. Mais je ne veux pas la mettre en danger, surtout avec un enfant qui dépendra d'elle.

— Je fais appel à ta générosité pour m'accorder le refuge chez toi pour un petit moment.

— Comme je te l'ai dit, ma maison vous est ouverte aussi longtemps que vous en aurez besoin. Il me faut deux choses. L'un consiste en un accord selon lequel, une fois que tu auras conquis le Secteur Sauvage, j'aurai le droit de traverser tes terres à tout moment pour rejoindre facilement les pays du Nord pour mes échanges commerciaux.

— Tu l'as, confirmé-je sans hésiter. Quoi d'autre ?

— Si un membre de ta meute fait du mal à la mienne ou si je découvre que ta visite n'a rien à voir avec la sécurité, je n'hésiterai pas à l'éliminer. Quiconque se met sur mon chemin subira le même sort.

Je souffle rapidement, mais j'acquiesce tout aussi vite.

— Je n'ai rien à te cacher, mais ce que je demande, c'est que si tu constates quelque chose avec lequel tu n'es pas d'accord, je sois informé en premier afin d'éviter que des mesures soient prises suite à un malentendu.

Dušan boit son whisky à petites gorgées.

— Je t'accorde simplement la même grâce que lors de notre dernière visite, dit-il en se levant. Et je demande que nous scellions notre accord par un serment de sang.

Je me raidis, bien conscient qu'un serment de sang est un accord qui, si l'un d'entre nous le rompt, l'Alpha revendique automatiquement la domination de la meute et des Omégas de l'autre. Cela se traduit par des tentatives de prise de contrôle des meutes des autres pendant mon séjour ici.

Dušan n'est pas un idiot, c'est clair. Lors de notre dernière visite, je l'ai menacé, et même si je déteste cette idée, il me tient. Avec Narah si proche d'accoucher, je ne peux pas prendre le risque qu'elle soit ailleurs.

Grinçant des dents, j'étudie l'Alpha qui ne sourit pas. Il n'aime pas ça non plus. Je ne déteste pas ce type, mais bon sang, je déteste conclure de tels accords simplement parce que je m'inquiète du fait que personne ne contrôle le destin. Dernièrement, il s'est montré particulièrement cruel, et tout est parti à vau-l'eau.

— Alors, on a un accord ? demande-t-il.

Je ravale ma fierté et me lève.

— Oui, marché conclu. Je n'ai pas l'intention de faire du mal à tes Loups Cendrés.

— Bien. Je préfère me dire que c'est le début d'une confiance mutuelle pour de futures transactions.

Je ne peux pas m'empêcher de rire de ses paroles alors que je viens de prêter un serment de sang.

— D'accord. Faisons ça.

Contre mon bon sens, je n'ai pas d'autre option, et s'il y a un Alpha avec lequel je ferais volontiers un tel accord, c'est Dušan. Les choses que Jae m'a dites à propos de sa loyauté et de sa manière de traiter sa meute ne peuvent que me faire éprouver de l'estime pour lui.

Il traverse la pièce et attrape un verre vide ainsi qu'une lame tranchante. Une fois le verre posé sur la table basse entre nous, nous nous asseyons l'un en face de l'autre et nous penchons en avant.

— Pour te mettre à l'aise, commence Dušan en levant sa main et la lame au-dessus du verre. Quand tous les membres de ta meute auront quitté ma maison, je brûlerai la preuve de notre serment de sang.

Il passe la lame sur la partie charnue de sa paume, sans grimacer une seule fois, puis serre le poing et laisse le sang couler dans le verre en me tendant le couteau.

— Je t'en serais reconnaissant.

Le tranchant de la lame coupe le haut de ma paume. Dušan recule sa main, et j'ajoute ma part de sang au serment. Nous nous serrons ensuite la main, mêlant nos sangs. Le serment est plus qu'une simple preuve dans un verre : il est ancré jusque dans nos loups.

Le mien se réveille et grogne dans ma poitrine en signe de reconnaissance, même s'il n'est pas d'accord avec ma décision. Cependant, je ne suis plus l'homme que j'étais autrefois. Mes sources de préoccupation vont au-delà de ma meute et ma terre. J'ai une famille et un nouveau-né en route. Pour eux, je risquerais tout, même ma vie.

— Nous avons convenu d'un serment de sang entre nos loups, déclare Dušan. Si le serment est rompu, nos loups honoreront également l'accord : ta meute et les Omegas se lieront à moi. Et si je fais du mal à ta famille, tu posséderas tout ce que je domine.

— D'accord, grogné-je en lui serrant la main tandis que plus de sang s'écoule dans le verre avant que nous arrêtions. Il me donne un chiffon pour essuyer ma main ensanglantée, puis fait de même. Je prends ça comme mon signal pour m'en aller, ce qui vaut mieux vu que je commence à m'agacer.

— Merci de nous avoir accueillis, Dušan. Je n'oublierai pas ta générosité, dis-je, car je ne veux pas qu'il pense que je suis amer.

Ce n'est pas ainsi que les partenariats se forment, et cet Alpha détient beaucoup de pouvoir et de relations qui pourraient m'être utiles.

— Bonne nuit, mon ami, me dit-il en bâillant.

Je sors de sa chambre et referme la porte derrière moi. Je fais craquer mon cou, respire facilement. Je n'ai aucun problème avec Dušan, mais ce n'est pas dans ma nature de jouer le soumis dans une relation.

Le beau visage de Narah flotte dans mon esprit. Elle me manque terriblement, mais mon pouls s'emballe, et j'ai besoin de quelques instants pour me rappeler pourquoi je suis ici, pourquoi il est indispensable que je me morde la langue et que je vive avec la menace de Dušan. Alors je sors sur le balcon qui s'étend vers l'extérieur dans un mouvement circulaire.

Il doit protéger sa famille comme je dois protéger la mienne. Je contemple ma coupure, où le sang a déjà coagulé et cessé de couler.

Inclinant la tête, j'observe l'immense forêt. Il est presque impossible de la distinguer dans la nuit, seule la lueur argentée du clair de lune effleurant le sommet des canopées permet de la deviner. Le calme règne dehors, mais c'est la guerre dans mon esprit. Je serre la mâchoire. J'avais depuis longtemps planifié ma prise de contrôle du Secteur Sauvage, et rien ne s'est déroulé comme prévu. Les choses ont définitivement évolué dans notre direction, mais d'une manière à laquelle je ne m'attendais pas.

J'ai quitté le Danemark pour créer ma propre meute et je ne rentrerai pas chez moi avant d'avoir réalisé mes projets. En dépit du nombre de fois où nous avons été confrontés à la mort jusqu'à présent, je soupçonne que ce n'est rien par rapport à ce qui est à venir. Je ne sais pas quel chaos Martell va créer ni combien de meutes il va détruire si elles ne se soumettent pas à sa domination.

Et je ne peux rien y faire, ce qui me rend furieux et me fait trembler de colère.

Une tempête se prépare, mais avec notre bébé en route, pour l'instant, tout ce que je peux faire, c'est rester tranquille. Je suis ravi de devenir père, même si c'est le pire moment possible.

J'ai toujours voulu une famille... plus tard, et pas avant de m'être enraciné sur mon propre territoire. Cependant, si j'ai appris quelque chose depuis que j'ai quitté le Danemark, c'est que rien ne se passe jamais comme prévu. L'univers a ses propres plans, et pour l'instant, il fait évoluer ma famille.

Je suis en extase, et je ne cesse de penser au moment où je tiendrai notre petit bout. Je me fiche de savoir qui de nous quatre est le père. Avec Narah comme mère, le bébé pourrait aussi bien être ma chair et mon sang. Nous sommes une famille, quoi qu'il en soit. J'adore chaque centimètre de son corps et j'ai hâte de rencontrer notre bébé.

Mes priorités ont changé, mais l'objectif à long terme est toujours en vue.

Je regarde dans les bois, empli de frustration et d'adrénaline. D'une manière ou d'une autre, je dois faire en sorte que tout fonctionne.

NARAH

e léger enfoncement du matelas derrière moi me réveille, et avec une seule inspiration, l'odeur masculine et de loup de Ragnar m'envahit. Je souris en me disant qu'il est enfin arrivé sain et sauf.

Il se glisse dans le lit et se place derrière moi, sa grande main remontant le long de ma cuisse et saisissant ma hanche. La crête épaisse de son membre se presse entre mes fesses. Ce simple contact est suffisant pour que mon corps frissonne et que la chaleur qui s'est attardée juste sous la surface s'enflamme. Un brasier lèche le sommet de mes cuisses si rapidement que j'en ai le vertige.

— Tu m'as manqué, murmuré-je dans la nuit en essayant de me retourner, ce qui est impossible puisqu'il est collé à moi. Son corps est en feu, et il balance déjà ses hanches contre moi, prêt à l'action.

— Je n'ai pensé qu'à toi.

La chaleur de son baiser sur mon épaule fait vibrer mon corps, et il ne faut pas longtemps pour que je sente la moiteur de mon excitation me submerger. Mes tétons se durcissent à son contact.

— Mais pour l'instant, petit renard, il faut que je te prenne, murmure-t-il contre mon cou. J'ai passé une journée merdique, et je n'ai pensé qu'à te prendre dans mes bras et m'enfoncer en toi.

Son bras se glisse sous mon oreiller et mon cou, m'embrassant. Il serre l'un de mes seins tandis que son visage se presse dans mes cheveux, respirant profondément.

— Tu sens le sexe, et je meurs de faim. Tu es parfaite, faite pour t'adapter à moi.

Je gémis quand il guide son membre entre mes cuisses, et j'écarte les jambes pour le laisser entrer.

— Bébé, j'ai besoin de t'entendre dire que tu veux ça, grogne-t-il. Parle-moi. Est-ce que tu vas bien ?

— Oui, gémis-je. Je suis endormie, mais soudain extrêmement excitée, car je sens que mes chaleurs reviennent.

Il pousse un gémissement et guide le bout de sa verge vers mon entrée.

— Tes chaleurs, tu dis.

Il enfonce son immense membre en moi sans cérémonie ni provocation.

— Je vais alimenter ton feu, ronronne-t-il à mon oreille, et le feu de son corps brûle le mien.

Il arrache la couverture. Je tremble devant la férocité de sa faim.

— Bon sang, tu es si belle ! Tu es trempée et étroite pour moi. Chaque centimètre de toi est fait pour moi, ma magnifique chérie. Maintenant, sois une bonne fille et laisse-moi te prendre.

Ses louanges me font gémir : j'en veux plus. Mon corps se balance avec ses mouvements tandis qu'il s'enfonce plus profondément en moi, se forçant à entrer. Je sens chaque centimètre de lui alors qu'il s'enfonce plus profondément. Il pince mon téton et ses dents effleurent la peau de mon cou avec la promesse d'une douleur dont j'ai envie.

Je flotte sur la sensation du sexe de mon Alpha qui m'étire.

— J'en ai tellement besoin, grogne-t-il.

Je serre le drap pendant qu'il me prend fort. Le fait d'être couchée sur le côté est confortable car il n'y a pas de pression sur mon énorme ventre, ce qui facilite ses mouvements de va-et-vient.

— Tu me serres tellement fort ! Bon sang, je t'aime. Te voir si humide pour moi, voir tes tétons durcir, sentir ta délicieuse odeur... Et tes seins sont si gros. Merde, je les aime et je les veux partout sur moi.

Le sentir entrer et sortir de moi me rend folle de désir. Je ferme les yeux, me donnant à lui, le laissant me prendre comme il en a besoin. Ce moment lui appartient. J'ai envie de tout lui donner. Je le sens partout sur moi, avec son imposant membre au creux de mon ventre.

Il pince mes tétons, les tire, me donnant la douleur dont j'ai besoin. Je frissonne d'être prise par lui sans pause.

— Ragnar, gémis-je. Je suis si proche.

Il grogne en pensant qu'il doit me prendre plus vite. Nos respirations s'accélèrent alors que le lit se balance sous nous.

— Jouis pour moi, bébé.

Le désir d'en avoir plus me fait souffrir, et je crie, frissonnant dans son étreinte. Il remue des hanches en me pénétrant, encore et encore, me serrant fort contre lui.

Je ne respire plus, je halète.

— Je suis si proche. Ragnar…

L'orgasme m'envahit, me vole mes mots, et je frémis fort.

— Tu peux hurler, me grogne-t-il à l'oreille.

Mes orteils se recroquevillent, et des étoiles dansent au fond de mes yeux. Je hurle mon plaisir alors que l'euphorie m'emporte sans pitié. Je tremble et je crie, savourant la sensation de flotter, comme si je ne sentais plus mon corps ou mon esprit, mais seulement la délicieuse jouissance qui s'empare de moi, l'orgasme grandissant comme s'il n'allait jamais se terminer. Happée par les étincelles qui me dévorent, je me réjouis de cette sensation.

— Je t'aime tellement, Narah, grogne doucement Ragnar. Tu seras toujours à moi.

Je sens qu'il s'éloigne de moi, et il me manque terriblement, me laissant un sentiment de vide.

— Tu jouis si merveilleusement, et je vais tout lécher.

Ses mots dansent dans mon oreille.

Je tremble plus fort à cause de la lubricité qui m'envahit, et sa promesse ne fait que m'exciter davantage. Je vibre contre lui, l'intensité de mon orgasme est plus longue, plus profonde que tout ce que j'ai connu auparavant.

Quand je m'apaise enfin et que je parviens à peine à reprendre mon souffle, je m'effondre contre Ragnar et tourne la tête vers lui. La transpiration coule sur le côté de mon visage, qu'il attrape avec un doigt.

— Tu n'as pas noué, dis-je en expirant précipitamment.

— Je n'en ai pas encore fini avec toi, murmure-t-il en couvrant mon bras de baisers. Je dois te goûter. Je vais d'abord te nettoyer avec ma langue, puis je vais lécher tes seins. J'en ai rêvé. Quand je te prendrai après, il est possible qu'on casse ce lit.

— Oh ! m'exclamé-je alors que je saisis son bras qui est enroulé autour de ma poitrine. C'est une promesse ?

Il rit et se penche pour m'embrasser, sa langue pénétrant dans ma bouche. Il est brutal ce soir, il prend ce qu'il veut, et je l'aime comme ça.

— Je vais te faire jouir au moins deux fois de plus avant de nouer en toi. J'ai entendu dire que les orgasmes sont bons pour les femmes enceintes.

Je ris.

— Est-ce que tu as inventé ça ?

— Peut-être.

Il rit et me libère de ses bras, puis glisse plus bas dans le lit et m'aide à rouler sur le dos. Écartant mes jambes, il s'agenouille entre elles.

— Tu es si belle enceinte, Narah. Je suis constamment excité en te voyant comme ça.

— Je crois que tu parles trop, le taquiné-je avant de mordiller le coin de ma lèvre inférieure, savourant sa manière d'étudier mon corps. Le sourire qui courbe sa bouche fait fondre mon cœur, et avec ce regard qui me détruit, il se penche entre mes jambes, embrasse l'intérieur de mes cuisses et descend plus profondément.

Je sais que nous sommes des invités dans le château des Loups Cendrés, et que je devrais être plus silencieuse, mais avec l'haleine de Ragnar qui souffle déjà sur mon corps trempé, je n'en ai plus rien à faire. Je me laisse aller à ce qu'il m'offre, je respire l'air saturé de sexe, chaque centimètre de mon corps réagissant à tous ses contacts.

— J'ai besoin de toi, murmuré-je en rejetant ma tête en arrière sur l'oreiller, les jambes écartées, sur le point de flotter vers le ciel. Je suis à jamais ruinée par mes quatre hommes, et je ne voudrais pas qu'il en soit autrement.

— Je sais, petit renard, répond-il avec suffisance.

Puis sa langue parcourt la longueur de mon intimité, et je me perds complètement dans la bouche de cet homme.

CHAPITRE 16

NIKOS

—Est-ce que tu vas bien ? demande Narah de l'autre côté de la longue table du mess des Loups Cendrés, qui est calme et vide aujourd'hui. Elle me dévisage avec insolence, la pointe de sa fourchette perçant une tomate cerise, les yeux braqués sur moi tandis qu'un petit sourire taquine les bords de sa bouche parfaite. Quelqu'un est d'humeur malicieuse ce matin.

Ses cheveux châtain foncé sont attachés en une queue de cheval haute, et ses yeux sont aussi ardents que le feu qui gronde à l'autre bout de la pièce. J'ai fait la grasse matinée et j'ai découvert que le reste de l'équipe était parti chasser avec les Loups Cendrés pour trouver du gibier frais. Il s'avère que je n'étais pas le seul à être en retard pour le petit-déjeuner.

— Je ne pourrais pas aller mieux. J'ai dormi profondément la nuit dernière une fois que nous sommes arrivés, j'ai profité d'une autre douche chaude ce matin, et maintenant je prends le petit-déjeuner seul avec ma douce pêche.

— Ta douce pêche, hein? demande-t-elle en souriant, plus adorable que jamais. Où as-tu dormi la nuit dernière si j'étais si douce? Seul Ragnar est venu me voir.

— J'ai cru comprendre que tu étais plus qu'heureuse avec juste Ragnar. Une grande partie de la nuit, en fait, la taquiné-je, me rappelant avoir été réveillé par ses cris de plaisir. Mais tu veux savoir la vérité? demandé-je en me penchant en avant, baissant la voix.

— Bien sûr.

Elle met la tomate dans sa bouche.

Je suis resté allongé dans le lit, à écouter tes cris délicieux, à me palper jusqu'à ce que je jouisse si fort que j'ai hurlé ton nom.

Une tache de rose colore ses joues magnifiques. J'adore la façon dont elle réagit à mon égard. C'est un sentiment envoûtant de savoir que je l'influence de cette façon.

— Eh bien, je suppose que nous avons tous deux passé une nuit incroyable, même si j'aurais préféré que tu te joignes à nous. J'étais morte d'inquiétude pour toi et Ragnar.

— Tu n'as pas idée à quel point tu m'as manqué.

Tendant mes jambes sous la table, je les enroule autour des siennes, les emprisonnant.

— Ma main n'était qu'une pâle imitation de ce que j'avais envie de te faire.

Sa façon de me regarder avec un sourire de pécheresse fait jaillir une décharge d'excitation dans mon sexe.

— Alors, tout s'est bien passé pendant votre visite chez les Loups Aconit ?

Son brusque changement de conversation me déstabilise, surtout que j'ai la tête embrumée par l'excitation. Je ne veux pas penser à tous les cadavres que nous avons trouvés dans le village ou au nombre de défunts que nous avons transportés pour les brûler. Et en aucun cas, je ne révélerai quoi que ce soit à Narah. Avec sa grossesse, Ragnar et moi nous sommes mis d'accord pour garder pour nous ce que Martell a fait aux Loups Aconit, afin de ne pas lui apporter plus de stress et de soucis.

Nous allons nous occuper de cette ordure, mais pour l'instant, il faut que je vide ma tête des horribles images imprimées dans mon esprit.

— Tout s'est déroulé comme prévu, dis-je, avant de sourire pour distraire ma belle et me détourner de son magnifique visage.

Retirant ses pieds d'entre les miens, elle se lève brusquement. Avec un sourire sournois, elle s'éloigne de la table et se dirige vers la porte. Elle porte une robe jaune ample à manches courtes, et dès qu'elle ouvre la porte, le soleil traverse le tissu, le rendant translucide et révélant sa belle silhouette. Je suis absolument obsédé par ses courbes de femme enceinte. Jamais je n'aurais imaginé pouvoir aimer quelqu'un autant que j'aime Narah. Le fait qu'elle porte un bébé me fait l'adorer davantage. Je sais que je mourrais pour elle.

Regardant par-dessus son épaule, elle me dit :

— Alors, tu viens ? Elle m'envoie un baiser en l'air, et mon cœur martèle plus fort ma cage thoracique.

— Je l'espère bien ! marmonné-je à mi-voix. Je me lève en sursaut et ma fourchette glisse de ma main vers mon assiette avec un grand bruit. Je me précipite pour la rejoindre et la suis à la sortie du mess. Elle se précipite devant moi sur un chemin, et j'ai fini de flirter. Mon membre est dur comme de la pierre dans mon pantalon, et rien qu'en la regardant avancer, mon pouls s'emballe.

Plusieurs habitants se promènent dans la cour où nous nous trouvons, des membres de la meute des Loups Cendrés, qui nous regardent avec curiosité. Je fais preuve de politesse et hoche la tête, en essayant de tourner les hanches à l'abri de leurs regards. Ils ne me connaissent pas, et me voilà chez eux avec la plus grosse trique du monde. De plus, je suis certain qu'à l'heure qu'il est, la nouvelle de la visite des membres de la meute s'est répandue dans l'enceinte, d'où toute cette attention.

Je rattrape ma louve quand elle arrive au bout de la cour entourée de huttes.

— Narah, tu es en train de me tuer, là.

Je balaie rapidement la cour du regard et remarque que nous ne sommes pas vraiment seuls, sinon je l'aurais mise à quatre pattes, sans culotte, en quelques secondes. Voilà à quel point je suis affamé. Je presse mon érection contre ses fesses, elle est douce et chaude.

À bout de souffle, elle se tourne vers moi et se hisse

sur la pointe des pieds pour m'embrasser sur la bouche. Je glisse une main derrière son dos pour la soutenir et réclamer sa bouche. Elle est si chaude au toucher, et les petits sons qu'elle émet sont aphrodisiaques. Ses seins sont écrasés contre moi, ses tétons sont durs, et je perds la tête tant j'ai besoin d'elle.

Elle se détache de moi, ses yeux brûlants de lubricité. Son parfum sexy embrume mes sens. Pendant la grossesse, elle n'est peut-être pas complètement en chaleur, mais cela suffit à me rendre fou. Le parfum de son excitation me fait tendre la main et ramener son corps vers moi.

— J'ai besoin de t'avoir maintenant… je ne peux pas attendre.

La voir, la sentir… quelque chose m'agrippe le cœur tellement fort que je ne peux plus respirer. Déglutir pour me calmer n'a pas le moindre effet. Elle est dans ma tête, dans mes sens, et ça fait bien trop longtemps que j'attends de me glisser en elle.

— Pas ici, murmure-t-elle dans un souffle précipité, le regard sauvage.

Bon sang, que j'aime quand elle est excitée, que sa respiration s'accélère, et qu'elle tient à peine le coup.

— Retournons dans ta chambre.

— Non, je n'y arriverai pas. J'ai besoin de m'enfoncer profondément en toi.

Sa main dans la mienne, je l'entraîne le long d'un chemin de terre entre deux huttes en bois jusqu'à la forêt ouverte au-delà. J'aime que l'enceinte ait sa propre forêt à l'intérieur des murs.

Nous laissons rapidement derrière nous la partie principale du village, et nous sommes enfin seuls. Le terrain s'élève légèrement, et les arbres sont plus denses, ce qui signifie plus d'ombres. Quand je trouve un endroit plat et boisé et que je suis sûr que nous sommes seuls, je me tourne vers ma belle et l'attire dans mes bras.

Nos bouches s'entrechoquent, se rapprochant sauvagement, notre faim est primitive.

Ses yeux sont fermés, et j'adore la façon dont elle se laisse complètement aller au moment présent. L'air est parfumé de son odeur, ce qui renforce ma soif d'elle. Glissant mes doigts dans ses cheveux, je la serre contre moi, sachant que je n'en aurai jamais assez.

Les oiseaux chantent autour de nous, la brise rafraîchit ma nuque, et la plus belle des filles est tout contre mes lèvres. Je me fiche de qui nous voit. Je suis tellement enivré, tellement parti que je ne vois plus que Narah. Elle se détache de mes lèvres, le souffle coupé, les joues roses.

— Je ne savais pas qu'on pouvait être aussi excitée pendant la grossesse.

— C'est comme ça que je te préfère, en train de te languir de moi, avec ton odeur sexy qui emplit mes narines.

Son pouls palpite à mon contact.

— Mais plus que tout, j'aime que tu te meures pour moi.

— Peut-être que tu devrais juste arrêter de parler.

Elle saisit ma chemise et me ramène vers sa bouche, et un brasier s'enflamme entre nous.

— J'ai besoin de toi maintenant, grogné-je sans attendre.

Mon membre palpite, il est douloureux. J'empoigne sa robe et la remonte jusqu'à sa taille. Je glisse mes doigts dans l'élastique de sa culotte et je la fais glisser vers le bas. Notre baiser s'interrompt alors que je tombe à genoux pour la faire descendre le long de ses jambes. Elle retire complètement le sous-vêtement que je range dans ma poche arrière.

Tout aussi rapidement, j'arrache ma chemise et la pose sur l'herbe. En quelques secondes, je suis debout et je soulève ma princesse, ce qui me vaut un rire excité. Je l'allonge sur le dos sur ma chemise. La douleur dans mon corps persiste. Mon loup grogne pour mettre fin à la faim qui nous tenaille. C'est une bonne douleur, une foutue douleur délicieuse, mais il y a des limites à ce qu'un homme peut supporter.

— Viens vers moi, me dit-elle, me faisant signe avec son doigt recourbé.

Ses lèvres s'écartent dans un gémissement, comme si l'idée que je la dévore l'excitait au point de basculer.

— Ne commence pas sans moi, plaisanté-je en riant et en tombant à genoux devant elle, ne perdant pas de temps pour remonter sa robe pour avoir la plus belle vue du monde. Elle est trempée, elle brille à cause de son excitation, et ma verge se tend à cette vue. Un grognement d'impatience émane de ma poitrine alors que mes doigts s'enfoncent entre ses cuisses, les écartant, puis je lève les yeux vers ma chérie.

Tu es sûre que ça ne fera pas mal ?

— Je te promets que ce sera tellement incroyable, que j'oublierai tout le reste.

Ma petite se déhanche, et je ne peux plus attendre un instant de plus. Me rapprochant sur mes genoux, je me penche en avant juste assez pour ne pas exercer de pression sur son ventre.

Elle cambre le dos, me montrant tout, et en tant qu'Alpha, je suis sur le point de tout prendre.

Mes doigts agrippent ses hanches et je plonge dans son intimité parfaite et étroite. Elle se resserre autour de moi, mais je prends mon temps, entrant et sortant, regardant la façon dont son sexe avide aspire mon membre. Je veux que chaque seconde de ma vie soit comme ça.

Elle est mon obsession.

Elle est faite pour moi.

Son corps.

Ses cris.

Sa chaleur s'enroule autour de mes testicules.

Je trouve mon rythme et je vais plus vite. Je ne vais pas aussi loin que je le voudrais, je ne veux pas la blesser, mais c'est suffisant pour nous allumer tous les deux.

Parfois, je me demande si je mérite quelqu'un d'aussi spectaculaire qu'elle. Je me suis battu pour appartenir à un endroit où mon père m'a vendu pour avoir la paix. Bon sang. Je me suis battu avec mon identité depuis. Avec Narah, j'ai un sentiment… d'appartenance.

Elle me dévisage avec des yeux séduisants et prononce mon nom avec avidité. Son corps réagit à chaque contact, chaque mot. Je grogne en la pénétrant, et elle se cambre.

— Tu te débrouilles si bien pour me prendre, grogné-je, admirant à quel point elle est humide.

Absolument envoûtant.

Je tire sur le décolleté de sa robe, j'ai besoin de tout voir d'elle. Un sein en sort, surmonté du plus joli mamelon rose poudré. Je le sens durcir alors qu'elle remue contre moi. Libérant le second, j'attrape le mamelon entre mes doigts et le manipule. Ses gémissements me submergent quand elle crie son désir insensé.

— Je t'aime tellement, dis-je, la respiration lourde entre chaque coup de reins. Tu es mon monde, Narah.

— Je t'aime, Nikos, gémit-elle.

Les sons qu'elle émet sont une chanson pour mes oreilles. Elle commence à vibrer contre moi, puis se met à trembler. Son intimité se resserre autour de moi, et ses cris d'excitation déclenchent ma propre chaîne d'événements, mais je ne suis pas encore prêt. J'ai encore tellement de choses en moi avant de la nouer et de la faire mienne. Je ne veux pas précipiter les choses.

En grognant, je m'accroche à ses hanches alors qu'elle me serre fort.

— Tu seras toujours à moi. Toujours.

Alors que son corps se met à trembler, je la vois se défaire complètement sous moi. Elle se calme progressivement alors que j'entre et sors d'elle. Quand elle émet un doux gémissement, je m'arrête, une légère panique m'envahit. Je me retire davantage pour m'assurer que je ne lui ai pas fait mal.

— Est-ce que tout va bien ?

— J'ai l'impression que quelque chose a éclaté en moi.

Pendant qu'elle parle, du liquide jaillit hors d'elle. La panique lui fait écarquiller les yeux.

— Il se passe quelque chose.

Je me lève d'un bon, parce que je sais ce qui se passe.

— Tu as perdu les eaux. Tu vas avoir un bébé. Mon esprit s'emballe, mon cœur bat la chamade, et je ne sais pas par où commencer, mais voir la peur sur le visage de Narah fait l'effet d'un coup de bulldozer. Elle est terrifiée. Je dois me ressaisir. J'adorerais pouvoir faire les cent pas et flipper en pensant que je suis sur le point d'avoir un bébé, mais je me rappelle que c'est ma chérie qui fait tout le travail.

Me précipitant à ses côtés, j'abaisse sa robe jusqu'à ses genoux, puis je la soulève dans mes bras et la berce contre ma poitrine.

— Je te tiens.

— Je ne suis pas encore prête, Nikos. Ça ne peut pas encore arriver.

Je lis la peur sur son visage. Et même si je sens ma poitrine se serrer, il faut que je sois fort pour elle.

— Je serai avec toi tout le temps. Je te le promets. Nous allons traverser ça ensemble.

Mon pouls bat dans mes veines alors que je me

précipite vers le château, l'esprit en ébullition pour trouver le meilleur endroit où l'emmener. Quand je la regarde, elle sourit et des étoiles scintillent dans ses yeux.

— Nous allons avoir un bébé, murmure-t-elle, incrédule.

— Je suis tellement excité !

Et légèrement terrifié à l'idée que tout ne se passe pas bien. Quand j'atteins l'entrée principale du château, Meira en sort en portant un panier en osier comme si elle s'apprêtait à aller dans la prairie cueillir des fleurs. Au moment où son regard croise le mien, elle le laisse tomber et court vers nous, le visage blême.

— Que s'est-il passé ? demande-t-elle.

— J'ai perdu les eaux, répond Narah avec un sourire bancal, comme si elle s'imposait à Meira.

— Oh, bon sang ! s'exclame cette dernière, et je perçois un léger tremblement d'anxiété sur son visage.

Je suppose que c'est la première fois qu'elle aide quelqu'un à avoir un bébé.

— Où allons-nous ? demandé-je.

— J'ai fait transformer une de nos chambres d'invités en salle d'accouchement au cas où ça arriverait.

Elle se tord les mains et parle précipitamment. Je vois qu'elle est nerveuse, mais elle est gentille et serviable.

Narah me tient le bras en souriant et pleurant.

— J'ai peur, mais je suis excitée.

— Moi aussi, ma belle.

Alors que nous nous précipitons dans les escaliers,

Meira aboie à tous ceux que nous croisons d'aller chercher l'infirmière et demande des serviettes, de l'eau chaude, du désinfectant et un tas d'autres choses dont je ne crois pas que nous avons besoin. Je suppose qu'elle est aussi perdue que nous.

La pièce dans laquelle nous entrons est grande, avec un petit lit, une table de chevet, et une grande table sur le côté où sont empilées des serviettes. J'installe Narah sur le lit, sur le dos, et repousse ses mèches égarées de son front.

— Tout va bien se passer. Tu verras. Ne t'inquiète pas.

Je parle à tort et à travers et elle se moque de moi, tendant la main pour prendre la mienne.

— Respire, Nikos. Tu ne me seras d'aucune aide si tu hyperventiles et que tu t'évanouis sous mes yeux.

Son regard s'adoucit, et elle embrasse mes jointures.

— Je reviens, annonce Meira qui sort de la pièce.

Complètement concentré sur ma Narah, j'avais oublié qu'elle était avec nous.

— Tu crois que j'ai percé ta poche des eaux ?

J'ai laissé échapper la première chose qui m'est venue à l'esprit.

— J'en doute. Quand c'est le moment, c'est le moment.

Elle fronce le nez et me presse la main ; je me fige.

— Narah ?

— C'est… dit-elle en se frottant le ventre. Juste un serrement autour de mon ventre qui m'a empêché de respirer.

Rapidement, Meira fait irruption dans la pièce avec une femme plus âgée vêtue d'une robe verte et d'un tablier. Meira a-t-elle fait venir le chef de cuisine ?

— Voici Lily, notre médecin, infirmière, sage-femme, et tout ce dont nous avons besoin. Les paroles de Meira sont assourdies par ses respirations irrégulières.

— Bonjour, Narah, dit Lily avec la voix la plus douce et le sourire le plus gentil que j'ai vu depuis longtemps. Je vais jeter un coup d'œil pour m'assurer que tout va bien et voir où tu en es, d'accord ?

— Bien sûr, répond Narah.

— Maintenant, plie les genoux et ouvre-les pour moi. Pour le moment, c'est un peu gênant, mais bientôt, crois-moi, tu t'en ficheras.

Elle rit de sa propre blague, même si ce n'est pas le cas du reste d'entre nous. Nous avons tous l'air harassés, comme si nous avions bu dix tasses de café de trop.

Je m'accroche au bras de Narah pendant que Lily l'inspecte. Meira entre et referme la porte, en triturant le nouveau paquet de serviettes qu'elle a apporté dans la pièce.

— Oh, tu te débrouilles très bien. On dirait que le bébé a vraiment très envie de sortir, dit-elle, retenant notre attention. Tu es déjà dilatée à cinq centimètres. Le travail ne devrait pas tarder à commencer.

— J'ai l'impression que le bébé veut sortir maintenant, souffle Narah en essayant de baisser sa robe pour se couvrir.

Je l'aide, puis m'assieds sur le lit à côté d'elle, en la serrant contre moi.

— Pas encore, mais bientôt, dit Lily, puis elle tourne son attention vers Meira.

— J'ai hâte de rencontrer notre bébé, dis-je en essayant de distraire Narah de la douleur qu'elle doit ressentir. Peu importe de quel sexe est le bébé, du moment qu'il est en bonne santé et aussi beau que toi. Oh, nous n'avons pas encore décidé d'un prénom, dis-je, surpris moi-même de me sentir paniquer.

Je suis si excité que mon adrénaline grimpe en flèche.

— Je me suis dit qu'on pourrait décider tous ensemble une fois que nous connaîtrons le sexe du bébé.

Ses paupières semblent lourdes.

— Et si je me mettais derrière toi et te tenais contre moi ?

Je ferais n'importe quoi pour la soulager quand les contractions arrivent.

— J'aimerais bien. Je te veux à côté de moi tout le temps. J'espère que les trois autres reviendront bientôt, pour qu'ils ne manquent rien.

— Je ne vais nulle part.

J'aide Narah à se redresser, en supportant son poids, et je balance frénétiquement les oreillers du lit. Meira passe un bras autour du dos de Narah tandis que je me place sur le lit derrière elle, me traînant pour la chevaucher, mes jambes s'enroulant autour de ses hanches.

— C'est bon, je l'ai.

Lorsque Narah se crispe et gémit de douleur, je la prends dans mes bras pour qu'elle puisse s'adosser à ma poitrine, la laissant saisir mon bras et le serrer de toutes ses forces. Je survivrai, vu ce qu'elle traverse.

On dirait qu'elle ne peut respirer qu'une minute ou deux avant qu'une autre contraction n'arrive, et elle enfonce ses ongles dans mon bras. Je l'apaise pendant que Meira passe une serviette fraîche sur son front.

— On va vraiment avoir un bébé, chuchoté-je.

C'est surréaliste parce que ça arrive si vite.

Je ne sais pas combien de temps nous restons comme ça, mais j'ai l'impression que c'est toute la journée. Pourtant, le reste de l'équipe n'est pas encore arrivé. J'ai des crampes, et mon bras est engourdi par la force avec laquelle elle s'agrippe à moi. Comme ses contractions sont plus rapides, elle souffle pour respirer.

— Je crois que j'ai besoin de pousser, murmure-t-elle.

— Ce n'est pas encore le moment. Lily examine Narah une fois encore.

Je vais pour m'éloigner de derrière elle, parce que je veux tout voir et accueillir mon bébé dans ce monde.

— J'ai l'impression qu'une énorme montagne appuie sur mon bassin, c'est pire que…

Elle se raidit contre moi, se serre le ventre et crie, en s'agrippant toujours à mon bras. Aujourd'hui, ce pourrait être le jour où je perds enfin un bras.

Meira a les serviettes et les seaux d'eau chaude à proximité.

Je ne sais plus combien de temps s'est écoulé quand Lily dit enfin :

— Très bien, Narah, commence à pousser.

— Tu as entendu ça ? demandé-je. C'est l'heure, ma chérie. On pousse.

Mon cœur bat la chamade alors que j'essuie le front transpirant de Narah et son cou. Elle souffre depuis des heures maintenant, et il n'y a toujours aucun signe du reste de notre meute après leur chasse.

— Je ne crois pas pouvoir faire ça. Ça fait trop mal et j'ai l'impression d'être déchirée en deux.

Ses grands yeux larmoyants me supplient.

Je me penche plus près, ma poitrine se contractant fortement.

— Mon cœur, tu peux le faire. Respire profondément comme nous l'avons fait, d'accord ? Je vais le faire avec toi… inspire, expire.

— Je ne peux pas.

Elle s'agrippe de toutes ses forces à ma main, et je vais bientôt me mettre à crier avec elle.

— Juste encore un peu. Tu peux le faire.

Elle halète, essayant de respirer, et je la sens s'affaisser contre moi.

— Voilà, tes contractions ralentissent, non ?

Une seconde plus tard, son visage se fronce et elle recommence à haleter.

— Tu ne peux pas t'arrêter maintenant, dit Lily entre les jambes de Narah. Le bébé est déjà en route. J'ai juste besoin que tu pousses pour moi. Elle se retire, s'accroche au genou plié de Narah et se joint à nous pour les techniques de respiration, tout comme Meira.

— Ce n'est pas normal d'avoir aussi mal ! pleure Narah, le regard fou.

Sa colère est légèrement terrifiante.

Lily ne semble pas perturbée.

— Très bien. Inspire profondément, puis pousse.

Alors que j'essuie le front de Narah, elle me fixe d'un regard méchant… C'est moi qui lui ai fait ça. Enfin, j'ai sans doute joué un rôle, indépendamment de qui est le vrai père.

Après un long moment à pousser, puis à pleurer davantage, elle s'effondre sur le lit, épuisée et haletante.

Je me tourne vers Lily alors que Meira parle doucement à Narah.

— C'est censé arriver ? Elle est si fatiguée.

— Chaque grossesse est différente, explique-t-elle tout en se concentrant sur Narah.

Elle fronce les sourcils, et ses épaules s'affaissent vers l'avant.

— Très bien, on réessaie, ordonne-t-elle.

Ma douce et magnifique chérie n'abandonne pas en dépit de sa douleur.

Après une longue tentative, elle s'effondre à nouveau, les larmes aux yeux. Elle m'attrape le bras et m'attire plus près.

— Nikos, et si quelque chose n'allait pas à cause de la façon dont je suis tombée enceinte ? Et si…

— Narah, ne pense pas comme ça. Nous avons tous

senti le bébé donner un coup de pied, et il ou elle est en train de sortir.

Elle pleure plus fort, et ma poitrine se brise en deux. Je me sens perdu, brisé. Toute ma vie, j'ai affronté les problèmes avec une approche pragmatique : j'entre et je résous le problème. Mais là, c'est différent. Je dois faire face à nos émotions, au stress et à l'horrible idée qu'elle pourrait avoir raison en disant que ce n'est pas un accouchement normal. J'ai toujours en tête que le bébé ne survivra pas. Je m'en veux d'avoir même songé à ces conneries, mais ma gorge se noue à cette idée.

— Rien de mal ne va arriver, mais j'ai besoin que tu pousses un peu plus, mon cœur.

Je m'accroche à Narah, je la caresse, je l'embrasse, je lui dis que tout va bien se passer.

— S'il te plaît, fais-le pour moi.

Elle renifle, et je me penche pour voler les larmes qui coulent sur ses joues.

Elle essaie à nouveau, et grogne en poussant fort, puis une explosion de puissance jaillit du bout des doigts de Narah, tandis que des lignes bleues de magie émergent de ses mains.

Meira et la sage-femme reculent.

— Tout va bien, expliqué-je. Son corps est en état de choc, donc sa magie est aussi impactée.

Comme le bébé ne se montre toujours pas, la sage-femme commence à pousser doucement le ventre de Narah.

— Je sens que le bébé a tourné, mais quelque chose l'empêche de sortir.

En me jetant un regard, elle pointe son menton vers la porte, puis sort.

Mes tripes se contractent à l'idée de ce qu'elle va me dire.

— Narah, je reviens dans une seconde, je te le promets.

Elle ouvre grands les yeux.

— Nikos.

Meira est à ses côtés, elle lui parle, la distrait.

Dans le couloir, je ferme la porte et me tourne vers Lily, et mon cœur s'emballe.

— Qu'est-ce qui se passe ? Pourquoi le bébé ne vient-il pas ? lui demandé-je rapidement.

— Parfois, le bébé reste coincé, dit-elle en secouant la tête, ce qui ne me donne pas confiance. Le cordon ombilical pourrait être enroulé autour de lui, ou autre chose. Nous devons nous dépêcher, car, à ce stade du travail, l'enfant est en danger.

— Très bien, réponds-je avec une respiration tremblante. Quelles sont nos options ?

— Nous extrayons le bébé, mais il y a de grandes chances que Narah ne survive pas, même avec sa guérison rapide de louve.

— Ce n'est pas une option, dis-je aussitôt.

— Si je pousse sur son ventre, c'est un plus grand risque pour sa vie et celle du bébé, explique-t-elle avant de faire une pause. La seule autre chose... Ma grand-mère avait coutume de dire que lorsqu'on donnait du sang à une femme enceinte, cela mettait son corps en état de combat. Cela pourrait aider à faire sortir le bébé plus rapidement pendant que sa louve essaie de gérer le sang étranger dans son organisme. Voilà pourquoi nous nous nourrissons après une attaque. Nous sommes dans un état d'alerte car notre corps réagit au sang étranger dans notre organisme.

Je ne sais même pas comment donner un sens à ça, mais à ce stade, je suis prêt à tout essayer.

— Et ça marche ?

— Je ne l'ai jamais fait moi-même, mais ma grand-mère a juré qu'elle avait sauvé la vie de plusieurs femmes de cette façon. Sinon, je ne sais pas quoi faire d'autre. Je ne connais que peu de choses sur l'accouchement.

— Alors, nous allons essayer. Si ça ne fonctionne pas, nous aviserons à ce moment-là.

Un frisson me parcourt l'échine. Bon sang, je déteste cette situation.

Elle hoche la tête, les lèvres pincées. Le visage de Lily a perdu beaucoup de couleurs.

Mon souffle est rauque, et le poids d'une telle décision me submerge. Il ne doit rien arriver à Narah, mais elle sera plus que brisée si nous ne sauvons pas l'enfant. La peur m'envahit, mais je ne la laisserai pas tomber. C'est elle qui souffre, alors j'encaisse et je retourne à l'intérieur avec Lily.

Les yeux énormes et larmoyants de Narah rencontrent les miens.

— Qu'est-ce qui se passe ?

Elle gémit en se tenant le ventre. Meira reste à ses côtés.

— Ma belle, on pense qu'il est possible que le bébé soit coincé, mais nous avons une solution.

— Qu'est-ce que c'est ?

De nouvelles larmes s'écoulent sur son visage, mais elle écoute, et un immense espoir surgit dans ses yeux.

— Tu dois boire du sang. Cela peut tromper ton corps en lui faisant croire qu'il lutte contre un envahisseur dans ton corps, et il pourrait relâcher le bébé plus facilement. Tu peux avoir le mien.

Elle me regarde en clignant des yeux, puis se tourne vers Lily.

— Est-ce que ça va marcher ?

— Bien sûr, réponds-je en me donnant l'air plus confiant que je ne le suis vraiment.

Je crois fermement que parfois, notre esprit peut nous bloquer. Alors si Narah pense que sa grossesse est fausse, elle pourrait être sa pire ennemie ici.

— D'accord, on le fait alors, murmure-t-elle.

Meira me regarde, confuse, puis me tend une lame qui se trouve sur la table avec les serviettes. Ensuite, elle va discuter avec Lily pendant que je la passe à la hâte sur mon poignet. La morsure du métal me pique, mais je prendrais toute la douleur de Narah si je pouvais.

— Bois autant que tu peux, d'accord ? lui expliqué-je en abaissant ma blessure saignante vers sa bouche.

Le sang n'est pas nouveau pour les loups.

— Chez moi, nous buvions une infusion de vin de sang pour les célébrations. On disait qu'il renforçait et réveillait le guerrier à l'intérieur de quiconque le buvait.

— Qu'est-ce qui s'est passé quand tu l'as bue ?

— J'étais tellement plein d'adrénaline que je rebondissais sur les murs.

— Alors, peut-être que la sage-femme a raison à propos du sang.

Elle attrape mon bras à deux mains, et sa bouche se plaque contre ma blessure. Elle prend le sang dans sa bouche, sa langue lèche la plaie, et ses yeux immenses me fixent alors qu'elle reste allongée sur le lit.

— C'est ça, ma belle, je lui souris et continue de la regarder ; j'ai besoin qu'elle sache qu'elle est en sécurité avec moi. Prends tout ce dont tu as besoin. On va faire en sorte que ça marche.

Elle me regarde fixement, en faisant des bruits de succion tandis que le sang s'écoule des coins de sa bouche. Soudain, elle tressaille et écarte mon bras de sa bouche. Ses yeux s'écarquillent et son corps se contracte.

La panique m'envahit, et je m'accroche à elle.

— Qu'est-ce qui lui arrive ? hurlé-je à la sage-femme.

Elle et Meira sont de l'autre côté de Narah, la tenant par le bras et la jambe.

— Son corps s'adapte au sang, dit la sage-femme en tremblant.

Narah crie, et tout part rapidement en vrille quand elle hurle.

La sage-femme se précipite au bout du lit et prend position entre ses jambes. Meira fait les cent pas, paniquée, et je tiens ma chérie légèrement droite en plaçant des oreillers derrière elle.

Cela doit fonctionner parce qu'il n'y a pas d'autres

options. Je n'envisage même pas de perdre Narah ou le bébé.

— Le bébé arrive, crie la sage-femme, ce qui pousse Meira à récupérer les serviettes.

Je respire au rythme de Narah, mais elle souffre toujours autant. Je le vois sur son visage. Pourtant, mon amoureuse ne s'arrête pas. Elle se bat très fort, elle aime déjà son bébé de manière inconditionnelle.

Submergé d'adrénaline pure, je ne sens même plus mon corps. La peur me dévore de l'intérieur, et la pièce me donne l'impression de tourner à cause de ma perte de sang. Je baisse les yeux et vois qu'il coule toujours sur mon pantalon et le sol. Le sang souille tout. Rapidement, j'attrape une serviette et l'enroule grossièrement autour de mon bras. Meira est à mes côtés et se sert d'un ruban de ses cheveux pour attacher la serviette à mon avant-bras.

Elle est aussi terrifiée et aussi pâle qu'un fantôme.

— Merci.

Je me tourne vers Narah, dont les yeux semblent briller d'une lueur dorée. C'est sa louve… et tellement plus encore.

Son pouvoir.

Des fils bleus de magie courent sur ses doigts, et je m'inquiète de ce que cela signifie pour le bébé.

— Je vois la tête ! s'exclame Meira qui se tient à côté de la sage-femme.

Elle se penche et s'apprête à accueillir une nouvelle vie dans notre monde.

— Narah, tu y arrives, dis-je, la poitrine en feu.

J'ai envie de crier et de pleurer que ça marche, mais je n'ose pas bouger de son côté.

Elle pousse, et je respire à son rythme. Plus elle fait des efforts, plus sa magie semble se détraquer, faisant des boucles au-dessus de nous. Les lumières du plafond clignotent, et son pouvoir laisse des traces de brûlure au plafond.

Un sentiment d'urgence m'envahit : ses capacités sont en train de décupler. Je ne suis pas le seul qui continue à regarder la magie. Meira aussi.

Nous continuons jusqu'à ce que Lily annonce :

— Le bébé est sorti.

Enveloppant le petit paquet dans une serviette, elle le tend à Meira qui l'accepte rapidement avant de le donner à Narah. Lily se rapproche de la jeune maman, avant de me regarder d'un air renfrogné.

— Narah saigne beaucoup.

Mon cœur souffre, mais alors un éclair de puissance se propage, venant droit sur Meira, la sage-femme et moi.

Meira crie, mais aucun de nous n'a le temps de réagir.

La magie me frappe en pleine poitrine, telle une lance acérée et brûlante. Je gémis en cramponnant mon torse tandis qu'une ombre envahit mon champ de vision. La dernière chose que je vois, c'est le visage paniqué de Narah alors qu'elle tend la main vers moi. Mes jambes se dérobent sous moi, et je tombe, aspiré par les ténèbres.

CHAPITRE 17

CRIUS

—**M**erde, je dois sortir plus souvent, grogné-je en poussant plus haut le cerf mort affalé sur mon épaule.

Ça sent le sang et la viande, et je suis affamé. Si l'on voit rarement des animaux morts-vivants rôder dans les bois, cela ne veut pas dire qu'ils n'existent pas. Donc, pour être sûrs, nous l'avons décapité, ce qui a permis de réduire le poids.

— Ces saletés pèsent sacrément lourd !

— Ne m'en parle pas !

Stone porte sa propre prise. Nous aidons les Loups Cendrés, et payons aussi notre séjour.

— J'avais presque oublié ce que ça faisait de chasser pour se nourrir plutôt que pour survivre. Et non, ce n'est pas la même chose.

Je lui lance un regard noir, mais il est trop occupé à fixer l'enceinte qui s'élève devant nous à la sortie du bois. Il est tendu, nous le sommes tous, mais j'avais besoin de cette chasse. J'étais prêt à escalader les murs tant j'avais d'énergie accumulée, et le seul moyen de l'assouvir est une bonne chasse ou une bonne partie de jambes en l'air.

Dušan et Ragnar sont devant ; ils s'entendent comme larrons en foire. Cette chasse a été bénéfique pour nos relations avec les Loups Cendrés. Ragnar excelle dans l'art de créer des liens. Moi, je veux chasser et frapper des objets avec mon poing, et quand ce n'est pas le cas, j'ai envie de sexe. Narah et la dernière fois que j'ai revendiqué son petit corps serré me viennent à l'esprit. L'excitation me trotte dans la tête, et je sais ce que je vais faire en rentrant à l'enceinte : traquer ma superbe compagne, la déshabiller, puis la prendre jusqu'à ce qu'elle crie et se serre autour de moi.

À cette pensée, j'accélère le pas, rattrapant rapidement les autres. Stone est sur mes talons lorsque j'arrive aux portes principales, où nous sommes accueillis par plusieurs membres de la meute qui attendent avec un chariot. Je jette mes prises dedans. Nous en avons attrapé sept, ce qui nourrira facilement une grande meute pendant au moins quelques jours.

Le soleil de l'après-midi tape sur mes épaules, et je souris, plus motivé que jamais à créer une maison comme celle-ci pour Narah. Alors que tout le monde remonte le chemin de terre vers le centre de la ville et le château, je ne peux m'empêcher d'accélérer le pas, impatient de me laver et de prendre Narah dans mes bras. Des bruits de pas crissent dans mon dos, et soudain Stone est à mes côtés, avançant aussi vite que moi.

— Tu es pressé, commente-t-il alors que le coin de son œil se soulève. Tu vas quelque part ?

— Va te faire voir Stone. Je vais d'abord voir Narah.

— Non, pas comme ça. Tu es couvert de sang.

J'ai envie de le frapper, mais je baisse les yeux, et il a raison. Je suis éclaboussé de cramoisi. J'ai besoin d'un lavage rapide.

— Tu peux parler ! réponds-je.

Stone a du sang séché sur le côté de son visage suite à une bataille avec un sanglier qu'il a essayé d'attraper, mais il s'est fait botter les fesses.

Il passe une main sur son visage, puis se lance dans un sprint vers le château.

— Abruti.

Je charge après lui, en réduisant rapidement la distance. Je lui pousse l'épaule alors qu'il atteint la porte, je le pousse hors du chemin et je m'élance à l'intérieur en riant comme un fou. Je me précipite vers la chambre de Narah, en espérant qu'elle soit là, même dans mon état. Juste pour être le premier à la voir et lui voler un baiser. Je me précipite dans sa chambre, qui est vide. Mon pouls s'accélère alors que la déception m'envahit. Quand je me retourne, Stone dérape dans la pièce et s'écrase contre le cadre de la porte.

— Où est-elle ? s'exclame-t-il en balayant la chambre du regard.

— Peut-être avec ses sœurs ?

Si c'est le cas, je dois d'abord me laver pour ne pas

effrayer les filles en arrivant couvert de sang. En plus, je pue.

— Je viens d'apprendre qu'elles sont parties dans les bois pour cueillir des fruits avec un groupe de la meute, explique Stone.

Je soupire.

Stone sort soudain de la pièce et fonce vers la salle de bains. Je fais encore mieux et me précipite dans la chambre que nous partageons, prends des vêtements propres et me précipite après lui dans la salle de bains attenante.

Je me précipite à l'intérieur comme un fou, il y a du monde, et tout le monde me regarde, ahuri. Il y a trois femmes dans la baignoire, complètement nues, et je lutte contre l'envie de baisser mon regard pour voir leurs seins. Je ne suis qu'un con incapable de se contrôler, et c'est instinctif de regarder les femmes, mais elles n'arrivent pas à la cheville de Narah. Quand je passe devant le large spa, j'adresse un signe de tête aux trois Alphas que je croise, bien conscient de ce qui va se passer dans ce bain. Bande d'enfoirés chanceux.

Ce sera bientôt mon tour. J'arrive à la porte qui mène aux cabines de douche. Je retrouve Stone en suivant la trace de sang qui s'accumule autour du drain de l'évacuation de la douche. Il n'y a pas de portes, mais nous sommes seuls. Posant mes vêtements sur un banc sec, j'entre dans la première cabine et ouvre le robinet. Je gémis sous l'effet conjugué de l'incroyable sensation d'avoir de l'eau chaude courante et de la douleur qui me pique les bras et le dos, là où je me suis blessé pendant la chasse. Je prends la douche la plus rapide du monde. Stone et moi éteignons l'eau simultanément, puis nous essuyons.

— Tu sais, elle ne pourra prendre qu'un seul d'entre nous dans son état, alors prépare-toi à t'asseoir et regarder.

En riant, je file le sol carrelé, pieds nus, et j'attrape mes vêtements. Le pantalon colle à mes jambes, qui ne sont pas complètement sèches. Sautant à cloche-pied, je regarde Stone qui boutonne son jean, et l'adrénaline envahit ma poitrine. Il est hors de question qu'il gagne. Je remonte mon pantalon, attrape mon t-shirt et pars en courant, lui à mes côtés. La course folle est accueillie par davantage de regards, ce qui ne fait qu'empirer lorsque nous nous retrouvons coincés dans l'embrasure de la porte pour sortir de la salle de bains, enfermés épaule contre épaule.

— Stone, grogné-je, et les gens présents dans le spa éclatent de rire.

Je lui donne un coup de coude pour me pousser en avant et sprinter. Réalisant que je ne sais pas où est Narah, je me précipite dans la chambre de ses sœurs, au cas où elles seraient rentrées plus tôt, mais je la trouve vide. Stone me rejoint quelques secondes plus tard, me fonce dessus et m'envoie valser dans le mur.

— Merde, mec ! crié-je.

— Tu veux jouer ? Je vais te montrer qui va gagner.

Il pince les lèvres et remonte les épaules. Le gars ne plaisante pas.

Très bien. J'aime les défis. Je plisse les yeux.

— Très bien, je vais démolir ce foutu château pour trouver Narah en premier. Et si je gagne, tu nous laisseras tranquilles.

— Marché conclu. Et si je la trouve en premier, elle est à moi.

Serrant les dents, nous tapons du poing, quelque chose qu'il fait depuis peu après avoir vu une autre meute se saluer de cette manière. Je pense que c'est ringard, mais ça n'a pas d'importance, alors je lui fais plaisir.

Puis il s'en va, et mes pieds nus martèlent les sols en pierre tandis que je cherche Narah dans toutes les pièces. J'emprunte tous les couloirs, puis les marches jusqu'au balcon, pensant que je pourrais la voir dehors. Le soleil descend, mais ça ne veut pas dire qu'elle est à l'intérieur. En haut, je sprinte dans le couloir désert, en regardant le balcon au loin, quand une odeur familière attire mon attention.

Je m'arrête en respirant profondément l'air.

Une odeur de sang flotte dans l'air, ainsi que celle du doux nectar de Narah. Ma poitrine monte et descend rapidement. Est-ce que Narah a des problèmes ? Bon sang, le bébé !

En suivant la faible odeur, je me précipite dans le hall, je tourne dans un couloir, puis dans un autre. Je m'arrête devant la porte où les odeurs les plus étranges m'étouffent. Je frappe sans hésiter, pousse la porte et me fige.

Mon regard se heurte aux yeux larmoyants de Narah.

Elle est dans un lit aux draps tachés de sang comme sa bouche et sa robe. Et elle serre une chose minuscule contre sa poitrine. Elle est enveloppée d'une serviette et fait des bruits de gargouillis. Le choc me transperce. Elle a eu le bébé ! Je ne peux pas bouger, parce que je ne sais pas quoi regarder : ma magnifique chérie avec notre bébé, ou les trois corps éparpillés sur le sol, inconscients.

Nikos, Meira, et une femme plus âgée que je ne reconnais pas.

Mon cœur se serre, et la terreur me déchire devant la dévastation. Les a-t-elle vidés tous les trois pour le bébé ?

— Crius ! m'appelle désespérément Narah, me tirant de mes pensées.

Avant que je puisse répondre, une rafale de vent frappe mon dos lorsque d'autres personnes nous rejoignent.

— C'est quoi ce bordel !

La voix de Ragnar traverse la pièce.

NARAH

— Je ne voulais pas leur faire de mal, murmuré-je tandis que des larmes inondent mes joues.

Ragnar grogne tandis que Stone et Crius se précipitent vers les corps sur le sol autour du lit. Dušan entre dans la pièce, ainsi que deux autres Alphas, tous trois se précipitant aux côtés de Meira.

Je n'ai pas bougé, je ne peux pas bouger. Mon haricot est dans mes bras, enroulé dans une serviette, et elle a les yeux grands ouverts, bleus comme les saphirs les plus brillants. J'ai eu une fille, et je suis heureuse qu'elle ait survécu, mais je suis complètement détruite, tremblant de façon incontrôlable devant la gravité des dégâts.

— Je suis désolée, murmuré-je en la serrant plus fort, avec l'impression que mon monde est sur le point de s'effondrer. Ragnar, je n'ai pas fait exprès. C'est arrivé comme ça. Ma magie les a frappés, et je pense qu'elle les a drainés pour que je puisse accoucher, car le bébé était coincé.

Mes mots s'emballent alors que mon cœur martèle mes oreilles. Mon regard se porte sur Nikos : l'homme que j'adore est peut-être mort.

— Qu'ai-je fait ?

Une fois debout, Dušan envoie son poing dans la poitrine de Ragnar, le prenant au dépourvu, et le plaque contre le mur.

Je sursaute lorsque les grognements des deux énormes Alphas envahissent la pièce.

— Nous avions un foutu marché, et tu l'as brisé, tonne Dušan d'une voix explosive. Meira ne se réveille pas.

Il reporte son attention sur moi. Ses yeux sont changeants comme une tempête furieuse, et le chagrin déforme son visage.

— Qu'est-ce que tu lui as fait ?

Sa voix est brisée par l'émotion.

Je retiens mon souffle, essayant de trouver ma voix.

— Je ne veux faire de mal à personne, réponds-je enfin.

Crius et Stone sautent aux côtés de Ragnar, les poings serrés, et leur fureur épaissit l'air. Les autres Alphas sont là, et une guerre est sur le point d'éclater.

— Ils sont toujours en vie, aboie Stone. Ils ne sont pas morts, donc tout le monde doit reculer.

Je pousse un cri et je sanglote. J'aurais dû vérifier, mais après qu'ils se soient évanouis juste au moment où j'ai donné naissance à mon ange, je me suis retrouvée en hyperventilation, faible et épuisée. J'ai supposé le pire quand ils ne se sont pas réveillés.

— Ce n'est pas la question, grogne Dušan. Tu as promis, Ragnar, que si quelqu'un de ma meute était blessé, il y aurait des répercussions.

Déglutissant, je baisse les yeux sur mes doigts. Il n'y a pas de marques noires, mais je sais ce que j'ai fait par accident, et cela me terrifie toujours d'avoir utilisé ma magie sur eux.

— Je ne ferais jamais de mal à personne, dis-je, cherchant désespérément à apaiser la tension sur le point d'exploser.

Quand j'essaie de bouger, je grimace. Tout me fait mal, et le lit est taché de nos sangs, à Nikos et moi.

Meira a voulu m'aider.

— Et regarde où ça l'a menée, aboie-t-il, puis se retourne vers Ragnar.

Ils se tiennent face à face, bombant leurs torses massifs.

— Si ma Meira ne se réveille pas avant minuit, vous regretterez d'avoir mis le pied sur mes terres.

Dušan ramasse Meira sur le sol, un des autres hommes prend Lily, et ils quittent la pièce.

Au moment où Crius referme la porte derrière eux, je reporte mon attention sur mes hommes tandis que Stone et Ragnar soulèvent Nikos du sol et l'allongent en travers du lit, les pieds le long de moi. Il respire à peine, mais je vois le faible mouvement de sa poitrine. Je suis soulagée de n'avoir pas tué l'homme que j'aime.

Ragnar est à mes côtés, il essuie mes joues, puis baisse les yeux.

— Alors, qui avons-nous là ? roucoule-t-il en passant doucement la pulpe de son index sur sa joue.

Crius et Stone se pressent également autour de moi, chacun d'entre eux étant impatient de la voir et m'embrassant partout.

— Ma chérie, tu as eu notre bébé, roucoule Crius à son tour.

— Tu n'as aucune idée de ce que ça représente pour moi, dit Stone, retenant ses larmes alors qu'il m'enlace sur le côté. Tu n'as aucune idée de ce que ça représente pour moi, répète-t-il. Je suis un père. Nous le sommes tous les quatre. J'aurais tellement voulu être présent. Je suis désolé que nous ne l'ayons pas été.

— Avec le recul, c'est mieux que vous n'ayez pas été là, dis-je avec un rire à la limite de l'hystérie. Le pauvre Nikos a traversé beaucoup de choses et n'a jamais cessé de me soutenir. Il était parfait, puis je l'ai frappé avec ma magie.

En soupirant, je regarde notre bébé. Fixer ce beau visage innocent enlève toute la douleur du monde.

— Comment tu l'as appelée ? demande Stone.

Je lève les yeux pour rencontrer les siens, et les trois hommes me regardent. Je suis aux anges qu'elle soit là, mais je n'ai pas réfléchi à un prénom.

— Je ne suis pas encore sûre.

Baissant le regard vers elle une fois de plus, je murmure :

— Chaque fois que je la regarde, elle m'apaise. Un sentiment d'harmonie s'installe dans mon esprit, et je me surprends à fredonner pour elle. Je serais perdue si je ne l'avais pas après tout ce qui s'est passé.

— Harmony, murmure Ragnar. C'est un beau nom pour elle.

— Ça lui va si bien, acquiesce Crius, et Stone semble sur le point d'éclater en sanglots. Elle a ton adorable petit nez et tes lèvres.

Juste à ce moment, elle émet ce qui ressemble à un son approbateur. Je réfléchis peut-être trop, mais je m'en fiche.

— Je pense qu'elle vient juste d'approuver, et j'adore ce nom. Maintenant, il faut que Nikos se réveille pour que j'arrête de me sentir comme la pire personne du monde, et qu'on puisse fêter notre bébé.

— Il va s'en sortir, déclare Crius qui le regarde évanoui sur le lit.

— J'ai merdé, constaté-je en regardant chacun de

mes hommes. Et s'ils ne se réveillent pas ? Et si j'avais pris trop de pouvoir ? Je veux dire, je n'avais aucun contrôle sur la magie, ce qui fait de moi une personne dangereuse.

— Tu n'as rien fait de mal, me rassure Ragnar, me caressant la joue avec tendresse.

— Mais Dušan était tellement en colère. Et s'il nous met à la porte ? Et de quel marché parlait-il ?

Ragnar fronce les sourcils et pince les lèvres.

— Juste une chose qu'il m'a fait accepter pour pouvoir assurer la sécurité de sa propre meute et de sa famille.

Je cligne des yeux, j'attends, mais comme il ne donne pas de détails, j'insiste :

— C'était quoi, le marché ?

— Écoute, tu as assez de soucis en ce moment.

— Ragnar ! insisté-je en élevant la voix, frustrée. J'ai le droit de savoir.

D'autant plus que je viens peut-être de gâcher nos chances avec la seule meute avec laquelle je ressens une parenté, en dehors de celle avec Ragnar et les autres.

Le silence s'installe entre nous, puis il soupire et me lance ce regard qu'on n'a que quand on est acculé.

— Si quelqu'un de sa meute est blessé par nos mains, il a le droit de le punir en conséquence.

Je halète.

— Il va me faire du mal ?

— Hors de question, merde ! s'exclame Stone.

— Ça n'arrivera pas.

Crius se tient droit, inflexible, et il est persuadé qu'il arrêtera l'Alpha des Loups Cendrés.

— Narah, c'est mon fardeau, et s'il doit y avoir un châtiment, c'est à moi qu'il sera infligé. Mais Dušan est un homme juste, et quand Meira se réveillera, je suis sûr qu'il entendra raison.

— J'espère vraiment qu'ils se réveilleront. Je ne veux pas être responsable de la destruction de tant de vies, y compris la mienne, si quelque chose arrive à Nikos.

— Ça va aller.

Il se penche plus près de moi et enroule un bras autour de mon dos. Puis il dépose un baiser sur mon front.

— Tu verras.

J'aimerais être aussi confiante que lui. Tremblante, je jette un coup d'œil à Nikos, pour qu'il se réveille. Je touche ses jambes, en les serrant légèrement pour le réveiller.

Ragnar remonte inopinément son t-shirt taché de sang et le fait passer par-dessus sa tête, le laissant torse nu et absolument fascinant. Il a des muscles partout, il est exquis. Je suis complètement distraite par cet Adonis, qui me fait tomber en pâmoison, même après avoir accouché.

— Je peux la tenir ?

— Bien sûr. Fais juste bien attention de soutenir sa tête.

Il prend tendrement Harmony dans ses bras immenses, l'insérant dans le creux de son coude et la pressant contre sa poitrine. Elle le regarde fixement comme si elle savait qui il est.

— On dit qu'on peut voir l'âme de quelqu'un dans ses yeux. Harmony a une vieille âme. C'est pour cela qu'elle est si calme. Elle est prête à rejoindre notre monde, elle en a envie. Je vais tout lui montrer. Elle deviendra une guerrière… tout ce qu'elle voudra.

Ragnar sourit à Harmony et fait des bruits de bébé.

J'ai réussi à couper son cordon ombilical et à l'emmailloter dans une serviette. Elle est toujours couverte des déchets de la naissance, mais Ragnar et les deux autres qui se pressent de chaque côté de lui ne semblent pas le remarquer.

— Je suis convaincu qu'elle a ma bouche, annonce Crius. Mais tant que c'est à toi qu'elle ressemble le plus, elle sera magnifique. Et si un type songe ne serait-ce qu'à la regarder, il aura d'abord affaire à nous.

— Aucun gars ne sera assez bien, constate Stone.

Je souris intérieurement en entendant et constatant de mes yeux l'affection qu'ils portent à notre bébé. Elle va être la fille la plus protégée du monde.

Allongé sur une montagne d'oreillers, mon corps est encore douloureux, mais cela s'atténue, et je rends grâce pour ma guérison rapide. Mais je ne suis pas prête à bouger, c'est le chaos entre mes jambes, et j'aurai besoin d'aide pour nettoyer, mais je préférerais que ce ne soit pas mes hommes. Je veux toujours être belle à leurs yeux.

Ils ne seront pas d'accord, et je grimace à l'idée, mais je me sentirais extrêmement gênée. Au lieu de cela, je me concentre sur Nikos, dont les narines se dilatent à chaque respiration profonde. Lentement, ses paupières s'ouvrent, et mon pouls s'accélère.

— Nikos, l'appelé-je, et les autres se tournent vers lui.

Il gémit comme un ours, fronce son visage, puis se tapote la poitrine.

— J'ai l'impression d'avoir été écrasé par une horde d'éléphants.

Crius se place à ses côtés et le tire par le bras pour le rasseoir.

— Tu as fait peur à tout le monde quand tu t'es évanouie comme une demoiselle en détresse.

Crius sourit et décroche un grognement de la part de Nikos.

— Tant mieux. Et ferme-la.

Se tournant lentement vers moi, il gémit. Puis ses yeux s'ouvrent brusquement quand son esprit rattrape le retard.

— Narah.

Il se jette sur moi, ses bras s'enroulent autour de moi, et je grimace sous son poids.

— Arrête de l'écraser à mort, espèce de gros balourd, aboie Stone.

— Le bébé ! couine Nikos, et il regarde partout autour de lui jusqu'à voir Ragnar qui l'amène vers nous.

— Dis bonjour à notre petite Harmony, dis-je.

Avec un halètement étranglé, Nikos la prend dans ses bras, et je remarque la lueur dans ses yeux.

— Petite Harmony, si tu savais ce qu'on a traversé

pour toi, tu ne te comporterais jamais mal de toute ta vie.

Crius éclate de rire.

— Je suis presque sûr que c'est Narah qui a fait le plus gros.

Nikos jette à Crius un regard noir qui pourrait faire fuir les morts.

— Vous n'avez aucune idée de ce que nous avons traversé tous les deux.

Les yeux de Stone s'ouvrent exagérément, mais Ragnar ne détourne pas son attention d'Harmony.

— Ne t'inquiète pas, Nikos, lui dis-je. Je sais combien c'était difficile pour nous deux.

Il regarde Harmony en lui fredonnant un air, et mon cœur se gonfle à la vue de ces puissants Vikings complètement à la merci d'un petit bébé.

La porte s'ouvre soudain, et une Jae au visage rougi, accompagnée d'une Kaira haletante se présentent dans l'embrasure de la porte.

— Oh ! Bonté Divine ! Tu as eu le bébé ! s'écrie Jae qui se précipite vers Nikos tandis que Kaira se met à côté de moi et me serre dans ses bras.

— Tu vas bien, sœurette ? On revenait des bois, et quand les gardes nous ont dit que tu avais eu le bébé, on a accouru. Personne n'est venu nous le dire.

— Tout va bien maintenant, mais c'était un calvaire. Je ne veux pas revivre ça avant un moment, mais tu as une petite nièce maintenant. Elle s'appelle Harmony.

Le sourire de Kaira s'étend jusqu'à ses yeux tandis qu'elle fait le tour du lit pour rejoindre les autres. Alors qu'ils se tiennent tous autour de Nikos et Harmony, je sens la lourdeur de l'épuisement m'envahir. Quand mes paupières se baissent, quelqu'un entre dans la chambre.

Je les ouvre brusquement, et je vois Meira qui regarde autour d'elle. Elle pleure en voyant le bébé, puis se rapproche pour voir Harmony. Ensuite, elle vient vers moi au moment où ses trois Alphas entrent dans la pièce, l'air légèrement penaud.

— Oh, Narah, tu t'es montrée si courageuse, et tu as eu une petite fille !

Meira me serre doucement dans ses bras.

— Je suis désolée de t'avoir touchée avec ma magie. Je n'ai même pas… murmuré-je.

— Non, ne t'avise pas de t'excuser. Je ne sais pas ce qui s'est passé, mais quand je me suis réveillée, je me sentais bien. Fatiguée, mais en bonne santé. Et plus important encore, toi et le bébé avez survécu. Sérieusement, pendant un moment, j'étais terrifiée à l'idée de vous perdre toutes les deux. Ensuite, j'aurais dû annoncer à Ragnar que je vous avais laissées mourir, et ça m'effrayait. Ne me fais plus jamais ça.

L'attention dans sa voix me touche profondément.

Dušan demande à parler à Ragnar en privé dans le couloir. Une fois qu'ils sont partis, je me tourne vers Meira.

— Je devrais peut-être parler à Dušan et lui expliquer que je n'ai jamais voulu te faire de mal. Je suis vraiment désolée.

— Chut. Quand Dušan m'a parlé de l'accord qu'il avait passé avec Ragnar et qu'il vous a tous menacés après ce que vous avez vécu, on peut dire que je me suis mise en colère contre lui.

Elle jette un coup d'œil par-dessus son épaule à la porte fermée.

— Mais je ne peux pas lui en vouloir. Il est ma vie, et il me chérit, mais il n'était pas là pour voir ce qui s'est passé. Donc, là, il est en train de dire à Ragnar que le marché est annulé, et que vous êtes les bienvenus dans notre maison aussi longtemps que vous le voulez.

Les larmes me piquent les yeux.

— Je vais encore pleurer.

— Nous, les Omegas, devons veiller les unes sur les autres.

Elle me serre encore dans ses bras.

— Cela signifie tellement. Jusqu'à ce que je rencontre mes Alphas, il n'y avait que moi et mes deux sœurs dans un monde gouverné par les hommes. J'ai besoin de plus d'Omegas dans ma vie.

— Tu les as.

Je grimace à cause de la douleur soudaine que je ressens, et elle recule.

— Oh, Narah, quel manque de cœur de ma part. Il faut qu'on te nettoie. La dernière fois que je t'ai vue, il y avait beaucoup de sang.

— En fait, je pense que je vais bien, mais je suis dans un sale état et j'aurais besoin d'aide. Je vais t'expliquer tout ça, mais en gros, ma magie me guérit.

— Très bien, tu gères. Elle se lève et sort de la pièce, et je reste confuse. Est-ce qu'elle va revenir ?

Jae et Kaira se mettent à mes côtés et me serrent toutes les deux dans leurs bras.

— Harmony te ressemble.

Kaira se lève pour s'asseoir sur le lit à côté de moi.

— Elle a mon nez, c'est indéniable, dit Jae au moment où Nikos revient avec une Harmony qui grogne.

Je la prends dans mes bras, et tout le monde autour du lit ne fait que me regarder.

— Juste pour que tout le monde sache, j'adore chaque personne dans cette pièce. Notre famille s'est agrandie.

Alors que quelques instants plus tôt, l'atmosphère était tendue, maintenant elle est calme et me donne le vertige. J'ai toujours souhaité une grande famille qui reste soudée, et je suppose que c'est ce que nous avons.

Tenir Harmony est un pur bonheur. Elle continue à me fixer avec ses yeux profonds. Nous avons tous traversé tellement de choses. J'ai envie de paix et de me perdre dans ma famille.

Meira rentre précipitamment dans la pièce avec deux autres femmes, dont Lily, qui semble un peu secouée. Je ne peux pas lui en vouloir, et, peu importe ce que Meira dit, la culpabilité de ce que ma magie a fait me remue l'estomac. Je ne veux pas être comme ma mère, puiser dans l'énergie des gens et les faire s'évanouir ou pire.

— Très bien, tout le monde en dehors de Narah et Harmony doit quitter la pièce. La nouvelle mère a besoin d'aide pour se nettoyer et d'autres choses. Meira fait signe à tout le monde de partir, malgré le fait que Jae gémisse bruyamment.

Mes hommes m'embrassent.

— Je serai juste dehors à attendre pour m'assurer que tout va bien, assure Nikos. L'amour et la sincérité dans sa voix me submergent de tant d'amour que ma poitrine en frémit. Je n'ai jamais connu une telle abondance d'amour.

— Je t'aime, dis-je avec un sourire. Je n'aurais pas pu traverser ça sans toi.

Il se précipite à nouveau à mes côtés, vole un autre baiser et chuchote :

— Toi et Harmony êtes mon monde.

Lorsque Meira le fait sortir également, il m'envoie un baiser et sort de la pièce.

Pour la première fois, j'ai l'impression que rien ne pourra plus jamais me blesser.

CHAPITRE 18

RAGNAR

Un hurlement résonne dans l'air depuis les bois. Je suis sur le balcon, je regarde le paysage, le soleil brille de mille feux, tandis qu'en bas, les Loups Cendrés vaquent à leurs occupations.

Cela fait deux mois que Narah a donné naissance à Harmony, et nous sommes tous restés avec la meute de Dušan et dans sa maison en tant qu'invités. Lui et moi nous sommes liés et avons élaboré plusieurs stratégies pour nous assurer qu'à nous deux, nous contrôlions entièrement la Roumanie. Ce dont nous avons besoin, c'est de plus d'Alphas comme Dušan dans ce monde. Donc, le fait de l'avoir à mes côtés est un énorme avantage et l'emporte sur tous les foutus cafards de la meute des Alphas du nord.

Comme toute bonne chose, notre temps dans l'enceinte touche à sa fin. Au moins pour mes hommes et moi. Il est temps de revendiquer notre terre au nord. J'ai encore des hommes introduits dans une poignée de meutes dans le nord, à l'insu de ces meutes. Ils vont faire pencher la balance en notre faveur depuis l'intérieur. Je les ai rencontrés lors de ma tournée avec Mihai, et ils s'attendent à ce que je fasse un geste.

Ce moment est arrivé. Pendant des semaines, ça m'a contrarié d'attendre si longtemps, mais je n'aurais pas renoncé au temps que nous avons passé avec Narah et Harmony.

Oh, mon petit ange tient mon cœur, et pour elle, je me battrai jusqu'au bout du monde pour la voir grandir. Elle aura besoin de quelques frères et sœurs, au moins trois ou quatre, mais je devrai convaincre Narah. Elle est encore quelque peu traumatisée par l'accouchement, mais le temps estompe les souvenirs douloureux, et la prochaine fois, elle nous aura tous à ses côtés chaque seconde de la journée.

Donc, pour elle, pour mes enfants, pour notre avenir, je n'ai pas d'autre choix que de revendiquer nos terres, afin que nous puissions commencer nos nouvelles vies.

— Je me demandais où tu étais passé, dit Narah derrière moi.

Je me tourne vers mon adorable Oméga, qui porte une robe blanche fluide qui semble briller au soleil. Elle flotte librement autour de ses jambes et se resserre à la taille avec un ruban rouge. Ses sandales claquent sur le sol en pierre du balcon alors qu'elle s'approche avec un beau sourire, ses cheveux châtains flottant sur ses épaules. C'est une véritable vision, une jeune fille qui pourrait bien descendre du Valhalla avec autant d'éclat.

— Bonjour, petit renard.

Je la prends dans mes bras, et nos lèvres se frôlent, ce qui était mon intention. Mais son goût est trop doux pour ne pas la revendiquer. Nos doux baisers se muent en passion, nos langues s'entremêlent. Mes mains sur le bas de son dos la plaquent contre moi, écrasant ses seins entre nous, et je durcis.

— Tu me manques, murmuré-je contre ses lèvres. Combien de temps encore avant que je puisse me glisser entre tes cuisses ?

Elle est essoufflée, et ses lèvres sont déjà plus foncées et plus pleines à cause de la force avec laquelle je l'ai embrassée.

— La sage-femme a dit que deux ou trois mois seraient le mieux, mais je ne ressens pas de douleurs, et je crois que je suis prête. Je suis terriblement excitée, et tu me manques.

Mon sexe durcit à ses mots doux, et à cause de son petit gémissement.

— Retournons dans notre chambre, murmure-t-elle en se hissant sur ses orteils. Son corps, si doux, si délicieux contre moi, est une addiction à laquelle je ne peux pas dire non.

Aucun homme ne peut lui résister, et je suis sûr que je ne suis pas assez fort pour dire non à une telle offre.

Glissant ma main dans la sienne, je la fais tourner pour rejoindre rapidement ma chambre avant de la déshabiller à la seconde même, mais l'un des palefreniers des Loups Cendrés apparaît sur mon chemin. Il est jeune et repousse nerveusement ses cheveux derrière ses oreilles, sans me regarder. Un petit coup de vent et je découvre qu'il s'agit d'un Beta : ils ont tendance à être plus nerveux et réticents face à un Alpha.

— Il y a un problème, mon garçon ? demandé-je.

On m'a envoyé vous dire que vos chevaux sont préparés et seront prêts à l'aube aux portes principales.

Avec un salut rapide, il se retire et disparaît dans les ombres à l'intérieur de la forteresse.

— De quoi parle-t-il ? me demande Narah. Tu vas quelque part ?

Je déglutis avec difficulté. J'avais espéré avoir cette conversation un peu plus tard pour éviter qu'elle soit en colère contre moi toute la journée. Je suppose que la messe est dite maintenant. Foutu Beta. Avec une longue expiration, j'attire Narah pour qu'elle me fasse face.

— Demain, nous retournons au Secteur Sauvage et on en termine avec ces conneries avec Martell. J'ai déjà quelques-uns de mes hommes en place dans le nord. Il faut juste que je retrouve cet enfoiré. Une fois que je l'aurai tué, je prendrai possession de tout.

Elle cligne des yeux, ses lèvres se pincent d'un côté, et je vois les rouages qui tournent derrière ses magnifiques yeux ambrés.

— Tu essaies de me faire croire que c'est facile, mais je suis prête à faire tout ce qu'il faudra. C'est pas comme si on pouvait vivre ici pour toujours.

Elle est nerveuse, alors peut-être que ce que je vais lui dire ensuite sera plus facile que prévu.

— Ma Narah, dis-je, glissant une main sur sa joue

chaude, et elle se laisse aller contre moi. Tu ne viens pas avec nous. J'ai besoin que tu restes ici en sécurité. Harmony dépend de toi, et je ne peux pas mettre ta vie en danger.

Elle se raidit, et ses yeux doux s'enflamment en un brasier. Bon, peut-être que j'avais tort en pensant qu'elle le prendrait bien.

— Qu'est-ce que tu veux dire ? dit-elle en repoussant ma main. Bien sûr que je viens. Rappelle-toi, ma magie peut vous aider, et si j'ai appris quelque chose de ce monde, c'est que rien ne se passe comme prévu. Donc vous allez avoir besoin de moi.

— J'ai Stone et sa magie, et nous avons pris des dispositions pour des renforts supplémentaires. Cela va devenir sauvage et pourrait aboutir à un combat au corps à corps. Je ne peux pas être distrait en m'inquiétant pour toi.

Elle rejette les épaules en arrière.

Merde, j'ai dit ce qu'il ne fallait pas.

— Narah, ce n'est pas comme ça que je voulais le dire. J'ai dit ce qu'il ne fallait pas. Tu représentes le monde pour moi.

Je lui tends la main, mais elle recule, de la colère et de la douleur dans le regard. Ma poitrine se serre, car je suis conscient qu'elle restera en colère contre moi jusqu'à ce que je revienne et me rachète. Ce n'est pas comme ça que je voulais passer mon dernier jour avec elle.

— Si, c'est exactement ce que tu voulais dire. Je suis une faiblesse pour toi, une gêne.

— Non, ce n'est pas vrai, grogné-je en lui agrippant le bras, cette fois avec détermination. Tu es la personne la plus puissante de ma vie, capable d'affronter n'importe quel danger et de le surmonter. Ta puissance m'effraie même un peu. Mais bon sang ! Narah, je t'aime trop pour risquer que tu sois blessée alors que tu dois veiller sur Harmony… s'il nous arrivait quelque chose.

Son visage se vide de ses couleurs.

— Raison de plus pour que je me joigne à vous, pour qu'on puisse se protéger mutuellement.

— Et à quel point es-tu capable de contrôler ta magie ? lui demandé-je un peu trop sévèrement.

Cette conversation devient incontrôlable alors que la dernière chose que je souhaite est de me disputer. J'aimerais juste qu'elle comprenne que je ne fais pas ça pour l'ostraciser.

— Je me suis entraînée, m'annonce-t-elle. Tu ne peux pas m'empêcher de venir.

Son ton catégorique me fait grincer des dents.

— Tu quitterais Harmony aussi facilement ?

Elle marque un temps d'arrêt, et je vois les larmes dans ses yeux. Mon cœur se brise, mais quand je tends la main vers elle, elle se retourne et repart à l'intérieur en courant. Mes entrailles se brisent comme du verre, et je me sens comme une merde. Narah est sacrément têtue, mais en ce qui concerne cette décision, je ne plierai pas. Je ne céderai pas, c'est trop risqué.

J'ai beau essayer de me convaincre, la douleur dans ma poitrine s'intensifie.

Je vais lui accorder du temps, mais elle doit entendre raison, même si ça me tue de vivre dans cet état.

J'aurai le reste de ma vie pour me rattraper auprès d'elle.

NARAH

La fureur m'envahit, et ma respiration devient superficielle. Marchant dans les couloirs de la forteresse, je renvoie distraitement quelques sourires aux membres de la meute que je croise. Mes sœurs surveillent Harmony pendant qu'elle dort.

Ragnar n'a aucun droit de m'arrêter, absolument aucun ! Je tiens absolument à me venger de Martell, mais ce n'est pas pour ça que je veux le faire. C'est parce que je suis tombée amoureuse de quatre Alphas vikings et que je ne peux pas supporter de les perdre.

Pas après avoir déjà tant perdu.

La mort semble me suivre, et j'ai une peur bleue que l'un d'eux finisse par être tué, et de devoir vivre avec la culpabilité de n'avoir rien fait. J'ai ressenti une partie de ce chagrin quand j'ai cru avoir asséché Nikos jusqu'à la mort, et cela a failli me détruire complètement. Ce petit avant-goût a suffi à m'effrayer pour la vie.

À la porte, je fais une pause et j'essaie de me ressaisir. Quelques profondes inspirations, et je retrousse mes lèvres en un demi-sourire, le plus que je puisse faire pour le moment.

À l'intérieur, Jae et Kaira sont assises en tailleur sur

le lit, face à face, et jouent aux cartes. Elles ne sont pas silencieuses, ce qui est bien puisque je veux apprendre à Harmony à dormir tranquillement avec des bruits autour d'elle.

— Comment ça s'est passé ? demande Jae dos à moi, avant de se retourner et se figer. Qu'est-ce qui ne va pas ?

— Tout va très bien, dis-je en essayant de l'ignorer avec un sourire crispé et un mouvement de tête. Comment va Harmony ?

Je vais la regarder dans son berceau. Elle est sur le dos, emmitouflée dans sa couverture, ressemblant à la plus jolie chenille du monde qui, un jour, s'échappera et deviendra le plus beau papillon du monde.

— Narah, dit Kaira avec la voix sévère qu'elle utilise ces derniers temps pour nous corriger.

Quand je me retourne, Jae est à ses côtés, et elles me fixent avec des expressions sérieuses.

— Tu as cette drôle de tête, quand tu fais semblant de sourire, mais où on dirait plutôt que tu es constipée, dit Jae.

Je lève les yeux au ciel.

— Quand est-ce que j'ai déjà eu l'air constipé, pour que tu sois capable de reconnaître cette expression ? Ne réponds pas à ça.

Elles restent là, prêtes à me soutirer des informations par n'importe quel moyen, et je sais qu'elles sont prêtes à tout. De plus, il n'y a aucun mal à partager ma colère avec quelqu'un. Je vais devenir folle si je la garde à l'intérieur.

— D'accord, très bien. Je me suis disputée avec Ragnar.

Elles m'attrapent par les bras et me tirent à travers la pièce jusqu'au lit. Je m'assieds à un bout, et elles prennent place en face de moi, affalées contre les oreillers, épaule contre épaule, comme si ça allait être quelque chose de juteux.

— Alors, que s'est-il passé ? demande Kaira.

Avec une profonde inspiration, je lâche tout.

Demain, mes quatre hommes retourneront au Secteur Sauvage, et ils ne me laisseront pas les accompagner.

Elles clignent des yeux, attendant la chute.

— Quel est le problème, alors ? Ils veulent que tu restes avec Harmony et nous, insiste Jae. C'est logique.

Mes sœurs se tournent vers moi, avec des expressions interrogatives.

— C'est la partie la plus difficile. Je ne supporte pas de la quitter et je me sentirais comme la mère la plus horrible du monde. Mais je pleurerai d'inquiétude tous les jours quand ils seront partis tous les quatre. Ils vont traquer Martell, et j'ai peur qu'ils soient blessés alors que je pourrais les aider en allant avec eux. Je réalise que je suis en train de radoter, je soupire et je fais une pause.

Elles traversent le lit pour me serrer dans leurs bras.

— Quoi que tu décides, nous te soutiendrons, murmure Kaira en se blottissant contre moi.

— J'ai une idée, dit Jae en s'accrochant à mon bras. Kaira et moi pouvons nous occuper d'Harmony, ainsi que Deborah, puisqu'elle allaite Harmony.

Je fronce les sourcils. J'ai vraiment essayé, mais je n'arrive pas à produire assez de lait pour nourrir Harmony. Heureusement, une autre femme qui vient d'avoir un enfant a accepté de nourrir ma petite fille.

Mes sœurs sont encore jeunes, et je me suis fait la promesse de leur donner la chance de profiter de la vie et de ne pas grandir trop vite.

— Quoi ? dit Jae. J'ai tout prévu. Deborah a un bébé, et lorsqu'elle ne le nourrit pas, elle a besoin de quelqu'un pour s'occuper de son petit pendant la journée. Nous allons emménager avec elle… et j'ai un nom pour notre entreprise.

Kaira rit.

— Allez, on l'écoute.

— Les Louveteaux, dit-elle, hochant la tête avec un grand sourire. C'est pas mal, non ?

— C'est vraiment pas mal, en fait. J'adore, mais je ne sais pas quoi faire.

— Alors, est-ce qu'on est payé chez les Louveteaux ? demande Kaira.

Jae fronce les sourcils.

— Eh bien, si Deborah nous aide avec Harmony, on ne peut rien lui faire payer.

— Oui, mais cette meute est énorme, et j'ai vu d'autres bébés et petits enfants. Je suis sûre que les parents aimeraient avoir une heure ou deux de paix.

— Mmmh.

Jae se tapote le menton avec son index.

J'aime les voir interagir.

— Je suis sûre que vous allez trouver une solution,

mais cela semble être une bonne idée. Vous devriez peut-être en parler d'abord à Meira ?

Les yeux de Jae s'illuminent, et quelques secondes plus tard, elles descendent du lit, mettent leurs chaussures et s'enfuient de la chambre.

— On revient bientôt ! crie Kaira quand la porte se referme derrière elles.

Elle fait un grand bruit sourd, qui réveille Harmony. Elle pleure et grimace alors que je me précipite vers elle et la soulève dans mes bras.

— Bonjour, ma belle. Tu as bien dormi ?

J'embrasse son visage, j'aime son odeur. Quand je la berce contre moi, elle se calme. Je vais m'asseoir dans le salon et je passe un doigt tendre sur son visage, ce qu'elle adore. Elle me regarde fixement. Les larmes me montent aux yeux rien que de penser qu'elle est à moi.

Quand je pense à ma dispute avec Ragnar, mon ventre se noue, et mon estomac me fait mal parce que je ne sais pas ce que je dois faire.

— Je t'aime, dis-je à Harmony en l'embrassant à nouveau. Avec une grande respiration, je repousse ces pensées, haïssant cette douleur dans ma poitrine chaque fois que je pense à ce qui va suivre.

CHAPITRE 19

STONE

Nous sommes partis à l'aube alors que tout le monde dormait encore. Crius, Nikos, Ragnar et moi avons fait un saut pour dire au revoir à Narah et Harmony avec un baiser, même si elles dormaient toutes les deux. Elles vont me manquer incroyablement, mais nous le faisons pour elle, pour l'avenir de notre bébé.

Depuis que nous sommes montés à cheval dans l'enceinte, le silence de Ragnar se prolonge pendant la majeure partie du voyage. Il est en colère. Jae m'a dit hier soir qu'il s'était disputé avec Narah parce qu'elle avait insisté pour venir et qu'il avait refusé.

Je comprends les deux côtés, mais parfois, il faut prendre des décisions difficiles pour le bien des innocents, en l'occurrence, Harmony. Ce serait incroyable d'avoir une sorcière à nos côtés. Je ne me fais pas d'illusion sur le fait que nous ne sommes pas en surnombre, bien qu'avec la demi-douzaine d'hommes de Ragnar postés au nord et infiltrés dans d'autres meutes, je me sens mieux de savoir que nous avons des yeux à l'intérieur.

Nous n'y allons pas pour déclarer une guerre mondiale, mais pour éliminer cette ordure de Martell avant qu'il ne prenne le dessus. La guerre, c'est bien plus que l'affrontement de deux armées puissantes. La plupart du temps, les plus grandes batailles se déroulent dans l'ombre et dans les coulisses.

— Nous arrivons à la taverne, annonce Nikos, reportant son attention sur Ragnar. Crius est à l'arrière quand nous voyageons.

J'ai mal au derrière, et je meurs de faim. Nous avons voyagé pendant la plus grande partie de la journée, avec de courtes pauses pour les chevaux. Il me faut un break à l'approche de la nuit.

Nous n'avons rencontré qu'un groupe de morts-vivants et une poignée de loups solitaires. Je m'attendais à mieux, vu ce que nous avons affronté en allant dans le Secteur des Ombres.

— Nous allons nous arrêter, mais nous repartirons avant l'aube, répond Ragnar.

Il y a de la tension dans sa voix, mais je ne saurais dire si c'est dû à sa dispute avec Narah ou au fait d'être éloigné du Secteur Sauvage depuis deux mois. Beaucoup de choses peuvent changer en si peu de temps, et pour autant que nous le sachions, nous pourrions avoir complètement raté l'occasion de le reprendre et devoir repartir de zéro.

Nous nous taisons alors que les sabots des chevaux martèlent la terre à toute vitesse.

Soudain, Ragnar s'arrête, et nous faisons de même. Mon pouls s'emballe et je jette un coup d'œil autour de moi.

— Quelqu'un nous suit, marmonne-t-il doucement, pointant les bois sur sa droite.

Je descends de mon cheval en une fraction de seconde, et je m'enfonce dans la forêt à pas feutrés. Nikos s'y glisse aussi un peu plus loin. Le vent ne joue pas en notre faveur, donc qui que ce soit, il nous sentira avant que nous le sentions.

Ce qui signifie que nous devons être plus rapides et ne pas foirer.

J'avance dans l'ombre, à l'affût du moindre bruit, du moindre mouvement. Nikos est extrêmement silencieux : il pourrait tout aussi bien être un fantôme alors qu'il se déplace furtivement dans les bois.

Étonnamment, je tombe sur une piste douteuse. Elle est étroite et sans doute utilisée par les animaux, mais je vois des indentations dans le sol : des sabots de cheval. Les traces sont nettes et bien définies sur les bords, et lorsque je les touche, le sol est mou et s'effrite. Si elles étaient là depuis plusieurs heures, elles seraient sans doute dures. Elles sont fraîches, et celui qui est à proximité est aussi à cheval. Cela exclut les morts-vivants et très vraisemblablement les voleurs, même si j'ai vu des enfoirés voler des chevaux pour les conduire à travers de longues étendues de terre.

Debout, je me précipite sur le chemin d'où je viens

pour transmettre ma découverte à Ragnar et Crius. Nikos revient quelques secondes plus tard avec des informations similaires.

— Ce pourrait être un voyageur qui passe par là, suggéré-je.

— Je ne suis pas prêt à prendre le risque. Nous ne savons pas ce que Martell a changé, quels gardes il a mis en place comme périmètre autour du Secteur Sauvage.

— Bien, alors nous suivons le même chemin, dit Crius.

Il est descendu de son cheval.

Rapidement, nous promenons nos chevaux à travers les arbustes sur le deuxième chemin. Prenant la tête, je grimpe sur ma monture, et nous partons, fonçant sur la piste. L'air froid balaie mes cheveux et mon visage. Je ne sais pas depuis combien de temps nous voyageons, mais la nuit est tombée, et toujours aucune trace de notre poursuivant.

Lorsque la piste s'ouvre sur un champ qui abrite la taverne, je ralentis au trot avant de descendre de mon cheval. L'endroit est un bâtiment surdimensionné de trois étages, en pierre, avec une véranda en bois à l'avant. Des fenêtres ponctuent tous les niveaux, la plupart d'entre elles sont éclairées. Les deux cheminées situées sur le toit pointu crachent de la fumée, travaillant sans relâche, et avec elle, l'arôme délicieux du rôti me vient comme un coup de massue, me faisant saliver.

— Qui que ce soit, je dirais qu'il va rester ici pour la nuit.

— Vas-y avec Nikos et amène les chevaux dans les

écuries pour qu'ils se reposent et se nourrissent, grogne Ragnar en descendant de cheval et en remettant les rênes à Crius. Puis vérifiez les alentours à la recherche de tout ce qui sort de l'ordinaire, quelqu'un qui pourrait travailler pour Martell, des gardes.

— Je m'en occupe, grommelle Crius alors que Nikos prend mon cheval.

Les deux hommes disparaissent à l'arrière de la taverne, où les voyageurs laissent leurs chevaux pour la nuit.

Avec Ragnar, nous marchons vers la porte d'entrée.

— Tu vas bien, compte tenu de tout ce qui se passe avec Narah ?

— Je me sens comme une merde, gémit Ragnar. Je voulais qu'elle me soutienne, pas qu'elle me fasse me sentir comme un moins que rien. J'adorerais l'avoir avec nous, mais je ne sais pas à quoi nous faisons face, et je déteste me lancer à l'aveuglette. Avec un grognement, il grimpe les trois marches à l'avant de la véranda en bois de l'établissement.

Je ne devrais pas être surpris de voir à quel point Narah lui colle à la peau, mais ça ne lui ressemble pas de laisser ses émotions l'atteindre. Il est le plus froid, le plus calculateur de l'équipe, il ne laisse jamais les choses l'atteindre. C'est le roi du refoulement si profond qu'un jour, il deviendra fou à force de tout retenir. Donc, c'est un changement rafraîchissant.

Non pas que je puisse dire quoi que ce soit. Je suis devenu une foutue épave émotionnelle depuis qu'Harmony est entrée dans nos vies, je m'inquiète constamment quand elle pleure. Je jurerais qu'elle a l'air de souffrir, mais Narah affirme que c'est normal et que ses pleurs signifient qu'elle veut des choses différentes.

Cela ne m'a pas empêché de me réveiller en entendant ses cris au milieu de la nuit et de la tenir dans mes bras jusqu'aux petites heures du matin. Je n'ai jamais pensé qu'être père me conviendrait. Je n'ai pas eu le meilleur exemple de père en grandissant, mais jamais je ne laisserai une telle chose arriver à Harmony.

À l'intérieur de la taverne, on entend des voix joviales, la musique d'un homme avec une flûte, et l'odeur de la bière flotte. Mon estomac gargouille lorsque nous passons devant une table où un homme corpulent est en train de s'attaquer à un poulet rôti entier.

Je salive déjà à ce stade, mais avec toutes les tables prises, nous aurons de la chance d'avoir une chambre disponible pour la nuit. J'en suis au point où je serais reconnaissant d'avoir simplement de la nourriture, et je dormirai volontiers dans l'étable s'il le faut.

Nous traversons la grande salle, nous arrêtant au bar. L'homme aux cheveux blancs derrière le comptoir lève le menton dans notre direction.

— Que prendrez-vous ?

— Une chambre pour la nuit, répond Ragnar.

— Vous n'avez pas de chance, mon ami. Je viens de donner ma dernière chambre à un jeune homme. Il attend que ses quatre compagnons le rejoignent, donc s'ils ne viennent pas, vous pourrez peut-être partager avec lui. Il y a deux grands lits dans la chambre, et avec autant de monde ici ce soir, le partage est courant.

Ragnar fixe l'homme comme s'il avait envie de sauter par-dessus le bar pour le frapper.

— Ce type, est-ce qu'il a mentionné le nom de ses compagnons ?

— Il a dit quelque chose rapidement, mais j'ai eu du mal à entendre correctement dans cet endroit. Rognon quelque chose.

Je cligne des yeux vers l'homme, qui est distrait par quelqu'un au bar qui lui fait signe.

— Tu veux dire Ragnar ?

Je crie pour me faire entendre par-dessus la foule bruyante derrière nous. Mais il ne m'entend pas, alors je tourne la tête vers Ragnar.

— Tu crois que c'est un piège de Martell ?

— Qui que ce soit, on va le découvrir, puis lui casser la gueule le cas échéant.

Je me retourne vers le barman, qui tend une bière à un homme à deux sièges de nous.

La chambre, lui crié-je. Dans quelle chambre se trouve le type ?

Il jette un coup d'œil.

— Vingt-deux. Dernier étage.

Puis il retourne servir ses clients.

— Merci, murmuré-je.

Nous laissons la taverne derrière nous et grimpons à l'étage, prêts à faire face à ce qui pourrait se passer maintenant.

RAGNAR

*J*e suis d'une humeur massacrante. Pendant tout le voyage, Narah a été présente dans mon esprit : tous les mots échangés, tous mes regrets sur la façon dont j'aurais pu mieux gérer la situation, et comment son entêtement m'a rendu fou.

Le froid des couloirs sombres s'accroche à moi alors que je monte au deuxième étage avec Stone derrière moi jusqu'à ce que nous atteignions la porte portant le numéro vingt-deux peint en blanc sur le bois.

Je frappe à la porte avec mes jointures, et une voix rauque répond.

— Ouvre.

Je plisse les yeux, et chaque centimètre de mon corps se tend, prêt à n'importe quoi. Je n'hésite pas à pousser la porte mais reste dans l'embrasure. Quand je vois à qui j'ai affaire, mon ventre se noue et je ne trouve pas mes mots.

— C'est quoi, ce bordel ?

— Eh bien, ravie de te voir aussi, dit Narah, le menton relevé. Vêtue d'une cape noire à capuche, elle retire une fausse barbe de sa mâchoire.

Je n'ai pas besoin d'entrer dans la pièce pour sentir la puanteur de la boue. Je la vois sur son manteau et ses bottes, bien conscient qu'elle l'a fait exprès pour masquer son odeur d'Omega.

— Pourquoi ne suis-je pas surpris ?

Je rentre dans la pièce, Stone sur les talons.

— Même si c'est une agréable surprise.

— Tu vois, il y en a au moins un qui est heureux de me voir.

Je jette un regard à Stone, qui hausse les épaules. Évidemment, il est de son côté à elle.

— Et Harmony ?

— Mes sœurs s'occupent d'elle, explique Narah qui retire son manteau et enlève ses bottes d'un coup de pied. Elles ont démarré une entreprise de baby-sitting.

— Attends, quoi ? Qu'est-ce que ça a à voir avec Harmony ?

— Jae et Kaira emménagent chez une des nouvelles mères de la meute, qui les aidera à s'occuper d'Harmony. Meira est en train de mettre en place une réunion des mères une fois par jour pour qu'elles se retrouvent et s'entraident, mes sœurs jouant un rôle actif dans la prise en charge des petits.

Elle repousse ses cheveux de son visage.

— Harmony va me manquer, et c'était une décision difficile à prendre, mais c'était ce qu'il fallait faire. Harmony a une équipe de personnes aimantes qui s'occupent d'elle, tandis que l'armée de Martell vous surpasse. En grandissant, ma petite fille aura besoin de ses quatre pères. Donc, je fais ma part.

Finalement, elle prend une respiration.

— Que se passera-t-il si les choses tournent mal pour nous ? Ne serait-il pas mieux pour Harmony d'avoir un seul parent plutôt qu'aucun ?

— Calme-toi, Ragnar, dit-elle en fronçant les sourcils, courbant les épaules en avant. Cesse de te servir de la peur pour faire passer ton message. Je comprends, mais je ne suis pas d'accord. En plus, ce long voyage m'a fatiguée, et n'ai pas besoin d'un grincheux comme toi en ce moment.

Elle se déshabille devant nous en remontant son haut et en le faisant passer par-dessus sa tête, puis son sous-vêtement, mettant ainsi ses magnifiques seins en valeur. Ils ont légèrement diminué de taille, ce qui, je suppose, est dû au fait que son corps n'est pas en mesure de produire du lait, mais elle a gardé certaines de ses courbes, que j'adore.

À quoi joue-t-elle ? Quand elle baisse son pantalon et sa culotte, se tenant nue devant nous, elle sourit. Est-ce qu'elle essaie de m'exciter au point que mon cerveau oublie ce que je disais ?

— Je vais prendre une douche.

Elle franchit la porte qui mène à la salle de bains, et mes yeux se verrouillent sur ses fesses magnifiques qui remuent à chacun de ses mouvements. Stone est aussi captivé par elle que je le suis.

Sur le seuil de la porte, elle jette un regard par-dessus son épaule.

— J'ai commandé de la nourriture pour nous, alors ne mangez pas tout si c'est livré tôt.

Elle claque la porte.

— Alors, tu crois qu'elle nous invite à la rejoindre ? demande Stone.

Je ris, heureux de trouver enfin quelque chose de drôle.

— Honnêtement, je ne sais pas, mais je pense que nous sommes coincés avec elle maintenant. Elle ne veut pas partir, et je dois mettre les choses au clair avec elle. Et si tu descendais nous commander des bières pour la chambre ?

— Très bien, dit-il en haussant un sourcil. Crius et Nikos s'occupent des chevaux, et maintenant tu me jettes dehors pour pouvoir entrer dans la salle de bains où Narah est nue. Je te vois venir, mon ami. C'est malin.

Il me fait un clin d'œil. Puis il me tape dans le dos.

— Va la chercher.

Une fois qu'il a quitté la pièce, je retire mes vêtements, sans me faire d'illusion sur ce que je veux, mais peut-être ai-je été trop rapide pour ne pas comprendre à quel point cela l'a affectée. Elle a perdu ses parents, et lorsqu'elle trouve enfin une famille, il y a un risque qu'elle la perde.

Merde ! Je comprends, et même si une partie de moi préférerait qu'elle ne fasse pas partie de cette mission, il faut que je m'en remette.

Je dépose mes vêtements sur le dossier de la chaise, et entre dans la salle de bains. Narah est dans la cabine de douche, de la vapeur s'échappe, ce qui signifie qu'il y a de l'eau chaude. Je referme la porte derrière moi avec un bruit sourd et sonore. Elle se tourne vers moi, le corps couvert de mousse de savon, et sourit.

— Je me demandais combien de temps il te faudrait pour me rejoindre. Tu viens t'excuser ? C'est le seul moyen pour que tu entres ici avec moi.

En gloussant, je m'avance.

— Que dirais-tu d'une trêve ? Même si je ne suis pas entièrement d'accord avec ta présence ici, je comprends pourquoi tu as besoin d'y être, et je doute de pouvoir te faire changer d'avis. De plus, il vaut mieux que nous travaillions ensemble pour que notre petite fille ne finisse pas orpheline.

Elle me jette le pain de savon, me frappant en plein dans la poitrine.

— Ce sont les excuses les plus minables que j'aie jamais entendues.

— J'ai peut-être besoin d'un peu d'entraînement.

Je ramasse le savon sur le sol, et la rejoins sous la douche. L'eau brûlante me donne l'impression qu'elle va me peler entièrement.

— Bon sang, pourquoi l'eau est si chaude ?

— Elle n'est pas chaude. Peut-être que tu es juste trop sensible.

Riant bruyamment, je la tire à moi tandis que l'autre main pose le savon sur le rebord et diminue l'eau mortelle. Avant qu'elle puisse protester, je me penche et l'embrasse. Elle m'embrasse en retour avec férocité et ses mains s'enroulent autour de ma nuque. Nos bouches s'entrechoquent, et nos langues s'emmêlent.

Mon sexe se durcit au point d'être douloureux alors qu'elle frotte ses seins sur ma poitrine et que sa main tire sur ma hampe.

— Prends-moi, ronronne-t-elle contre ma bouche.

Le cœur battant, je brûle du besoin de m'enfoncer en elle.

— Tu es sûre que tu es prête à faire l'amour ?

— Oui, absolument. Pas de sexe pendant deux mois, c'est une véritable torture.

— Eh bien, dans ce cas, nous ferions mieux de faire quelque chose pour remédier à ça. La prenant par les hanches, je la fais tourner, et elle se penche en avant pour moi, remuant son magnifique petit derrière. Je passe ma main entre ses jambes et, à ma grande surprise, elle est trempée. Je ne parle pas de l'eau de la douche, mais de la pellicule soyeuse qui me dit à quel point elle m'a désiré.

— C'est ce que tu veux ?

— Oh, oui, grand Alpha. C'est l'heure du rut.

Elle me sourit par-dessus son épaule.

Quelqu'un est d'humeur à faire la maligne. Je lève la main et l'abat sur ses fesses, et elle en redemande.

— Hé !

— Ça t'a plu ?

Je guide mon membre vers son intimité trempée, glissant le bout en elle.

— Oh, oui, mais j'aime mieux ça.

Elle est si sexy, si parfaite, à mesure que je la pénètre. Quand je n'en peux plus, je m'enfonce encore plus profondément, en la poussant à fond.

Ronronnant pour moi, Narah plaque les mains contre la paroi de la douche. Ses hanches se cambrent à chacun de mes mouvements. Je les agrippe pendant que je la pénètre, je veux entendre ses cris quand elle est complètement à ma merci. C'est la détente parfaite dont j'avais besoin.

Peut-être qu'avoir Narah avec nous n'est pas une si mauvaise chose après tout.

Demain sera une journée difficile, mais d'ici là, j'ai

l'intention de tout faire pour me rappeler pourquoi je me bats pour le Secteur Sauvage. J'ai peut-être commencé avec l'objectif de devenir l'Alpha le plus puissant de Roumanie pour prouver à mon père que je n'étais pas le perdant qu'il prétendait que j'étais, mais mes priorités ont changé.

À présent, je vais me battre pour dominer le Secteur Sauvage afin d'offrir un foyer et un avenir sûr à ma famille et à ma meute.

CHAPITRE 20

NARAH

La mort.

Dès que nous atteignons la limite du Secteur Sauvage, il est évident que quelque chose a changé dans cette partie de la Roumanie.

Personne ne dit un mot pendant que nous roulons sur la piste en passant devant des cadavres. Certains sont des métamorphes qui ont été massacrés et abandonnés, tandis que d'autres sont des morts-vivants dont la tête a été coupée. Le chemin qui traverse la forêt clairsemée nous fait passer devant un mort-vivant allongé dans les herbes hautes, le bras tendu vers nous. Il devient rapidement évident qu'il n'est pas en mesure de s'en prendre à nous puisqu'il n'a que la moitié d'un corps. Je ne le regarde pas longtemps, j'ai déjà la nausée, et l'odeur est révoltante.

Dépassant un autre mort-vivant, il grogne doucement et ses yeux vitreux nous suivent tandis que du sang s'écoule de sa tête. Nikos se charge de le tirer de sa misère, ce qui est surtout une façon de s'assurer qu'il ne trouve pas la force de s'en prendre à nous.

— Je suis certain que nous venons d'entrer dans un de ces livres d'horreur que tu lisais, Nikos, dit Crius en balançant sa hache dans sa main.

Je me suis rendu compte que c'est sa manière de gérer le stress. Pendant que certains comptent les perles sur un fil ou se tripotent les cheveux, il utilise sa hache comme distraction. Quand je l'ai rencontré pour la première fois, je croyais que ce comportement était dû à son arrogance, pour montrer à quel point il était fort, mais j'avais tout faux.

En vérité, j'ai mal jugé la plupart d'entre eux.

— Ouais, eh bien je n'aime pas être le héros de cette histoire d'horreur. Pendant notre absence, je soupçonne que le Secteur Sauvage a connu un afflux de zombies migrateurs plus important que nous le pensions.

— Putain, génial. Nous occuper d'une seule ordure n'était pas suffisant… maintenant, nous avons deux ennemis à surveiller, ajoute Stone.

Ragnar a gardé le silence en chevauchant à mes côtés et je le surprends à me regarder de temps en temps.

— Comment vas-tu ? me demande-t-il enfin.

— Vraiment bien. Je suis un peu effrayée par tous ces morceaux de cadavres, mais je savais que ce serait horrible. Après un long sommeil et un gros petit-déjeuner, je pourrai affronter le monde.

Je lui offre un sourire. J'adore tout de cet homme. Ces quatre-là sont mon univers, et mon cœur s'emballe quand je pense à eux.

J'ai songé à Harmony toute la journée. La séparation a été plus difficile que je ne le pensais. Je sens encore son odeur sur moi, j'entends encore ses doux cris dans ma tête, et j'ai physiquement mal tant je veux la tenir et la sentir contre mon corps.

— Bien sûr que tu te sens merveilleusement bien, répond Crius d'un ton sarcastique. Tu t'es fait prendre sous la douche, a mangé la plus grande partie de notre dîner, puis tu t'es écroulée et étalée en travers du lit.

J'éclate de rire.

— Je plaide coupable. Je ne savais pas que les portions seraient si petites.

— Ne t'inquiète pas, une fois que tu t'es écroulée dans ton lit, tenant toujours une aile de poulet, nous avons commandé davantage de nourriture.

— Tu étais tellement mignonne, glousse Nikos. Ragnar a lutté pendant plusieurs minutes, essayant d'enlever l'os de poulet de ta main sans te réveiller.

— Tu étais adorable, répond Ragnar en souriant.

Mes joues rougissent : je me suis endormie si profondément et avec de la nourriture dans la main.

— J'étais épuisée.

Je hausse les épaules, incapable de me défendre puisque je ne me souviens pas de l'incident.

Une fois que nous avons quitté les bois, nous nous déplaçons plus rapidement et nous parlons le moins possible pour ne pas attirer l'attention. Je surveille les morts-vivants et les repère au loin, mais nous avançons trop vite pour qu'ils puissent venir vers nous.

— Tu as remarqué qu'il n'y a pas beaucoup de voyageurs ? demandé-je à Stone à côté de moi.

Ragnar prend la tête et Crius est à l'arrière.

— Je suis sûre qu'ils ont peur des zombies. Tu as vu l'enceinte dans le Secteur des Ombres. Ils ne sortent que pour chasser et chercher de la nourriture, mais ici, personne n'était préparé à la vague de morts-vivants.

— Peut-être que ça va tourner à notre avantage, déclare Crius.

Je jette un coup d'œil par-dessus mon épaule pour le voir chevaucher son destrier, les épaules bien droites, et scruter le paysage pendant qu'il parle.

— Il y a moins de chance que cette face de con de Martell se déplace librement vers les meutes pour les terroriser.

— Ce serait bien, non ? murmuré-je, sachant que rien ne l'arrêtera.

Mon ancien compagnon a perdu la tête. Il aimait me faire mal, et je l'ai vu déborder d'arrogance après avoir revendiqué les Loups de la Tempête. Je ne crois donc pas une seconde qu'il soit autre chose qu'un psychopathe qui ne laissera pas les morts-vivants l'empêcher de prendre ce qu'il veut.

Lorsque nous atteignons la meute des Loups Aconit, l'anxiété m'envahit. Lors de ma dernière visite, ma sœur possédée a tué la fille de l'Alpha de la meute, puis je me suis enfuie.

— Tu crois que nous serons les bienvenus ici, Ragnar ?

Depuis leur dernière visite dans cette meute, aucun

des hommes ne m'a raconté comment ça s'était passé. Pour être honnête, j'étais tellement occupée que j'avais oublié.

— Ça va aller, répond-il finalement. Nous ne t'avons rien dit, mais tu vas le savoir bien assez tôt. Lors de notre dernière visite, Martell avait tué Mihai et certains de ses hommes, alors j'ai pris en charge cette meute.

Les mots me manquent et un sentiment de culpabilité m'étreint le ventre.

— Oh, ma Déesse ! C'est à cause de moi, lâché-je, et un torrent d'émotions me submerge ; je suis sur le point d'éclater en sanglots.

Ça me rend malade de penser que si je n'avais pas été là, ceux qu'il a tués seraient encore en vie.

Ragnar fait une pause, et nous faisons de même. Il se retourne sur sa selle, les yeux mi-clos, et je vois le rapide mouvement de sa poitrine.

— Petit renard, ce n'est pas ta faute. Martell a décidé de lui-même de diriger les Loups de la Tempête, comme il a décidé de revendiquer le Secteur Sauvage. Tu n'y es pour rien. Il aurait intimidé les meutes pour les soumettre, et dans les prises de contrôle, il y a toujours des victimes… bien trop.

Il s'arrête et je lis sur son expression dure la douleur de ce qui s'est passé ici.

— Alors, qu'est-ce qu'on fait ici ? demandé-je, faisant de mon mieux pour ne pas me laisser atteindre par la nouvelle.

— On vient voir comment se porte la meute, se reposer, et nous préparer pour les prochaines étapes, répond-il d'un ton stoïque, entrant dans son personnage de guerrier, et je comprends que cette tragédie le blesse plus qu'il ne veut l'admettre.

— D'accord, mais je me sens toujours comme une merde, me plains-je, et je ne peux m'empêcher de me dire que ces gens seraient en vie si je n'avais pas apporté mes problèmes ici.

Mais sans un mot, nous repartons. Les grilles sont ouvertes, ce qui n'est pas bon signe. Quand nous atteignons la cour avant, nous descendons de nos chevaux.

— On dirait qu'il n'y a personne ici, constate Crius en scrutant le champ vide.

Auparavant, nous étions toujours accueillis à notre arrivée et nos chevaux étaient conduits aux écuries. Aujourd'hui, il n'y a rien.

— Reste avec les chevaux, juste au cas où, ordonne Ragnar en regardant Crius, qui ne conteste pas.

L'atmosphère est lourde et dégage une odeur de renfermé. Crius saisit mes rênes et m'envoie un baiser, son sourire est une lumière vive alors que nous avons l'impression d'entrer dans l'antre du diable.

Nous montons tous les quatre les marches, et l'endroit semble abandonné. Le feu qui rugissait au centre de la cour a disparu. Nous balayons le terrain du regard, les huttes et le mess au loin… il n'y a pas âme qui vive.

— Tu es sûr que quelqu'un vit ici ? murmuré-je, et des frissons me parcourent les bras.

Et si Martell était revenu ?

Ragnar reste à mes côtés tandis que Nikos et Stone se séparent et nous précèdent.

— Quand je suis parti, ils avaient l'intention de retourner dans leurs maisons, mais ils pourraient encore se cacher dans les grottes des montagnes.

— Ces pauvres familles, et ces pauvres enfants.

J'ai le ventre noué en me hâtant de traverser le terrain. Je serai heureuse quand nous partirons. Cet endroit me donne la chair de poule, et je continue à regarder par-dessus mon épaule comme si quelqu'un nous observait.

— J'ai l'impression qu'il y a des gens ici quand même.

Stone montre du doigt une cabane, où le rideau retombe comme si quelqu'un nous observait.

Ragnar marque un temps d'arrêt et tend un bras sur mon ventre pour m'arrêter.

— Laisse-les vérifier d'abord.

Rejoignant Stone, Nikos frappe à la porte, puis appelle :

— Bonjour… Nous ne sommes pas là pour vous faire du mal. Ragnar, votre nouvel Alpha, est de retour. Comme personne n'ouvre la porte, Stone l'ouvre.

Et le chaos s'abat sur nous.

Stone et Nikos reculent alors que des morts-vivants se déversent les uns après les autres. Ils se précipitent vers nous, leurs mâchoires avides claquent, leurs bras se tendent vers nous. Leurs vêtements déchirés tiennent à peine sur leurs fines carcasses, et leurs visages sont décharnés, leurs joues creuses. Un homme n'a qu'un seul bras, mais pour ces créatures, la seule chose qui compte est de dévorer de la chair.

Je frémis et recule tandis que la terreur me monte à la gorge quand je nous imagine piégés sans personne pour nous aider. Mon cœur se serre.

Les créatures se précipitent frénétiquement vers Stone et Nikos qui ont sorti leurs lames et se jettent dans la bataille.

— Rejoins Crius, m'ordonne Ragnar en se joignant au combat.

Je me retire, bien consciente que là où il y a un, ou dans ce cas, cinq zombies, il y en a plus. Je me retourne pour courir vers Crius et le prévenir, mais je tombe presque nez à nez avec un mort-vivant : un homme sans cheveux ni lèvres, dont je ne vois que les dents et les gencives pâteuses, qui fonce sur moi. Et il n'est pas seul. Une demi-douzaine d'autres personnes trébuchent rapidement derrière lui.

Un cri jaillit de ma gorge, et je fais marche arrière, mais mon instinct n'est pas de cet avis. À un moment, j'essaie de trouver un moyen de m'échapper, et l'instant d'après, mes mains se dressent devant moi et des étincelles de magie jaillissent au bout de mes doigts.

Je n'entends que le martèlement dans ma tête alors que la décharge d'énergie se propage, percutant le zombie. Il convulse et tombe à terre, son corps semblant se replier sur lui-même, se décomposant sous mes yeux jusqu'à ce qu'il ne reste que de la poussière.

Détournant le regard vers les autres créatures qui

foncent sur moi, j'entends le grognement d'un combat derrière moi.

Ragnar, crié-je en dirigeant mon attention vers eux où deux zombies sont à terre, et les gars se battent avec d'autres, Crius sous l'un d'eux. La panique s'empare de moi. Sans attendre, je lance ma magie vers son mort-vivant, ainsi que les deux autres. Les hommes grognent en se tournant vers moi, choqués, mais je n'ai pas le temps d'expliquer que je vais botter le cul de toutes ces créatures. Mon corps vibre à chaque attaque, et comme ma mère le faisait, je me concentre pour leur retirer leur énergie.

Je l'ai fait aux zombies près de la rivière quand nous nous sommes précipités dans les montagnes vers la maison de ma mère, et je vais le faire maintenant.

— Narah !

Ragnar semble paniqué.

— Donne-moi une seconde, lui crié-je en lançant mes mains devant moi, aspirant toute l'énergie de ces enfoirés. D'autres sortent d'une maison voisine, claquant des dents, marchant rapidement vers moi. Au lieu de me replier, je me précipite vers eux alors que des traits de force dansent dans l'air.

Est-ce mal que je m'amuse ?

Mon corps frissonne alors que j'en transforme d'autres en poussière. Je fais un pas en avant, mes jambes flageolent sous moi, et je sens la chaleur de ma magie remonter le long de mes bras.

— Narah, arrête ! lance Ragnar très fort derrière moi, me faisant tressaillir.

Le dernier zombie s'effondre en un amas de poussière, et je rappelle mon pouvoir, me surprenant à constater à quel point j'ai plus de contrôle maintenant. Une fois convaincue que plus aucun mort-vivant ne vient nous attaquer, je me tourne vers mes hommes un peu trop excitée et j'ai du mal à me tenir debout. Trébuchant, je me rattrape, puis lève les yeux.

— Ne vous inquiétez pas, il y aura plein de…

Mes mots se bloquent dans ma gorge quand je vois les trois me fixer comme s'ils avaient vu un fantôme. Stone est bouche bée, et Nikos est figé dans une posture étrange, les mains sur le ventre et le visage figé en état de choc.

— Pourquoi me regardez-vous comme ça ? Vous me faites un peu peur.

Je continue à regarder par-dessus mon épaule, à la recherche d'autres morts-vivants.

— Narah… ta peau.

La voix de Ragnar tremble, ce qui m'effraie davantage.

Baissant les yeux vers mes bras, je crie. Ma peau est blanche et mes veines bleues et bombées. Je me frotte les bras.

Déesse, que m'est-il arrivé ?

— Faites disparaître ça. Qu'est-ce qui se passe ? crié-je alors que les larmes me montent aux yeux.

J'ai peur et je suis confuse tandis qu'une vague d'épuisement me traverse de part en part. Une douleur soudaine qui me broie les os me transperce, et je crie lorsque mes genoux se dérobent sous moi. Ragnar me rattrape avant que je ne touche le sol. Je me retrouve dans ses bras en un rien de temps, pleurant alors que la terreur me ronge.

— Qu'est-ce qui se passe avec moi ?

Je ne peux que penser à Harmony. Je dois la revoir. Il le faut !

Stone et Nikos sont à mes côtés, touchant mon front et mes bras.

— Tu es gelée au toucher, murmure Stone, dont la voix se brise. Pourquoi voudrais-tu attirer toute cette énergie morte en toi ?

— Qu'est-ce que tu veux dire ? lui demandé-je en levant les yeux vers lui. Je l'ai fait à quelques zombies il y a plusieurs mois, et j'allais bien.

L'épuisement me gagne une fois de plus, et le monde tourne.

— Oh, mon cœur, dit Stone, posant la main sur ma joue.

— Je ressemble à une sorte d'alien. Est-ce que je vais mourir ?

Tremblante, je fixe à nouveau mes bras.

Tout le monde regarde Stone en quête d'une réponse.

— Eh bien, quand tu absorbes de l'énergie, cela a un impact sur toi, et si tu introduis quelque chose de mort, ton corps en subira les conséquences. Ça peut même te tuer si tu vas trop loin.

— Merde, tu me fais vraiment peur. Je t'en prie, dis-moi que ça va aller, et plus jamais je n'userai de ma magie contre un mort-vivant.

Au moment où Stone commence à expliquer, le monde bascule. Je m'accroche à Ragnar.

— J'ai toujours la tête qui tourne.

En un éclair, mon monde s'assombrit… m'entraînant dans sa chute.

RAGNAR

 arah est une petite chose, recroquevillée dans son lit et respirant profondément. Sa peau s'est réchauffée, la couleur est revenue sur son visage, et ses veines ne sont plus aussi évidentes. Je l'ai regardée dormir durant l'heure écoulée, me rappelant comment elle frissonnait dans mes bras, ses respirations rauques, et mon cœur s'est brisé.

Si quelque chose lui arrivait, j'en mourrais, et je ne pouvais pas faire ça à Harmony. C'est pourquoi j'ai insisté pour qu'elle reste dans le Secteur des Ombres.

Soupirant, je regarde sa poitrine se soulever et s'abaisser. Comme elle est belle !

Narah est tout pour moi. Avec elle, le monde est plus lumineux, et je ris plus. J'ai aujourd'hui un but et une raison d'envisager mon avenir. C'est une chose que j'ai découverte uniquement après qu'elle est entrée dans ma vie.

Ainsi, lorsqu'elle s'est effondrée, nous l'avons

amenée en urgence vers la meute la plus proche à laquelle nous avons prêté allégeance, en priant pour que Martell ne l'ait pas détruite ou prise d'assaut. La Déesse devait briller sur nous : nous avons été accueillis à bras ouverts.

Leur médecin a été surpris de la voir dans un tel état, disant qu'elle était aux portes de la mort. Il lui a prescrit beaucoup de repos et de nourriture, disant qu'elle souffrait de malnutrition. Elle était complètement vidée de son énergie, et si j'étais en partie d'accord avec lui pour dire qu'elle avait besoin de reprendre des forces, c'était pour une raison très différente de ce qu'il soupçonnait. Nous lui avons laissé croire que nous l'avions trouvée dans les bois, que c'était une Omega perdue, pour éviter d'attirer l'attention de l'Alpha.

La situation est déjà assez tendue comme ça sans introduire chez eux une Omega aux capacités magiques, qui était autrefois la compagne de Martell.

— Comment va-t-elle ? demande Nikos en entrant dans la pièce.

— Elle a l'air mieux, murmuré-je en me tournant pour quitter la pièce.

Il me suit, fermant doucement la porte derrière lui.

— Elle guérit vite, mais aucun de nous ne s'attendait à une telle frayeur.

— Bon sang, j'ai failli avoir une attaque en la voyant pâle comme un fantôme et si léthargique, dit-il en déglutissant bruyamment. Je ne suis pas près d'oublier cette image.

— Je suis d'accord.

En entrant dans la cuisine de la maison que l'Alpha nous a donné à loger, Crius et Stone attaquent le ragoût de sanglier qu'un des habitants nous a apporté après avoir vu à quel point Narah était malade.

La moitié du plat est déjà dévorée avant que Nikos ne s'installe sur une chaise, prenne une fourchette et tire le plat entier vers lui.

— Je ne savais pas que se servir de sa magie sur les zombies l'affecterait autant, explique Stone avant d'essuyer les miettes de sa bouche avec une serviette.

— Ni même qu'elle essaierait de s'attaquer à toutes ces foutues créatures ! enchérit Crius en claquant les lèvres. Mais je suis sacrément fier d'elle d'avoir eu le courage de le faire.

— Je me demande qui a bien pu mettre les morts-vivants dans ces maisons, lâche Nikos, toujours aussi perspicace. Il est impossible qu'ils se soient rangés docilement dans ces huttes avant de s'enfermer à l'intérieur. Peut-être que ça aurait été possible pour une, mais pas pour autant. C'était un coup monté.

— Je parie que c'était Martell qui nous laissait un cadeau d'adieu. Cela expliquerait pourquoi il n'y avait aucun membre de la meute lors de notre visite… vivant ou mort, explique Nikos.

— Martell ne semble pas être le genre de type à nettoyer les morts qu'il laisse dans son sillage, ajoute Crius.

— Ils sont probablement avec l'Alpha à qui j'ai demandé de veiller sur eux.

Je tourne la tête vers la porte, persuadé d'avoir entendu un bruit.

— Quelle est notre prochaine étape ? s'enquiert Nikos, comme toujours celui qui se met au travail et l'une des raisons pour lesquelles je le garde près de moi.

Nous sommes très semblables à cet égard.

— On laisse Narah se reposer et nous partons à la recherche de Martell ?

— Elle va être furieuse, répond Stone, formulant à voix haute ce que nous pensons tous.

— Nous ferons avec.

Je sais que ça va me retomber dessus, mais je ne peux pas ignorer la peur que j'ai ressentie en la voyant proche de la mort.

— C'est passé trop près. Je ne veux pas la mettre dans une situation où elle ferait passer les autres avant sa propre vie.

Quelqu'un frappe bruyamment à la porte d'entrée, et je me crispe. Crius se lève pour aller voir de qui il s'agit. Quelques instants plus tard, il revient avec Lortell, un de mes hommes qui avait infiltré cette meute. Il est maigre, plus grand que moi, et m'est fidèle depuis qu'il a perdu ses parents lorsque mon père a envoyé les hommes et les femmes au combat. Il a perdu sa famille en un battement de cœur déchirant, et quand il a découvert que j'avais l'intention de m'opposer à mon père, il a rejoint ma meute.

Je me lève et lui fais une solide accolade, en lui tapant une main dans le dos, puis nous reculons.

— J'ai entendu dire que tu étais en ville, Ragnar. Cela

fait bien trop longtemps. Je ne savais pas quand tu allais te montrer et j'avais peur de devoir appeler cette meute ma nouvelle famille, dit-il avant d'éclater d'un rire forcé. Ne te méprends pas. Je n'ai rien à leur reprocher, et ils ont trois Omegas non accouplées qui ont attiré mon attention, mais ces Alphas ne sont pas des guerriers vikings.

Je me souviens maintenant à quel point Lortell aime parler. Parvenir à placer un mot est parfois atrocement douloureux.

— Oh que non ! confirme Crius.

Il prend un siège et je le rejoins à la table ronde familiale.

— Une affaire urgente est survenue qui ne pouvait pas attendre, mais nous sommes de retour pour élim-iner Martell, alors raconte-moi tout. Que s'est-il passé dans le secteur au cours des deux derniers mois ? Il me faut des réponses avant que Martell ne vienne faire son show dans cette meute aussi.

Il acquiesce, puis s'incline dans son siège, s'installant confortablement.

— Nous avons entendu les histoires concernant Martell qui s'est rendu dans toutes les meutes avec un ultimatum : se joindre à ses forces, ou il les éliminera. Et crois-moi, quand il vient à ta porte, c'est avec une foutue armée. Donc, tout le monde est en train de céder. Que pourraient-ils faire d'autre ?

Stone se penche en avant, fixant Lortell de l'autre côté de la table.

— Ils se retourneront contre lui à la première occasion.

— Absolument. Mais d'ici là, il aura acquis tellement de pouvoir et de soutien de la part de ceux qui lui seront fidèles qu'il sera intouchable.

— On le descend avant que ça n'arrive.

Mes muscles se contractent alors que mon loup grogne dans ma gorge. Au cours des deux derniers mois, la situation s'est aggravée. Je ne me fais pas d'illusion sur le fait qu'il va faire le nécessaire pour revendiquer le secteur, mais entendre qu'il a pris une telle ampleur aussi rapidement me rend très tendu.

— Il doit avoir envie de mourir pour se mettre autant de personnes à dos, grogne Lortell. Donc cette meute est en train de se préparer en sachant que ce n'est qu'une question de temps avant qu'il ne vienne frapper ici. J'ai également parlé aux autres membres de notre équipe dans les différentes meutes. Martell leur a ordonné de te tuer sur-le-champ. Il a accroché une cible dans ton dos et dans celui de quiconque te soutient, d'ailleurs. Cette ordure en a après toi. La rumeur dit que tu lui as volé sa compagne, et que c'est pour ça qu'il te traque.

Stone éclate de rire.

— Quelle foutue ordure ! Comme si son attaque n'avait rien à voir avec le fait que Ragnar ait déjà gagné l'allégeance d'au moins une douzaine de meutes dans ce secteur !

Lortell hausse les épaules.

— Je vous raconte simplement ce qui se passe dans le coin.

Plus j'en entends, plus j'ai du mal à retenir mon agressivité. L'irritation palpite dans mes veines.

— Où se trouve cet enfoiré ?

— Il y a deux jours, il était dans la vallée avec les Loups du Croissant.

— Donc à environ une heure de voyage à pied, murmure Nikos en reportant son attention sur moi. Cela devrait être facile. On sort la nuit, on se glisse dans le camp, on le trouve dans son lit, et on lui tranche la gorge.

— Ce ne sera pas aussi facile, intervient Lortell, fronçant les lèvres. Il paraît que le gars est paranoïaque à mort et qu'il dort avec vingt gardes autour de lui.

— Ça fait plus d'ordures à détruire, grogne Crius. Je n'ai jamais reculé devant un défi.

— Alors, comptez sur moi, répond Lortell en faisant craquer ses articulations. Je m'ennuie à mourir dans cette meute.

— Qu'en dis-tu, Ragnar ? demande Stone. Je suis prêt à faire tomber ce bâtard de son piédestal. Nous sommes venus ici pour Martell, et plus nous tardons, plus nous lui donnons le temps de nous trouver en premier.

— Allons-y, grogné-je. Nous partirons après le souper, rassemblerons nos hommes des autres meutes en chemin, puis descendrons cet enfoiré.

Quand je frappe du poing sur la table, une vague

d'excitation envahit mes veines. Les autres me rejoignent, le bruit de nos poings est fort.

— Il n'y a pas de place pour l'échec. Ce soir, il meurt, rugis-je, de l'adrénaline plein les veines.

On ne gagne pas toujours la guerre par la taille, beaucoup se déroulent dans les coulisses. Supprimez l'Alpha, et la plupart du temps, le reste suivra.

Un cri déchire l'air.

Mes pensées se tournent vers Narah, je me lève brusquement, et ma chaise heurte le sol derrière moi alors que je me précipite vers sa chambre. Quand j'entre, je la trouve toujours endormie dans son lit, elle ne remue pas. J'aurais juré que ça venait de l'intérieur de la maison.

Crius, Stone et Nikos se bousculent dans la pièce et laissent échapper des soupirs de soulagement.

— Merde, c'était quoi ce bruit alors ? murmure Crius.

— Ragnar, on a un problème, hurle Lortell, et mon estomac se change en pierre.

Je passe devant les gars et le trouve au bout du couloir, la porte partiellement ouverte. Avant de faire un pas en avant, j'entends la voix autoritaire de Martell. Mes épaules sont tendues, mes articulations blanchissent à force de serrer mes mains. Prenant une grande inspiration, je regarde mes hommes, qui savent très bien que le démon nous a trouvés.

Je cours vers Lortell, qui recule pour me laisser regarder dehors. Dans le coin le plus à gauche de l'enceinte, Martell parle à l'Alpha de la meute. Derrière lui se trouvent une douzaine d'Alphas massifs. Ce n'est rien que nous ne puissions détruire, mais ce qui se trouve derrière les grilles ouvertes m'inquiète. Une cinquantaine de ses adeptes traînent dehors, une force intimidante capable d'effrayer n'importe quelle meute et de la soumettre.

Personne ne regarde par ici... pour l'instant. Refermant la porte discrètement, je me tourne vers mes hommes. Mes entrailles sont tendues et je fais de mon mieux pour ne pas montrer la crainte que j'éprouve à l'idée que nous sommes acculés. Je me creuse la tête pour élaborer un plan d'évasion.

— Il faut qu'on éloigne Martell de Narah, commencé-je, car c'est ma priorité. Stone, tu vas l'accompagner, et tu te serviras de ta magie pour la protéger. Fais ce qu'il faudra. Une fois qu'on sera dehors et qu'on aura lancé le défi, fais-la sortir par-derrière et va aussi loin que tu peux.

Il acquiesce, mais la tension dans sa posture me montre qu'il hésite à nous laisser.

Je me tourne vers les trois autres.

Je vais lancer un défi Lupin, qu'il ne peut refuser.

— Tu en es sûr ? insiste Nikos, plissant le nez. C'est à Martell que nous avons affaire.

L'anxiété me fait frissonner. Ce n'est pas ainsi que j'aurais voulu que les choses se déroulent, mais nous devons faire avec.

— Il acceptera, crois-moi, réponds-je sèchement.

La pression de la situation enfle en moi.

Mes hommes me scrutent, et l'effroi se lit sur leurs visages.

— Je sais que ce n'est pas ainsi que nous voulions procéder, mais depuis quand nous détournons-nous d'une situation impossible ?

— Ça n'arrive jamais ! grogne Nikos en se frappant la poitrine d'un poing, les épaules relevées et les yeux plissés laissant apparaître son loup.

Les autres font de même.

— Bien. Nous avons un plan. Prenez vos armes : nous partons en guerre.

Ils se bousculent pour le faire tandis que Lortell me montre qu'il est armé jusqu'aux dents sous ses vêtements.

Mon regard glisse vers la porte d'entrée, mon loup est dans ma poitrine, il grogne, prêt à se battre.

Nous nous opposerons au grand ennemi, même si nous sommes moins nombreux, pour protéger ceux que nous aimons.

Aujourd'hui n'est pas le jour de notre mort.

M'avançant vers le lit, je jette un dernier regard à Narah. Je repousse ses cheveux de son front, et elle gémit dans son sommeil avant de rouler sur le dos. Je l'observe un bref instant, et imprime cette image dans mon esprit pour me rappeler pourquoi je suis prêt à tout risquer pour elle.

Je me penche en avant et murmure :

— Je t'aimerai toujours, mon petit renard, et je serai toujours avec toi.

Je dépose un léger baiser sur son front et m'éloigne

au moment où Crius et Nikos s'approchent pour la voir. Mon cœur se serre si fort que je sens les larmes me piquer les yeux. Je ne veux pas que ce soit la dernière fois que je les vois, elle ou ma petite Harmony. Pour elles, je dois faire en sorte que ça fonctionne.

Quand mes hommes reviennent, nous ne ressentons ni hésitation ni peur. Ils se tiennent debout, le feu brûlant dans leurs yeux, et nous sommes prêts. Stone se tient près de la porte de Narah, et avec un dernier regard vers lui, je dis :

— Prends bien soin de nos filles.

Nous avançant vers la porte d'entrée, nous nous glissons dans la cour. Le soleil de l'après-midi nous frappe tandis que nous descendons un chemin de cailloux qui passe devant des maisons et la clôture en pierre qui entoure l'enceinte.

L'un des gardes hurle à notre approche, puis il y a un mouvement flou alors que les hommes de Martell émergent tout autour de nous, se rapprochant.

Je me crispe à cause de la colère enfouie au plus profond de moi et de l'instinct qui me pousse à leur arracher la tête. Cela viendra bien assez tôt.

Martell apparaît, me fixant droit dans les yeux. Nos regards s'affrontent, et la fureur me traverse.

Il est grand, avec des cheveux noirs courts, séparés sur le côté, la tête haute, et il est bâti comme un tonneau. Une barbe sauvage recouvre sa mâchoire, et ses lèvres fines sont retroussées sur une ligne de dents blanches. Il nous observe avec une haine pure.

Ses hommes se ruent sur nous, nous attrapent par

les cheveux et les bras, posant leurs lames sur nos gorges, et nous forcent à nous diriger vers Martell. Ça va à l'encontre de tout, mais je ne me bats pas.

— Nous venons à toi en tant qu'Alphas libres, déclaré-je. Non pas avec agressivité, mais pour parler.

— Va te faire voir, aboie Martell comme le chien qu'il est, arborant un regard mortel. Tu m'as volé ma campagne, et as tenté de faire de même avec le Secteur Sauvage. Peut-être qu'au Danemark, vous autorisez une telle fourberie et détournez le regard comme des lâches, mais dans le Secteur Sauvage, nous sommes des loups qui vous arracheront vos foutues têtes.

Nikos gémit tout bas à côté de moi.

— Je me fous de ce que tu as à dire, enchaîne Martell. Dites-moi où vous avez caché ma Narah, et peut-être que j'aurai pitié de vous.

Derrière moi, Crius éclate d'un rire tonitruant.

— Je dis que ce sont des conneries.

En grognant, Martell attrape une lame sur son flanc et fonce vers nous.

Je me crispe quand le garde presse le tranchant d'une lame sur ma gorge.

— J'invoque le Défi Lupin, Martell.

Il s'arrête à quelques mètres de moi, puis hurle de rire.

— Je ne crois pas, non.

— Une fois invoqué, il est impossible de le refuser, grogné-je. Toi et trois de tes meilleurs combattants contre nous jusqu'à la mort.

Martell se cure les dents avec la pointe de sa lame, puis baisse son regard vers moi.

— Je refuse. Maintenant, où est Narah, bordel ? Tu la caches dans l'une de ces huttes ?

Il se tourne vers les hommes derrière lui, et sur un geste de sa main, une demi-douzaine d'entre eux s'élancent vers les maisons.

Je serre les dents, en priant que Stone ait fait sortir Narah.

— Maintenant, Ragnar, crache-t-il, que dirais-tu de jouer à un autre jeu ? Plus mes hommes mettent de temps à trouver Narah, plus je tuerai de tes hommes.

Il ricane.

Ma fureur se déchaîne en moi, mon loup gratte pour que je le laisse sortir, pour que je démolisse cet enfoiré.

Bientôt, très bientôt, putain.

— Tu as peur.

Je le provoque avec un sourire. Je regarde autour de moi tous les observateurs, et j'élève la voix.

— Le tout-puissant Martell se proclame nouvel Alpha du Secteur Sauvage, mais il a trop peur pour affronter le Défi Lupin. Quelle sorte d'Alpha a peur de se battre pour sa meute et son territoire ?

— L'homme que vous suivez n'a pas de tripes et ne sait pas se battre. C'est ce que vous voulez comme chef ? aboie Nikos.

— Je vais tous vous étriper comme des porcs, rugit Martell.

— Défi Lupin ! Défi Lupin ! hurle Lortell, et à ma grande surprise, la meute locale le suit et le bruit enfle.

Je ne quitte jamais Martell des yeux. Son visage est rouge de rage, et il est prêt à exploser.

— Est-ce que tu acceptes ? grogné-je.

Tous les yeux sont rivés sur lui. Un Alpha est aussi puissant que son dernier combat victorieux. Dès que le leader perd, ceux qui l'entourent le considèrent comme une proie facile, et tout respect disparaît.

Sa mâchoire est tellement contractée qu'il en tremble.

Finalement, il aboie :

— J'accepte le défi de la mort, comme le prouvent les Loups Maures de cette meute. Tu vas mourir aujourd'hui, Ragnar. Il lève les yeux sur ses gardes.

Dépouillez-les de leurs armes... combat au corps à corps.

Martell arrache son t-shirt de son dos, révélant son imposant torse en forme de tonneau et les muscles qui se contractent dans ses énormes bras.

Souriant, je lâche mes armes, regardant le bâtard se tourner vers ses hommes et leur indiquer aux côtés de qui il va se battre. Il ne choisit que des hommes taillés comme des montagnes. Ça me convient. Je me fous totalement de leur carrure. Mes hommes et moi avons combattu pire.

Ils s'avancent à mes côtés, tendus, les mains refermées en poings.

— Vous êtes prêts pour ça ? leur demandé-je. Vous connaissez notre cible. Descendez-le et vite.

Crius rebondit sur ses orteils, une faim primitive

dans ses yeux sauvages. Il a dû abandonner sa hache, mais ce type est un véritable berserker dans l'âme.

Les gardes s'éloignent de nous, et je me tiens en ligne avec mes meilleurs combattants. Stone aurait fait de nous une équipe plus forte, mais sa mission est beaucoup plus importante et dangereuse que la nôtre : sauver Narah.

Le chef des Loups Maures s'avance sur le champ de bataille, lequel est entouré de loups et de gardes de la meute. L'homme se tient debout, mais l'effroi sur son visage est palpable. Il sait que ça pourrait mal tourner sur son terrain de jeu, et il n'a pas son mot à dire. Il dirige une petite meute et n'est pas connu pour avoir de puissants guerriers.

C'est là que nous intervenons.

— Aujourd'hui, le Défi Lupin a été invoqué, et accepté. La dernière équipe debout gagne.

— Jusqu'à la mort !

CHAPITRE 22

NARAH

— Narah, mon cœur, tu dois te lever maintenant, dit un doux murmure qui flotte dans mon esprit.

Quelqu'un me secoue, me fait mal au dos.

Mes yeux s'ouvrent au moment où Stone me soulève dans ses bras.

— Qu'est-ce qui se passe ?

En quelques secondes, la panique s'empare de moi. J'observe la pièce et lutte pour respirer.

— Sommes-nous en danger ?

— Comment te sens-tu ? Tu as l'air beaucoup mieux et tu ne ressembles plus à un mort-vivant flippant.

Il me fait un sourire taquin.

Alors qu'il me pose sur mes pieds, je baisse les yeux sur mes bras et mon corps, et découvre que je ne porte qu'un débardeur et une culotte. Ma peau est normale, plutôt d'un blanc rosé que d'un blanc effrayant avec des veines bleues.

— Je vais tout t'expliquer, mais tu dois te préparer. Martell est ici.

— Merde, il est là ?

Soudain, je suis bien réveillée. L'adrénaline coule dans mes veines et martèle mes oreilles.

— Sait-il où nous sommes ? Je suis tellement perdue ! Moi-même, je ne sais pas où nous sommes.

J'énumère les questions qui me viennent à l'esprit tout en prenant rapidement les vêtements au bout du lit. Je déteste cet état de confusion surréaliste.

— Où sont les autres ?

— Prépare-toi, et je t'expliquerai rapidement.

Il m'apporte mes bottes et les pose près de mes pieds pendant que j'enfile mon jean, sautillant pour le faire glisser le long de mes jambes, car, bien sûr, il est moulant.

— Après avoir éliminé les zombies chez les Loups Aconit, tu t'es évanouie. Nous t'avons emmenée en urgence dans la meute la plus proche avec laquelle nous avons un partenariat, et tu dors depuis. Entre-temps, Martell est arrivé pour revendiquer cette meute, ou il nous a traqués. Nous devons nous faufiler par l'arrière et sortir d'ici.

Je n'ai jamais bougé aussi vite de ma vie, uniquement sous l'effet de l'adrénaline et de la peur.

Quand je suis prête, Stone m'attrape le bras, et nous sortons en trombe de la chambre pour prendre la porte de derrière. Je continue à regarder par-dessus mon épaule, incapable de repérer les autres.

— Ils sont déjà dehors ?

— On peut dire ça, murmure Stone en ouvrant lentement la porte et en sortant la tête.

Mon estomac tremble. L'urgence que je perçois chez Stone m'inquiète. Soudain, il retourne à l'intérieur, ferme la porte et la verrouille. Nous restons immobiles alors que mon cœur bat à un million de kilomètres-heure.

— Je t'en prie, dis-moi ce qui se passe, murmuré-je.

Je fais de mon mieux pour rester calme et ne pas me noyer dans la terreur désespérée qui me tenaille.

— La seule façon pour nous de nous échapper était que les autres confrontent Martell à un Défi Lupin, un combat équitable entre une poignée d'hommes de chaque meute. Ragnar gagne quand Martell meurt.

Je cligne des yeux, j'ai le vertige.

— Et si Martell gagne ? haleté-je.

— Narah… rien de ce que tu pourras faire maintenant n'interrompra les événements qui ont déjà commencé. Ils sont déjà à l'avant avec Martell.

Il fait un signe du menton vers la porte à l'autre bout du couloir.

Le cœur au bord des lèvres, je me tourne et fonce dans le couloir, retenant mes larmes à grand-peine. Les pieds de Stone martèlent le plancher, et je suis dans ses bras si vite que j'en perds le souffle.

— Repose-moi, s'il te plaît.

Mes larmes coulent déjà, et ma gorge se contracte douloureusement.

— Je t'en prie, Narah. Ils sont en train de tout risquer. Ne leur enlève pas ça en refusant de partir avec moi.

La douleur dans sa voix ajoute à ma culpabilité.

— Je veux voir ce qui se passe... s'il te plaît.

Quand il me repose, je vais à la fenêtre près de la porte et je fais bouger le rideau très légèrement pour regarder dehors.

Au loin, il y a des gens partout. À vrai dire, je ne vois pas grand-chose à cause des arbres qui me gênent, mais il se passe vraiment quelque chose. J'entends les gens qui applaudissent et hululent. J'ai l'estomac noué, et mes larmes coulent, piquantes et floues, alors que j'imagine mes trois hommes battus à mort pendant que ces abrutis en redemandent.

Je déteste tout le monde : le monde, les Alphas, les jeux stupides que les gens dirigent. Et surtout, je déteste le fait d'avoir été si faible que j'ai perdu connaissance en éliminant une poignée de zombies.

— Je suis désolé, Narah, mais on doit partir maintenant.

Haletant pour respirer, je me retiens de toutes mes forces pour ne pas courir les aider, mais je sais que j'échouerai face à tant d'autres.

Des doigts s'enroulent doucement autour de mon poignet et Stone m'entraîne dans le couloir jusqu'à la porte arrière.

— Tout ce qu'ils ont à faire, c'est gagner, non ? demandé-je en m'accrochant à lui.

— C'est quatre contre quatre.

— Quatre ?

— L'un des hommes de Ragnar a vécu avec cette meute. Il prend ma place pour que Martell ne demande pas où se trouve l'autre guerrier de Ragnar.

Je suis prise d'un vertige incontrôlable. Apparemment, j'ai manqué beaucoup de choses pendant que j'étais dans les vapes.

— Je te promets qu'une fois que nous serons en sécurité, je te raconterai tout depuis le début. D'accord ? Maintenant, j'ai juste besoin que tu me fasses confiance. Il faut que nous partions pendant qu'ils sont en plein défi et que tout le monde est occupé.

Le chagrin creuse son chemin jusqu'à mon âme, mais j'acquiesce à contrecœur.

Lorsque nous sortons de la hutte, au-delà de la petite cour, il y a des arbres et d'autres maisons. A priori, il y a des gens là-bas, mais c'est difficile à dire avec toute la forêt. J'espère que cela signifie aussi qu'ils ne peuvent pas nous voir clairement.

Des huées et des cris nous parviennent depuis l'avant de la maison, et cela me tue de fuir mes hommes alors qu'ils font tout pour me protéger.

J'ai du mal à respirer. Je tiens la main de Stone, et nous courons vers l'arrière des cabanes. Le cœur battant dans mes oreilles, mon esprit est trop confus pour imaginer un plan alternatif pour retourner chercher mes hommes. J'ai le pressentiment que je vais regretter ce jour.

Une brise amère siffle devant nous. Quand nous atteignons la dernière maison de la longue file, nous nous arrêtons pour faire une pause. Stone jette un coup d'œil au coin, puis revient aussi vite.

— Merde ! murmure-t-il tout bas. Merde. Merde.

— Qu'est-ce qui se passe ?

— Les hommes de Martell se sont faufilés hors de l'enceinte et remontent par le coin où nous devions nous échapper, mais ce n'est pas le pire, dit-il, et je vois des ombres s'agiter sous son regard. C'est ce que je prévoyais avec ce plan, mais ce n'est pas comme si nous avions beaucoup d'options. Peut-être que Ragnar a réalisé le risque.

— De quoi est-ce que tu parles ?

Il se tourne vers moi, le visage dur.

— Ces guerriers vont arriver dans le dos de Ragnar et les encercler. Je savais que cette foutue merde de Martell ne jouerait jamais à la loyale.

J'ai du mal à comprendre son explication, car il parle vite et à voix basse.

— Ses hommes vont attaquer les miens s'ils semblent gagner ? Évidemment que oui.

Un frisson me glace l'échine à l'idée que Ragnar le savait depuis le début. Jamais il n'aurait fait une telle erreur.

— À mon avis, il compte sur le fait que la meute locale l'aidera, mais je ne suis pas sûr qu'elle le fera.

Stone déglutit difficilement, aussi démoli que moi.

— Nous ne pouvons pas les laisser ! Tu sais au fond

de ton cœur que c'est à la mort que nous les envoyons s'ils sont encerclés.

Il redresse les épaules.

— Je ne suis plus cette fille effrayée. Je ne m'enfuis pas ! Que Martell aille se faire voir. Nous sommes une équipe, et notre famille a besoin de nous.

Stone se lèche les dents, et je sais qu'il pense la même chose. Soudain, il pose les yeux sur moi.

— Ragnar sera furieux contre nous, mais je suis avec toi. Partir, c'est une énorme erreur.

— Je m'en fous tant qu'on les sauve.

Je souris, et Stone me vole un baiser rapide.

— Allons leur servir de renfort.

Il n'y a pas besoin d'en dire plus.

Nous repartons d'où nous venons comme une traînée de poudre, et l'urgence d'être là pour mes hommes remplace la peur. Nous faufilant entre deux maisons, nous arrivons à l'endroit où a lieu toute l'agitation. Il y a suffisamment d'espace entre les gens qui sont là pour qu'on puisse voir ce qui se passe.

J'ai du mal à comprendre ce que je vois, car les Alphas se déplacent à une vitesse inimaginable.

Soudain, Nikos est projeté sur le sol, et tout l'air s'échappe de ses poumons. Contusionné et en sang, ses vêtements et son visage sont maculés de cramoisi. Il est amoché, et quand je vois le barbare s'avancer vers lui, dominant l'homme que j'aime et souriant, mon cœur est sur le point de lâcher.

Il lève le poing au moment où Crius s'élance sur son dos et lui donne un coup de poing à la tête. Enroulant un bras autour de sa gorge, il lui brise le cou. Le son résonne dans l'air au moment où l'homme tombe à genoux. Crius bondit vers l'arrière au moment où son adversaire tombe la tête la première sur le sol.

Nikos se relève quand Martell fonce sur lui, le faisant tomber avec force. Rapidement, on ne voit plus qu'une montagne d'hommes qui se battent dans un désordre enchevêtré.

Ma tête est douloureuse, et je sens arriver le flux d'énergie qui me fait vibrer.

— Pas encore, murmure Stone durement, sa main sur mon épaule.

— Pourquoi pas ? demandé-je sèchement en levant la tête pour le regarder.

— Si nous interrompons le défi, Martell gagne automatiquement.

— On s'en fiche, non ? Il sera mort.

— Cela signifierait que Ragnar ne pourra jamais prendre les meutes de Martell ni les terres qu'il contrôle. Tout serait automatiquement transmis à son commandant en second. Il y a trop de témoins, alors on attend. Le coup final doit être donné par Ragnar.

J'ai hâte qu'ils meurent, grogné-je à voix basse, exécrant les règles stupides que les Alphas persistent à suivre alors que nous vivons dans un monde où tout est permis. Une rage aveugle m'envahit, mais je me retiens et je serre les poings.

Rester dans l'ombre, regarder le combat me donne la nausée. Plus je les observe, plus je brûle de petits picotements de magie au bout des doigts. Tout comme ma louve qui grogne dans ma poitrine, le pouvoir surgit en réponse à ma fureur.

Ragnar est jeté brutalement sur le dos, mais il se retourne juste au moment où Martell s'apprête à lui frapper la tête. Un autre homme, que je ne reconnais pas, se jette sur Martell, et ils heurtent durement le sol. Je ne peux que supposer qu'il s'agit d'un des hommes de Ragnar.

Martell se déplace rapidement, saisit le cou de l'homme, et lui arrache la gorge. Du sang gicle partout, et des acclamations révoltantes éclatent dans la foule.

Je tressaille et je gémis.

Stone me prend dans ses bras.

— Ne regarde pas.

C'est trop tard, j'ai tout vu.

Plus je regarde la bataille, plus je souffre intérieurement.

— Je ne peux pas rester sans rien faire. L'un d'eux pourrait mourir. Je me fiche de ces règles stupides. Je vais descendre Martell. Il le faut.

Je sens la bile qui me monte à la gorge quand je songe à toutes mes rencontres avec lui : il n'est que haine, cruauté et mort.

Crius trébuche en arrière, du sang frais coule d'une oreille, une jambe de son pantalon est trempée de cramoisi, et je remarque qu'il boite.

Je m'approche, mais Stone garde son bras autour de mon ventre.

— Ne m'oblige pas à me servir de ma magie contre

toi, parce que je le ferai, grogné-je. J'en ai assez de regarder cette sauvagerie brutale.

Un mouvement de panique l'envahit, mais il finit par grogner.

— Très bien, mais on va faire ça à ma façon.

— Ah oui, et comment va-t-on procéder ?

— Je ne sais pas si ça va marcher, mais je ne vois pas comment t'arrêter autrement. Tu vas siphonner mon pouvoir, puis le transmettre à Ragnar.

Je détourne les yeux du combat pour les poser sur Stone.

— Est-ce que ça va marcher ?

— En théorie, ça devrait. Tu tires de l'énergie des gens, alors pourquoi tu ne pourrais pas leur en envoyer ? C'est ce que ta mère faisait avec ton père. Elle l'a nourri de son sang et a canalisé le pouvoir qu'elle a pompé chez les autres pour le donner à ton père.

Évidemment, il a raison, mais je ne veux pas accidentellement frapper mon amant avec ma magie. Mon intention avait été de vider autant d'abrutis que possible jusqu'à ce que je m'évanouisse à nouveau, mais plus je réfléchis à l'idée de Stone, plus je l'aime.

— D'accord, faisons-le. Comment ?

Stone s'agenouille près d'un arbre et pose une main sur la terre. Presque immédiatement, les runes sur sa poitrine brillent d'un bleu puissant et hypnotique. Elles pourraient bien être notre planche de salut. Son corps bourdonne de partout, et les poils se dressent sur le bras qu'il m'offre.

Je prends sa main, le frisson de la magie vive me

transperce, et un gémissement jaillit dans ma gorge à cause de la douleur aiguë.

— Ne lutte pas. Tu n'es qu'un conduit pour la magie.

Je ramène mon regard vers l'arène, où Ragnar est à genoux entre deux hommes monstrueux. Ils semblent prêts à se transformer en loups, mais n'en font rien. Sans doute une autre règle stupide. Voir Ragnar à leur merci me déchire le cœur, et je grogne. J'en ai assez de cette torture.

En me concentrant totalement sur lui, je tends le bras et une étincelle de lumière blanche traverse le sol à une telle vitesse que si vous clignez des yeux, vous la manquerez. La magie percute les côtes de Ragnar si vite, si fort, qu'elle le projette hors de l'emprise des deux hommes.

Je baisse la main tandis qu'ils reculent, cherchant à savoir ce qui s'est passé.

Se relevant, Ragnar secoue la tête et se frotte le côté à l'endroit où la magie a fait un trou dans son t-shirt. Il relève la tête d'un coup sec, et nos regards s'affrontent.

Je souris et j'essaie de remuer les mains pour lui expliquer que je lui ai donné du pouvoir, mais je suis certaine que je donne l'impression d'agiter follement la main. Stone fait un geste vers ses runes, puis vers moi, et notre Alpha acquiesce.

Les yeux rivés sur l'arène, je m'approche. Tant que je garde la tête basse, avec un peu de chance, personne ne me reconnaîtra. Stone est collé contre mon dos tandis que nous nous frayons un chemin dans la foule.

Ragnar se précipite sur Martell, qui lui tourne le dos. Ses bras musclés serrent Nikos par la tête.

Un cri m'arrache la gorge, j'ai peur qu'il ne brise le cou de Nikos. Crius est à terre et grogne tandis que la foule sauvage réclame la mort de Nikos.

Bougeant à une vitesse inimaginable, Ragnar détache Martell de Nikos, et ils roulent brutalement sur le sol. Ils se déplacent si vite qu'il est très difficile de voir, mais je suis certaine de voir de petites étincelles de magie dans les mains de Ragnar.

Personne d'autre ne semble le remarquer, sinon ils le dénonceraient.

Ils s'arrêtent brusquement, et Ragnar se lève, puis saisit Martell. Son corps bouge avec une vitesse qui ne peut provenir que de la magie. Dans un rugissement tonitruant, il projette mon ex-compagnon sur un arbre voisin. Au moment où cet enfoiré le heurte, il s'enflamme, et l'arbre entier explose dans une gerbe de feu.

Je crie sous le choc, comme tout le monde.

Leur panique résonne dans l'air, suivie de cris et de personnes qui se mettent à courir dans toutes les directions. Alors que tout s'emballe, je constate que le groupe d'hommes de Martell que nous avions repéré se dirige vers nous par la droite.

Merde !

Ragnar vient juste de mettre le feu à leur Alpha. Bien sûr qu'ils sont furieux.

Alors que quelques instants plus tôt, le combat se résumait à des coups de poing et des dents, nous allons maintenant leur montrer pourquoi nous sommes les vrais leaders du Secteur Sauvage.

Stone et moi tendons les mains vers l'avant.

Ragnar n'hésite pas à utiliser ce qu'il lui reste de pouvoir sur le flot de métamorphes qui nous arrive des deux côtés.

Une magie ardente jaillit de mes mains, frappant le mur des nouveaux arrivants. Mon corps tremble sous l'effet de la puissance que je puise en moi. On dirait de l'eau chaude qui coule sur mon corps. Ma poitrine se gonfle à mesure que mon pouvoir me fait vibrer et rebondir sur mes orteils. Puis soudain, les lignes d'énergie semblent hors de contrôle.

Je ne sais plus chez qui je puise.

La panique et la peur me tenaillent, et j'ai la chair de poule à l'idée que je vais tuer toutes les personnes en vue.

Je crie quand quelqu'un s'avance derrière moi, posant les mains autour de ma taille.

— Tu gardes le contrôle de ton pouvoir, murmure Stone. Et tu peux arrêter maintenant, grâce à une simple pensée.

— Stop ! crié-je.

Le pouvoir s'éteint sur-le-champ, et je halète de stupéfaction en tombant dans les bras de Stone.

L'arbre avec Martell brûle toujours, et au-delà, le terrain est jonché de corps, près de trente hommes immobiles. Ça me fait peur de savoir avec quelle facilité je les ai descendus. Je veux croire qu'ils ne sont pas morts, juste assommés, mais je ne bouge pas pour vérifier.

Quand quelqu'un appelle mon nom, je me tourne vers les trois hommes qui s'approchent de moi. Ils sont ensanglantés, meurtris, et boitent. Derrière eux, le terrain est plein de sang et jonché d'autres corps. Tous les autres semblent avoir disparu.

— Est-ce que quelqu'un m'écoute dans cette famille ? demande Ragnar d'un ton taquin. Vous deux étiez censés avoir disparu.

— Tais-toi et prends-moi dans tes bras, lui dis-je. Tu pourras nous remercier plus tard, Stone et moi, pour avoir sauvé vos fesses.

Crius rit, s'agrippe le flanc et grimace.

— Je veux savoir pourquoi tu n'es pas intervenue avant que cette foutue bête ne me frappe si fort. Je suis certain qu'il m'a cassé les côtes.

Je prends sa main et l'attire vers moi. Nikos s'approche de nous en titubant, le visage couvert de sang à cause d'une énorme entaille sous l'œil.

— Quoi que tu aies fait à Martell, Ragnar, on va parler de toi pendant des années. Bon sang, il méritait de mourir de manière spectaculaire, et c'est exactement ce que tu lui as offert.

Ragnar sourit, et ses yeux brûlent d'amour quand il me regarde.

— Non, c'est grâce à un pouvoir emprunté. Il me prend dans ses bras, pose ses mains sur mon visage et m'embrasse. Je me colle à lui, en empoignant son t-shirt déchiré, et je me laisse enfin aller à croire que nous avons peut-être un avenir qui n'implique pas que mon ex-compagnon cherche à nous tuer.

Quand nous nous détachons, tous mes hommes se rassemblent autour de moi, et nous nous étreignons, nous serrant les uns contre les autres.

— Ce jour restera dans les mémoires pour ceux qui sont tombés et pour nous qui commençons un nouvel avenir. Martell et nombre de ses partisans ayant disparu, rares seront ceux qui s'opposeront à ma prise de pouvoir. Mais d'abord, toi et Stone devez m'apprendre ce truc de me donner votre pouvoir.

Je ris, surpris de me sentir si incroyablement bien après avoir utilisé mon pouvoir. Ma mère m'avait dit que nous étions terriblement puissantes, mais cela me stupéfie toujours.

— Je ne sais pas pour vous tous, mais je pense qu'il faudrait que nous allions aider la meute à nettoyer leur cour, et préparer l'enterrement de Lortell. Ensuite, je veux me saouler et m'envoyer en l'air ce soir, murmure Ragnar.

Stone et Nikos approuvent avec enthousiasme, et je ris.

— Ce n'est pas juste. Laissez-moi au moins guérir d'abord ! proteste Crius.

— Ne t'en fais pas, mon ami, lui dit Nikos en lui tapotant l'épaule, ce qui le fait gémir sous le coup de la douleur. Je te préparerai un fauteuil pour que tu puisses regarder.

Je ris de leurs chamailleries, surtout quand Stone

insiste pour expliquer qu'il sait exactement de quoi il est question.

La main de Ragnar se glisse dans la mienne, et nos doigts s'entremêlent. Nous fixons l'arbre en flammes, puis nous nous regardons.

Tout ce que nous avons enduré me paraît encore surréaliste, mais je sais qu'il ne me faudra pas longtemps pour accepter que le Secteur Sauvage soit mon nouveau foyer, avec mes Alphas régissant toutes les meutes du nord. Être avec mes futurs maris, lorsque je les demanderai enfin en mariage et planifier notre avenir est plus que ce qu'une fille comme moi aurait pu imaginer. J'ai parcouru un long chemin et j'aime à penser que je mérite largement une fin digne d'un conte de fées.

Nous sommes debout au beau milieu d'un champ de bataille jonché de cadavres, et pourtant je déborde de bonheur, car je n'ai plus à supporter tous ces lourds fardeaux.

— À quoi penses-tu ? demandé-je à Ragnar avec curiosité.

— Je réfléchis au genre de manoir que je dois construire pour notre foyer familial. Quelque chose d'assez imposant pour avoir une vue parfaite, avec des murs hauts pour empêcher les morts-vivants d'entrer, et une salle de bains avec un spa pour nous accueillir tous en même temps.

Je me presse contre lui.

— Je vois que tu as toujours l'esprit mal tourné.

Il se tourne vers moi.

— Alors, dis-moi ce que toi tu as en tête ?

— Quelque chose d'extrêmement important.

— Ah oui ?

— Ouaip. Comment exactement vais-je pouvoir offrir à mes quatre Alphas une toilette à l'éponge en même temps ?

Il rejette la tête en arrière et éclate de rire. La première fois que j'ai entendu ce son sexy, j'ai su qu'il serait quelqu'un de spécial dans ma vie.

Qui aurait cru qu'il deviendrait mon compagnon ?

À PROPOS DE MILA YOUNG

Auteur à succès, Mila Young aborde tout avec le zèle et la bravoure des héros de contes de fées, dont les aventures ont enchanté son enfance. Elle élimine les monstres, réels et imaginaires, comme s'il n'y avait pas de lendemain. Le jour, elle joue du clavier en tant que génie du marketing. La nuit, elle combat avec sa puissante épée-stylo, réinventant des contes de fées, où les héros sexys vivent des histoires fantastiques. Durant son temps libre, elle aime imaginer qu'elle est une valeureuse guerrière, câliner ses chats, et dévorer tous les romans fantastiques qui lui passent sous la main.

Envie de lire d'autres romans de Mila Young? Inscrivez-vous ici dès aujourd'hui. www.subscribepage.com/milayoung

Rejoignez le **groupe des Lecteurs Fantastiques** de Mila pour des contenus exclusifs, les dernières infos, et des avantages.
www.facebook.com/groups/milayoungwickedreaders

Pour plus d'informations...
www.milayoungbooks.com
mila@milayoungbooks.com

LES ROMANS DE MILA YOUNG

www.milayoungbooks.com/french-home

Les Loups Sauvages

La Louve Perdue

La Louve Brisée

La Louve Damnée

Revendiquée par l'Alpha

Capturer une Faë

Séduire une Faë

Apprivoiser une Faë

Revendiquer une Faë

Les Loups Cendrés

Recherchée par les Loups

Attirée par les Loups

Obsédée par les Loups